C. H. Guenter

Das Santa-Lucia-Rätsel

Roman

Ullstein

Ullstein Taschenbuchverlag
Der Ullstein Taschenbuchverlag ist ein Unternehmen der
Econ Ullstein List Verlag GmbH & Co. KG, München
Originalausgabe
1. Auflage 2002
© 2002 by Econ Ullstein List Verlag GmbH & Co. KG, München
Umschlaggestaltung: Hansbernd Lindemann, Grafikdesign, Berlin
Titelabbildung: Viktor Gernhard
Gesetzt aus der Sabon
Satz: Pinkuin Satz und Datentechnik, Berlin
Druck und Bindearbeiten: Ebner Ulm
Printed in Germany
ISBN 3-548-25334-2

Vorwort

Die spanische Karavelle *Santa Lucia* wird in Peru mit Gold und Andensilber beladen, das die Konquistadoren, die Eroberer, aus dem Land herauspreßten. Im Herbst 1571 geht sie von Valparaiso in Chile aus in See und tritt die Rückreise in die Heimat an. Bei der Umrundung von Feuerland gerät sie in Kap-Hoorn-Stürme. Sie verschwindet spurlos. – Für ein halbes Jahrtausend.

Im Sommer 1995 jedoch segelt die Karavelle *Santa Lucia* vom Mittelmeer kommend durch die Meerenge von Gibraltar an Spaniens Küste entlang, den Guadalquivir hinauf. An der Pier von Sevilla macht sie fest und löscht ihre Ladung.

Zu berichten, was in den vierhundertzwanzig Jahren, die dazwischenliegen, geschah, welche Ereignisse die Karavelle *Santa Lucia* aus ihrem tödlichen Eisschlaf weckten und damit eine weltweite Panik heraufbeschworen, ist Gegenstand dieses Romans.

Der Verfasser

1

Das Fest, die Reiterspiele, die Tänze waren zu Ende. Nach dem Mahl wurden die Venezianer in den Königssaal des Palastes gerufen. Die weite, von Holzsäulen gestützte Halle in Jen-King war verschwenderisch mit Teppichen ausgelegt. Auf seinem goldenen, mit bunten Edelsteinen besetzten Thron saß der Herrscher aller Mongolen.

Als Sohn des vierten Sohnes von Dschingis-Khan, dem größten Mörder aller Zeiten – in seinen Kriegen hatte er mehr als vier Millionen Menschen umgebracht –, war Khubilai, der Herrscher aller Mongolen, ziemlich mickrig geraten. Seine Füße fanden keinen Halt am Boden, sondern baumelten sogar noch über dem Schemel hin und her. Auch sonst war Khubilai-Khan von eher sanfter Natur mit wenig Lust am Töten, eher den schönen Künsten zugeneigt, den Frauen und der Völlerei.

In diesem Augenblick hatte er eine Hand auf dem Bauch liegen und die andere an seinem schwarzen Bart. Ein Zeichen, daß ihn sowohl schwere Gedanken als auch Winde plagten. Trotzdem empfing er seine Gäste, den Vater Nicolo Polo, den Oheim Maffio Polo und Marco Polo, den Sohn, äußerst huldvoll. Obwohl die Nachricht, die sie überbringen würden, ihm nicht gefiel – soweit ihn seine Spione informiert hatten.

Wie bei einer Audienz üblich, ging es erst um die hoheitliche Gesundheit, um das Wetter, um die politische

Lage. Dann erst kam das Begehren der Staatsgäste zur Sprache.

»Redet frei heraus!« wandte sich der Khan an den Jüngsten, an Marco Polo, der inzwischen auch schon einundvierzig Jahre alt war.

Marco, er erfreute sich der besonderen Gunst des Herrschers, sagte mit fester männlicher Stimme: »Hoheit, wir bitten um Entlassung.«

Der Khan tat, als wundere er sich. »Warum?« fragte er lächelnd. »Hast du etwa die Khanun geschwängert oder eine meiner Frauen in dein Bett genommen?«

Khubilai-Khan zeigte ein Lächeln in seinen fetten Zügen. Er wußte, der junge Venezianer hatte sich nichts zuschulden kommen lassen. Und da er ihm in hohem Maße zugetan war, legte er Trauer in seine Stimme. »Warum wollt ihr uns verlassen? Gefällt es euch bei uns nicht mehr?«

»Mein Vater lebt jetzt vierundzwanzig Jahre hier und möchte seine Heimatstadt Venedig noch einmal wiedersehen«, erklärte der junge Marco Polo aufrechten Hauptes und setzte noch das Wort »Hoheit« hinzu.

Längst wußte der Herrscher aller Mongolen, König des Himmels, daß es seine Staatsgäste wieder in die Heimat trieb. Insgeheim hoffte er jedoch, er könne sie überreden zu bleiben.

»Du hast mein Vertrauen, Marco«, setzte er an, »ich habe dich sogar zum Salzgouverneur und zum Statthalter der Provinz Chiang-Nan gemacht.«

»Ich hoffe, nicht zu eurem Schaden«, wagte Marco als Antwort.

»Gewiß nicht, Marco, aber ich habe noch eine Bitte an dich. Von der nordöstlichen Provinz am Rande der großen Wüste werden mir Unruhen gemeldet. Du kennst das Land um Sayr-Usa herum. Du hast in meinem Auftrag weite Reisen im chinesischen Reich unternommen. Sogar in noch viel weiter entfernte Gegenden. Erfülle noch diesen einen Auftrag für mich, und ich werde euch reich beschenkt in hohen Ehren entlassen.«

Marco Polo kannte die Gefahren einer solchen Reise. Es kostete allein dreißig Tagesritte, um ans Ziel zu kommen. Aber er konnte nicht anders. Er übernahm den Auftrag, wenn auch ungern, und dankte für die Ehre.

Der jüngste der Polos, Marco, geboren im Jahr 1254 in Venedig, gesund und kräftig, zu diesem Zeitpunkt schon in der Blüte seiner Jahre stehend, übernahm also den Auftrag in der Hoffnung, daß die Unternehmung nicht zu einem Mißerfolg führen würde und Khubilai-Khan keinen Vorwand mehr finden könnte, Vater, Onkel und ihn in Jen-King festzuhalten. Er bereitete die Reise sorgfältig vor, suchte sich die besten Pferde und Tragtiere aus, zuverlässige Männer als seine Begleitung. Auch schickte er Kundschafter voraus.

Mit dem Nötigsten versorgt, mit Lebensmitteln, Waffen und Geschenken, brach die kleine Karawane auf. Sie verließ die Hauptstadt an einem regnerischen Morgen, erreichte zwei Tage später das Tor der großen Mauer, und eine endlose Weite lag vor ihr.

Bald kamen sie an das berüchtigte Sandmeer, das hier *Kobi* oder *Schamo* genannt wurde. Erst sah man noch Sträucher und Salzpflanzen. Später, in der Steinwüste, lagen Achate und Karmisole nur so herum. Doch dann kam Sand, Sand, Sand, mit Salz durchsetzt. Abgesehen von kleinen Bitterseen, kein Baum, kein Brunnen.

Die Fröste in der Nacht legten Rauhreif, gefrorenen Tau, auf ihre Zelte. Sein Pfadfinder, der neben Marco Polo ritt, kaute ständig auf einem getrockneten Stück Pferdefleisch und sagte: »Wir nennen das hier die Sandkiste des Teufels.«

»Noch ist es erträglich«, antwortete Polo.

Der Mongole beschattete die Augen und blinzelte in die Ferne, wo sich gelbe Wolken auftürmten. »Falls uns der Sandsturm verschont.«

Der Sandsturm streifte sie nur, zog an ihnen vorbei, und dreiunddreißig Tage später erreichten sie die Provinzstadt. Dort brachte der junge Marco mit diplomatischem Geschick, mit Geschenken und noch mehr Versprechungen die Angelegenheiten Khubilais-Khans in Ordnung. Er sprach aber auch Drohungen aus, daß man sich Untreue oder Bündnisse mit den Amur-Stämmen nicht gefallen lassen würde.

Der Provinzstatthalter schwor, sich an die Verträge zu halten.

Guten Mutes trat Marco Polo die Rückreise an. Er rechnete sich schon aus, wann er in der Hauptstadt eintreffen würde. Dann würden sie zunächst das Flußschiff, anschließend einen Küstensegler Richtung Heimat besteigen.

Doch diesmal erwischte sie ein verheerender Sandsturm. Er blies tagelang. Die Karawane verlor im sandgelben Chaos jede Orientierung, verfehlte die Brunnen und konnte ihre Wasservorräte nicht ergänzen. Alle litten so sehr an Durst, daß sie das Blut ihrer Stuten tranken.

Marco schickte zwei Kundschafter aus. Sie kamen

nicht zurück. Einen von ihnen fanden sie Tage später tot auf seinem Pferd. Marodierende Mongolenhorden hatten seinen Rücken mit Pfeilen gespickt. Um ihnen zu entgehen, wechselte Polo die Richtung. Trotzdem wurden sie in der Nacht überfallen und ausgeraubt. Mit Mühe konnten sie ihr Leben verteidigen. Doch ohne Wasservorräte plagte sie der Durst so sehr, daß Polos Begleiter aus einem brakigen Salzwassertümpel tranken, obwohl der Führer der Karawane davor warnte.

»Wir werden so oder so sterben«, jammerten sie.

Viele von Polos Begleitern, auch Trag- und Reittiere, kamen qualvoll um. Sechsundzwanzig Männer waren in Jen-King losgezogen, jetzt lebten noch Polo und drei Chinesen. Aber auch sie waren dem Tod nahe.

Am Morgen versuchten sie, Tau von den dürren Gräsern und Sträuchern zu lecken. Doch es gab fast keinen Tau. Dann kam die Hitze. Kein Schatten. Der Gaumen klebte, die Lippen waren zerrissen. Das halbe Leben für einen Schluck Wasser. Nein, das ganze. Polo kroch auf allen vieren, verspürte Höllenangst. Die Hitze. Kein Schatten. Im Schädel kochte es.

Marco Polo wurde von Fieber ergriffen. Eines Nachts in seinen wirren Träumen glaubte er zu sehen, wie plötzlich ein gelbgesichtiger Kalmücke vor ihm stand. Der Kalmücke hatte ein Messer in der Hand und hob es, um zuzustoßen.

Es war keine Halluzination, sondern Wirklichkeit. Doch der einsame Wüstenjäger wollte nicht töten, er hatte nur Furcht. Auch er besaß keine Wasservorräte. Doch das schien ihn nicht zu stören. Von seinem Gürtel nestelte er einen Beutel voll Pulver. Es war schwarz wie Kohlenstaub.

Dieses Pulver streute er in das Wasser des Tümpels und trank davon.

Auch Polo fand es trinkbar. Der erste Schluck schmerzte in der Kehle. Doch ein Wunder – die Männer erkrankten nicht davon.

Polo überredete den Kalmücken, ihm eine Prise des Pulvers – über dessen Bewandtnis und Herkunft der Jäger nur Dinge sagen konnte, die sehr abenteuerlich klangen – zu überlassen.

In einem Säckchen aus Kamelhodenhaut nahm Polo soviel von dem rettenden Pulver mit sich, wie er kriegen konnte. Mit der Absicht, es später einmal untersuchen zu lassen. Vier Monde nach seiner Abreise erreichte er endlich die Hauptstadt wieder.

Reich mit Schätzen beladen, entließ der Khan die Polos. Er geleitete sie persönlich zum Flußboot. Beim Abschied glitzerten Tränen in seinen Augen. Jetzt endlich konnten Vater, Oheim und Marco Polo nach Venedig zurückkehren.

Mit Küstenseglern gelangten sie über Sumatra bis zur Insel Ceylon, dann weiter von Ormus über Land nach Täbris und ins türkische Trapezunt. Auf einem venezianischen Handelssegler erreichten sie nach zwei Jahren, an einem späterbstlichen Tag, Venedig.

Dort wurden sie mit allen Ehren empfangen. Nach Ende der Feiern beschloß Marco seine Reiseerfahrungen niederzuschreiben. Doch er kam nicht dazu. Venedig begann Krieg mit den Genuesern. Als Bürger seiner Vaterstadt mußte Marco daran teilnehmen. Während der Seeschlacht von Curzola, bei der die Genueser überlegen waren, geriet er in Gefangenschaft.

Sein Ruhm war ihm jedoch vorausgeeilt, und die Genueser behandelten ihn mit größtem Respekt. Bei Cavi wurde er in einem Palazzo untergebracht und bewacht. Marco Polo dachte an Flucht, empfand diese Art seiner Gefangenschaft jedoch im Grunde nicht als unangenehm. Sie befreite ihn von vielen öffentlichen Aufgaben, die man ihm in Venedig auferlegt hätte.

In den Wochen der Muse ging er daran, seine Reisenotizen zu ordnen und bat um einen Schreiber. Man schickte ihm Rusciano de Pisa, einen gelehrten kundigen Mann. Ihm diktierte Polo seine China-Erlebnisse, die der Schreiber in französischer Sprache abfaßte. Dabei vergaß Polo auch nicht, seine wundersame Rettung in der Wüste Kobi ausführlich zu erwähnen.

Nach Ende des Krieges kehrte Marco Polo nach Venedig zurück. Dort wurde er Mitglied des Großen Rates seiner Vaterstadt. Er starb 1324, sieben Jahre nach dem Tod seines Vaters Nicolo.

2

»Land!« schrie der Ausguck vom Besanmast. »Steuerbord voraus Land in Sicht!«

Die Meldung war von allen erwartet worden. Schon Stunden vorher hatten sich die ersten Vögel, Seeschwalben und ein schwarzer afrikanischer Milan, an Deck der Karavelle niedergelassen. Jetzt lag die Heimat zum Greifen nahe.

Das Schiff kam aus den Weiten des atlantischen Ozeans von Westindien. Die *Carmina* war eine Karavelle, ein Dreimaster, wie auch Kolumbus ihn benutzt hatte. Sie war mit Gold beladen und steuerte den südspanischen Flußhafen von Sevilla an. Sich wiegend, pflügte sie durch die kabbelige See.

Der Kapitän, Ricardo Colonas, wandte sich an seinen Ersten Offizier: »Señor Lope, wir bleiben am Wind, bis er dreht. Die Nacht über lassen wir uns von der Oberflächenströmung auf die Säulen des Herkules zutreiben.« Damit meinte er Gibraltar. Ein leichtes Schmunzeln trat auf seine Züge, denn unter Seeleuten wurde die Meerenge als symbolische Topographie der weiblichen Geschlechtsorgane verstanden. »Aber nicht bis hinein.«

Gegen Mittag befahl der Kapitän, eine Wasserprobe zu nehmen, und am Abend nochmals. Im Vergleich zu dem Hellgrün des Mittags zeigte das Wasser jetzt eine lehmgelbe Verfärbung.

»Ja, wir stehen vor der Flußmündung, Señor«, sagte der Erste Offizier Lope Murillo.

Die Segel wurden gerefft.

»Die Madonna schenke uns eine kräftige Raumbrise«, wünschte der Kapitän und legte sich zum letzten Mal während dieser Reise in seine Koje.

Kräftiger Südwind half der Karavelle *Carmina*, die fünfzig Meilen den Guadalquivir in einem Stück hinaufzusegeln. Am Abend machte sie an der Pier von Sevilla auf der linken Seite des Flusses fest.

Der Kapitän hatte noch keinen Schritt an Land getan, da zogen schon die Wachen des Vizekönigs von Andalusien auf. Zu oft war es vorgekommen, daß Goldkaravellen von räuberischem Gesindel überfallen und ausgeraubt wurden.

Zweihundertfünfzig Jahre nach dem Tod des Marco Polo hatte der Segler seinen Heimathafen erreicht.

In der Kühle des Morgens stieg Ruedra an Bord. Es war der *contable*, der Buchhalter des Finanzministers, ein hektischer kleiner Mann mit viel zu weiten Pluderhosen und viel zu großen goldenen Spangen an den Schnabelschuhen. Er galt als gewissenhaft, aber in seiner Geldgier auch als gefährlich. Gegen ihn waren Steuereintreiber vegetarische Krokodile.

Kaum traf er auf den Kapitän, hielt er sich die Nase zu. »Ihr Schiff ist eine Latrine voller Scheiße.«

»Wir waren hundert Tage auf See, Señor Contable. Unsere Hosen sind total verfurzt.«

Angewidert begehrte Ruedra, den Stauraum zu sehen. Er ließ die Siegel entfernen, warf einen Blick hinein und zeigte deutlich seine Enttäuschung über die geringwertige Ladung.

»Da stimmt etwas nicht«, murmelte er.

Dann befahl er, alles an die Pier zu schaffen und quintalweise, immer etwa hundert Pfund, sorgfältig abzuwiegen. Jedes Stück verglich er mit der Ladeliste, die er als ungenau bezeichnete. Die Leuchter, das Tafelgeschirr, Bestecke ließ er geringschätzig auf einen Haufen werfen.

»Ist nichts wert, das Zeug.«

»Und das, Señor?«

»Vielleicht zehn Escudos«, schätzte er den Papageienfederteppich.

»Der hing im Palast eines Inka-Königs, Señor.«

Ruedra interessierten nur Münzen und Barren. Immer wieder zählte er kopfschüttelnd zusammen, ließ den Kapitän rufen und fragte: »Wo ist der Rest? Die Gewichte stimmen nicht. Da fehlen mehrere Dutzend Quintale. Sagen Sie nicht, das hätten die Ratten gefressen.«

»Ratten vertragen alles mögliche. Am liebsten nagen sie Gold, Señor.«

»Aber noch mehr mögen es Kapitäne und Matrosen«, höhnte Ruedra.

Die Ladung wurde in die Schatzkammer der Burg abtransportiert.

Abends verabschiedete sich der *contable* mit den Worten: »Sie hören noch von mir, Kapitän.«

Der Kapitän blickte ihm nach.

Sein Erster Offizier kam hinzu und meinte verächtlich: »Zu dünn, zu gierig. Ein Idiot. Wie alle zu Dünnen, zu Gierigen.«

Es war ein heißer Sommertag gewesen. Am Abend suchte die Besatzung der Karavelle die Bodegas östlich des Alkazar in den kühlen Gassen nahe des Barrio de Santa Cruz auf. So auch Kapitän Ricardo Colonas.

Vorher hatte er sich mit einem ausgiebigen Bad den Dreck der monatelangen Schiffsreise abgespült und aus den Poren gebürstet. Seine alte Uniform, die er praktisch zwei Jahre täglich getragen hatte, ließ er verbrennen, zog ein frisches weißes Hemd mit flämischen Spitzen an, eine beige Hose und ein elegantes pfauenblaues Samtjackett.

Dann betrat er sein Lieblingslokal in der Calle della Pimienta. Von dem Fasanenbraten, den man dort immer frisch bekam, hatte er geträumt und von den würzigen Rotweinen aus Granada. Jetzt endlich war dieser Genuß zum Greifen nahe. Zigeuner spielten auf, Gitarren hämmerten, ein junges Mädchen tanzte Flamenco. Als diese Schönheit sehr nahe bei ihm vorbeiwirbelte, steckte er ihr einen Golddukaten am Nabel unter den Rock. Dann zog er sie auf seinen Schoß.

»Ein schöner Busen ist immer schön, Gitana«, sagte er.

Sie wollte sich losmachen. »Du bist betrunken, Ricardo. Die dritte Kanne Wein hast du schon.«

»Ja, es reicht.« Er lachte. »Die nächste Kanne Roten bitte ohne Wasser. Mit dir im Bett, Gitana, bin ich am nächsten Morgen wie neugeboren.«

»Warum sollst ausgerechnet du es sein, Kapitän? Ich kriege jeden, den ich will.«

»Wie viele waren es seit dem letzten Mal?«

»Nicht viel weniger als zweitausend.«

»Das sind mir tausend zuviel.«

Er ließ sie los. Sie tanzte wieder. Die Kastagnetten klirrten, und ihr Hintern warf dabei einen Schatten wie die Kathedrale Giralda.

Die Überlegung, ob er die Zigeunerin für diese Nacht kaufen sollte, führten bei Kapitän Colonas zu keinem Ergebnis, denn draußen auf der Straße entstand Lärm. Plötzlich stürmten Soldaten, angeführt vom Secretario des Vizekönigs, in die rußverqualmte Kneipe.

»Wo ist Kapitän Colonas?« krächzte der kleine Ruedra.

Colonas erhob sich. Er war schon benebelt. Trotzdem schwante ihm nichts Gutes. »Was willst du Ratte?« lallte er.

Die Sporen an den Stiefeln der Soldaten klirrten, und ihre Degen verursachten ein unangenehmes Geräusch, als sie sie aus den Scheiden rissen.

»Im Namen des Königs! Sie sind verhaftet.«

Erst bei der nächtlichen Verhandlung in der Präfektur erklärte man Colonas den Grund für die Festnahme. »Wir klagen Sie an, Colonas, eine große Menge des geladenen Goldes, wenigstens fünf Quintale, auch Perlen und Diamanten, an sich gebracht zu haben.«

»Die Siegelplomben des Laderaumes waren unbeschädigt«, verteidigte sich Colonas.

Der Contable unterbrach ihn: »Man kommt auch so hinein. Der Zimmermann hat die Decksplanken abgehoben.«

»Und das soll er ausgesagt haben?« zweifelte Colonas.

»Ja, unter der Folter.«

»Nun ja, da gesteht jeder alles.«

»Warum haben Sie die Kanarischen Inseln angelaufen, Kapitän? Wahrscheinlich um das Gold an der Küste zu vergraben.«

»Nein, um Zitronen an Bord zu nehmen«, erklärte Colonas verärgert. »Wir hatten Fälle von Skorbut. Uns fielen schon die Zähne aus.«

»Das können Sie dem Inquisitor des Königs erzählen«, entschied Ruedra.

Kapitän Ricardo Colonas wurde als Gefangener nach Madrid gebracht. Gefesselt saß er in der Kutsche, ständig bewacht von einem Offizier, einem jungen Leutnant, der Pepe Luis oder so ähnlich hieß. Eskortiert wurde die Kutsche von Soldaten zu Pferd. Während der ersten Reisetage hinauf nach Kastilien verhielt sich der Offizier zurückhaltend. Erst als der Kapitän von seinen Abenteuern im Karibischen Meer zu erzählen begann, von den Reichtümern, die es dort gab, von den vergoldeten Tempeln, von den wilden sinnlichen Indianerinnen, taute er auf.

»Die Konquistadoren dort, allen voran Cortez, sind Räuber und Verbrecher«, sagte der Offizier. »Warum wohl hat der König sie übers Meer geschickt? Doch nur, um diese Unruhegeister loszuwerden. Und alle stammen sie aus der Provinz Estremadura, wo solche Abenteurer immer herkommen.«

Ausgerechnet an diesem Tag fuhren sie durch die Estremadura, ein karges, staubiges, armes Land. Die goldbraune Wolke, die die Kutsche aufwirbelte, zog sich meilenweit sichtbar hinter ihnen her.

»Der Grund ist ein anderer, Leutnant«, erklärte der Kapitän. »Nach dem Krieg gegen die Mauren hat König Karl V. die großen Güter dem hohen Adel zugeteilt.

Dies zum Dank dafür, daß sie die Krone im Kampf gegen die Ungläubigen unterstützten. Die Hidalgos vom niedrigen Adel gingen leer aus. Sie besaßen kein Land mehr und verhungerten fast. Deshalb stellte ihnen der König Freibriefe aus. Tausende Seemeilen von Spanien entfernt, auf der anderen Seite des Meeres, fühlten sie sich frei und unkontrolliert. Das machte sie geldgierig. Sie sahen den Reichtum, töteten und raubten im Zeichen des Kreuzes. In Westindien, in Mexiko, in Venezuela. Die Inkas in Peru wurden zu Hunderttausenden hingeschlachtet. Doch der König war mit Gold nicht sattzukriegen und die Eroberer auch nicht. Sie sind heute unermeßlich reich, und Sie, Leutnant, tragen eine schäbige Uniform. Wann bekamen Sie Ihren letzten Sold, Señor?«

»Hüten Sie besser Ihre Zunge«, warnte der Leutnant seinen Gefangenen.

Doch Colonas war in seiner Wut nicht zu bremsen. »Auf die Goldlieferungen seiner brutalen Ausbeuter verläßt sich der König. Ja, er fordert ständig mehr. Ich möchte verdammt gerne wissen, wofür er diese tausend Millionen Dukaten braucht.«

Die Antwort erhielt Kapitän Colonas am nächsten Tag. Er sah, daß man die Hügel und Berge der Sierra, die früher grün gewesen waren, abgeholzt hatte. Es gab fast keine Wälder mehr. »Bei der Heiligen Madonna! Was treibt ihr mit diesen wundervollen Pinien, den Zypressen und Eichen?«

Der zweite Teil seiner Frage war Colonas eigentlich schon beantwortet worden, als sie Sevilla verlassen hatten.

»Haben Sie die riesigen Schiffe gesehen, Kapitän,

diese tausend Tonnen schweren Kriegssegler, die man Galeonen nennt«, erinnerte ihn der Offizier.

»Sie sind schwierig zu manövrieren«, behauptete Colonas in abfälligem Ton.

»Und wie lange waren Sie schon nicht mehr in Madrid, Kapitän? All die herrlichen neuen Bauten, die Kirchen und der Königspalast, der Escorial, kosten unvorstellbare Summen. So was wie den Escorial, diese gigantische Pracht, können Sie sich nicht vorstellen, Kapitän.«

»Werde wohl bald das Vergnügen haben«, fürchtete Colonas. »Trotzdem müßte Spanien eigentlich in Gold schwimmen. Der König hat doch den Türkenkrieg gewonnen und sein portugiesisches Erbe zurückgeholt.«

»*Cierto*, aber die reichen Niederlande gingen verloren«, gab Leutnant Luis zu bedenken.

»Das hat er alles seinem finsteren Herzog Alba zu verdanken.«

»Schweigen Sie, Kapitän. Sie reden sich um Ihren Hals.«

Colonas schwieg nicht. »Wie viele Schiffe sind das inzwischen?«

»Man spricht von nahezu zweihundert.«

»Wozu braucht der König diese Riesenflotte?«

»Weil er England haßt und mit Königin Elisabeth noch ein Hühnchen zu rupfen hat.«

Voll Sarkasmus äußerte der Kapitän: »Der König kann nicht alle Kriege führen – aber er wird es wohl zweifellos versuchen.«

Während der tagelangen Reise nach Norden war der Kapitän ständig in Ketten an Händen und an Füßen gefesselt. Nur die Schelle am linken Handgelenk nahm man ihm zum Essen oder wenn er seine Notdurft verrichtete ab.

In Madrid mußte der Kapitän der Goldgaleere *Carmina* eine Woche im Kerker schmachten, ehe man ihn einem Gericht überstellte. In einer separaten Loge nahm der König selbst an der Verhandlung teil. Colonas kannte ihn nur von Bildern, wo der König jung und blühend aussah. Jetzt wirkte er wie ein von Sorgen gebückter, kranker Mann. Dabei war er erst 1527 in Valladolid geboren, also noch nicht einmal fünfzig Jahre alt.

Vielleicht drückten Philipp II. auch die Verpflichtungen seines Erbes. Immerhin war er der Sohn Karls V., von dem man behauptete, daß in seinem Reich die Sonne nie unterginge. Philipps Mutter, Isabella von Portugal, entstammte einer Familie, von der die Hälfte in Irrenanstalten ihr Leben beendete. Schon mit sechzehn Jahren hatte man den Knaben Philipp mit Maria von Portugal verheiratet, um deren Erbe er später kämpfen mußte, wie er um vieles in seinem Leben hatte kämpfen müssen. Nach ihrem Tod hatte er 1554 Maria Tudor von England geheiratet. Auch nicht die erste Wahl. Und sie hatte ihm nur Ärger eingebracht. Wie stolz war Philipp auf seinen Einfluß auf England gewesen. Doch der ging mit Marias Tod rasch verloren. Das bedeutete wieder Krieg. Daß der König immer nur Kriege geführt hatte, sah man seinen verbitterten Zügen an. Er kämpfte gegen die verbliebenen Ungläubigen in Andalusien, gegen Frankreich, gegen die abfallenden Niederlande. Aber das Schlimmste stand ihm wohl noch bevor: der Krieg gegen den verhaßtesten aller Feinde, gegen Elisabeth von England. Sie besaß eine berühmte Flotte, und deshalb baute Philipp eine noch gewaltigere – die Armada.

Der Prozeß begann. Wie es aussah, würde man einen kurzen machen. Nach einigen oberflächlichen Verhören wurde in Protokollen geblättert, dann durfte Colonas sich zu Wort melden. Er brauchte nur wenige Sätze für seine Verteidigung.

»Señores«, begann er, »die Verzögerung meiner Reise ist einmal durch widrige Winde zu erklären. Wochenlang trieben wir im Kalmengürtel der Saragossasee, wo mein Schiff von Tang, Algen und Seegras so umschlossen wurde, daß wir uns nur mit Äxten und Beilen freihauen konnten. Wir mußten Trinkwasser ergänzen, brauchten frische Früchte gegen Zahnausfall und die Hautgeschwüre. Deshalb liefen wir die Kanaren an. Im Grunde bin ich nicht dazu ausersehen gewesen, eine große Goldladung nach Spanien zu bringen, denn mein Schiff, die *Carmina*, ist unbewaffnet. Und überall lauern Piraten.«

»Zum Teufel, worin bestand dann Ihre Aufgabe?« wollte der Admiral wissen.

»Ich sollte melden, Señores, daß in Peru die Karavelle *Santa Lucia* mit soviel Gold und Silber beladen wird, wie sie tragen kann. Sie wird bald in See gehen.«

»Von welchem Hafen aus?«

»Vermutlich von Valparaiso.«

»Warum so weit unten in Chile?«

»Es gehört zum Vizekönigreich Peru. Pedro di Baldivia hat es für uns erbeutet. Wurde das etwa vergessen, Señores?«

»Aber warum ausgerechnet in Valparaiso?«

»In Peru wütet die Pest. Die schwarze Beulenpest«, erklärte Colonas.

Offenbar glaubte man seinen Aussagen wenig.

Einer der adligen Richter im Admiralsrang meinte: »Das einzig Sichere ist der Zweifel.«

Und ein anderer spottete: »Was heißt Zweifel, was heißt Wahrheit. Ich liebe Vorurteile, die stimmen meistens. Vorverurteilen wir ihn also.«

Immerhin erfüllte die Ankündigung der nächsten Goldlieferungen die Hoffnungen des Königs und schien ihn einiger Sorgen zu entheben. Denn inzwischen hatten die Armada und die Prachtbauten die Staatsfinanzen so erschüttert, daß man auf jedes Goldquintal angewiesen war.

Der Verteidiger von Colonas erläuterte wortreich die Unschuld des Angeklagten, was leider wenig half.

»Zumindest hat er sich der Dummheit schuldig gemacht«, behauptete einer der Beisitzer.

Das Gericht kalkulierte, daß bis zum Eintreffen der *Santa Lucia* im schlechtesten Fall ein Jahr vergehen könne. Trotzdem lautete der Urteilsspruch: »Kapitän Ricardo Colonas ist einzukerkern, bis die Karavelle *Santa Lucia* wohlbehalten einen spanischen Hafen erreicht hat.«

Immerhin durfte er die schmale Gefängniskost auf eigene Rechnung verbessern. Immer nur Pfannkuchen mit dicken Saubohnen, das war nicht auszuhalten.

3

In Peru herrschte die Pest. Täglich wurden Tote mit blauschwarzen Beulen auf den Straßen gefunden. Alle Menschen hofften auf die reinigenden Seewinde, aber die blieben aus.

Der Hafen von Valparaiso lag auf 33 Grad südlicher Breite. Hier, nahe dem Wendekreis, wurde es im August des Jahres 1571 schon Spätwinter. Die Schiffe, die um Kap Hoorn nach Europa segeln wollten, machten sich auslaufbereit, denn bald drohten dort die Äquinoktialstürme. Eines dieser Schiffe, die dreihundert Tonnen verdrängende bewaffnete Karavelle *Santa Lucia* war so schwer mit Dukaten und Silberbarren beladen, daß man die Vorräte für die sechzigköpfige Besatzung beschränken mußte.

»Notfalls fressen wir eben Ihrer Hoheit goldene Pißpötte«, schimpfte der Decksmaat.

»Die mit dem Wappen des Vizekönigs schmecken am besten«, meinte der Segelmacher. Seine freche Zunge war gefürchtet.

Zwei Seeleute der Besatzung wurden mit Verdacht auf Pestbeulen ins Hospital gebracht. Jeden Tag bestand die Gefahr, daß sich noch andere ansteckten. Der Kapitän drängte also auf Abreise. Der Provinzgouverneur bestand jedoch darauf, daß das Eintreffen einer Wagenkolonne abgewartet wurde. Sie sollte noch Silber aus den Bergwerken in den Anden liefern. Aber mit

Sicherheit schleppten sie damit auch Pestbazillen aus den Indianerlagern ein. Deshalb beschloß Kapitän Doloros rasch in See zu gehen.

Heimlich ließ er im Dunkel der Nacht die Leinen loswerfen. Lautlos und langsam wie ein Geisterschiff trieb die Karavelle aus dem Hafen. Im tiefen Wasser setzten sie Segel. Kaum hatte die Karavelle das gebirgige Festland, die Sierra Bernardo mit ihren sechstausend Meter hohen Gipfeln außer Sicht, erfaßte sie ein kräftiger Nordwest. Unter geblähtem Tuch stampfte sie nach Süden.

Mit neun Knoten Geschwindigkeit kam sie gut voran. Alles sah prächtig aus. Die Seeleute verrichteten an Bord ihre Arbeiten. Sie teerten, erneuerten laufendes Gut, flickten Segel. Undichte Stellen der Beplankung wurden kalfatert, Wasser aus dem Kielraum gepumpt.

Zwei Wochen lang ging alles glatt. Niemand konnte ahnen, daß etwas Geduld besser gewesen wäre, denn das Schiff kam vom Regen in die Traufe, von der Pest in Valparaiso in die Hölle der Feuerlandorkane.

Kapitän Doloros galt als erstklassiger Seemann. Aber er war kein Hellseher. Seine Leute schätzten ihn, auch wenn er mitunter hart durchgriff. Angeblich hatte einer der Decksleute in der Kombüse ein Stück Fleisch gestohlen. Er wurde nackt an den Mast gebunden und bekam fünfzig Peitschenhiebe, obwohl sein Rücken schon nach dreißig Schlägen in Fetzen gerissen war.

Kapitän Doloros, seine zwei Offiziere und Steuerleute übten sich an den neuen Navigationsgeräten. Mittags schossen sie mit dem Sextanten die Sonne, nachts das Kreuz des Südens. Und immer wieder bestaunten sie die moderne Schiffsuhr, den von Harrison entwikkelten Ankerchronometer, der die Navigation sehr erleichterte. Aus Sonnenstand und Chronometerzeit ließ sich jeden Mittag der Längengrad errechnen, auf dem sich das Schiff befand.

»Auch der neue Kompaß zeigt sehr genau an«, sagte der Steuermann. »Die Rose schwimmt auf Alkohol.«

»Noch eine Woche bis Kap Hoorn«, schätzte der Kapitän. »Wenn wir gut herumkommen, sind wir zu Ostern in Andalusien.«

»Oder schon bis Weihnachten, Señor Kapitän.«

»So gute Winde gibt es gar nicht.«

»Oder wir haben sie nicht verdient.«

Auf einer der Navarino-Inseln, den südlichsten des südamerikanischen Kontinents, gab es einen spanischen Beobachtungsposten. Er war besetzt mit zwei Mann. Sie jagten Wild, fingen Fische und registrierten die passierenden Schiffe. Ging es nach Osten, bekam es auf der Liste ein Kreuz, ging es nach Westen, einen Strich. Manchmal ließ sich sogar der Name erkennen.

Die Soldaten, meist Einzelgänger, waren nicht freiwillig hier. Wegen irgendwelcher schwerer Vergehen hatte man sie zum Tode verurteilt. Doch sie konnten zwischen der Garotte und einem Kommando am Ende der Welt wählen.

Auf der Navarino-Insel hockten zu diesem Zeitpunkt zwei ehemalige Seeleute aus Kastilien. Der eine redete viel und sagte nichts, der andere schwieg lieber, drückte aber mehr damit aus.

»Hier fehlen Weiber«, meinte der Jüngere.

»Fang dir eine Indianerin.«

»Die haben einem Kumpel von mir den Schwanz abgebissen.«

»Es gibt genug wilde Ziegen in den Bergen.«

»Nein, danke. Die haben Bandwürmer.«

Im September sichteten die Posten durch ihr Fernrohr einen Dreimaster, den sie für eine Karavelle hielten.

»Unser Proviantschiff?« freute sich der Schweigsame.

»Das kommt erst früh im Sommer.«

»Trotzdem müssen wir die Aufzeichnungen fertig machen.«

»Das alles verdanken wir unserem Scheißkönig«, schimpfte der Lästerer.

»Halt's Maul oder ich dreh' dir den Hals um.«

»Dann bist du aber ganz schön allein hier«, meinte der andere.

Der Dreimaster kämpfte kreuzend gegen den vorherrschenden starken Nordost an. Tagelang kam er nicht vorwärts. Dies auch, weil es immer stärker wehte und er nur noch Sturmsegel setzen konnte. Mitunter verschwand er unter Gischt und Dünung und dem ineinanderfließenden Grau von Himmel und Meer.

Einmal glaubten die Posten, das Schiff würde auf die Klippen gedrückt. Im letzten Augenblick kam es jedoch vom Vorgebirge frei. Setzte das Heulen des Sturmes kurz aus, hörten sie sogar Befehle wie »Klar zum Halsen!«

Gespannt verfolgten die Männer in Südfeuerland, wie sich der Segler abmühte und immer wieder Anlauf nahm, um endlich in den Atlantik hinauszustoßen. Sie glaubten zu beobachten, daß seine Segel zerrissen, daß die Rah brach und der obere Teil des Besanmastes herunterkam. Nur durch das Geschick des Kapitäns konnte die Besatzung verhindern, daß ihr Schiff erneut zu den Felsen von Kap Hoorn getrieben wurde und dort zerschellte.

Einer der Militärposten fragte seinen Kameraden: »Möchtest du da drüben sein?«

»Nie im Leben.«

»Auch nicht mit der Aussicht, in die Heimat zu kommen?«

»Auch dann nicht.«

»Hier ist es mies, aber dort ist die Hölle.«

Irgendwann gelang es der Karavelle jedoch, in den Atlantik zu kreuzen. Jedenfalls war sie wenige Tage später in Richtung Ost verschwunden.

Nie vorher hatte die *Santa Lucia* einen solchen Sturm abgeritten. Zuerst gingen die mürben Segel in Fetzen.

»Wir haben genug Leinwand«, sagte der Segelmacher, »reicht noch für 'ne Masse Leichentücher.«

»Auch genug Holz?« wandte sich der Kapitän an den Schiffszimmermann, als der Besanmast an der Marsstenge zu Bruch gegangen war.

»Für warme Gedanken reicht es noch, Señor.«

Der Sturm hatte aber noch mehr angerichtet. Teile des abgesplitterten Mastes hatten Trinkwasserfässer entweder zerschlagen oder über Bord gerissen. Tag und Nacht mußten die Männer den Rumpf von eindringendem Seewasser leerpumpen. Das ging, bis die Lederdichtungen zerfledderten. Aus dem Schuhwerk der Matrosen versuchten sie neue zu schneiden. Doch das Leder war untauglich. Durch Nässe und andere Umstände waren Kompaß und Chronometer ausgefallen, der Sextant war unbrauchbar und die meisten Seekarten zu einer schleimigen Papiermasse aufgeweicht. Das stark beschädigte Steuer konnte nicht mehr so instand gesetzt werden, daß die Karavelle damit am Wind zu halten war. So wurde sie nahezu zum Spielball von Wind und Strömung.

»Alle Karavellen sind verdammt schwer zu segeln«, fluchte der Kapitän.

»Sie bieten dem Wind gefährliche Angriffsflächen.«

»Wir liegen wie eine luftgefüllte Schweinsblase auf dem Meer. Schon bei geringsten Seitenböen treiben wir aus dem Kurs.«

Dann wieder, wenn der Wind in das schwere Tuch griff, raste die *Santa Lucia* über die Schaumkronen, wohin sie wollte.

Endlich gab sogar der eisenharte Kapitän auf. »So ist das Schiff unsteuerbar«, resignierte er.

Von Tag zu Tag wurde es kälter. Sie gerieten in Treibeis.

»Schätze, wir nähern uns siebzig Grad Süd«, meinte der erfahrene Doloros. Damit niemand mithörte, flüsterte er es seinem Steuermann nur leise ins Ohr: »Waren Sie nicht schon als Walfänger hier?«

»So weit in Antarktische Gewässer auf den Südpol zu bin ich nicht gekommen.«

Die *Santa Lucia* machte immer mehr Wasser. Es erwies sich als erforderlich, das Schiff irgendwo aufs Trockene zur Reparatur zu legen.

Eines Morgens sichteten die Männer eine Insel.

»Gehört sie zu den südlichen Shetlands?«

»Vermutlich ist es Graham-Land«, äußerte sich Doloros vorsichtig, »es soll das Weddellmeer umschließen. Aber Karten aus diesem Gebiet sind so ungenau, daß sie ohne praktischen Nutzen sind. Deshalb ist meine Erinnerung ziemlich trüb.«

Der Kapitän befahl das Langboot auszusetzen. Die acht kräftigsten Männer mußten an die Riemen und die Karavelle an einer Trosse in die Bucht schleppen. Doch dann gerieten sie auf Grund und hatten Mühe, wieder frei zu kommen.

Inzwischen waren die letzten Wasservorräte zu Ende gegangen. Die Treibeisplatten bestanden aus gefrorenem Meerwasser von hohem Salzgehalt, eigneten sich nicht zum Kochen oder Trinken. Die Männer mußten also an Land, um eine Quelle ausfindig zu machen oder Süßwassereis zu schmelzen.

Selbst das wurde äußerst schwierig, denn auch jetzt, im Oktober, dem arktischen Frühling, hatte sich in diesen Breiten der Winter noch einmal voll zurückgemeldet

Die Nässe von Gischt und Brechern gefror auf Decksplanken, Masten und Tauwerk zu einer immer dickeren Schicht, bis das Eis bald das ganze Schiff überzogen hatte.

Noch trieb Kapitän Doloros mit eiserner Härte seine Männer zu den notwendigsten Arbeiten an und machte ihnen dadurch Mut.

»Der Alte würde das nicht von uns verlangen, wenn es nicht noch Hoffnung gäbe«, meinte einer der Maate.

Das ging bis zu jener Nacht, in der sich etwas ereignete, was wohl noch nie einem Schiff zugestoßen war.

Die letzte amtliche Sichtung der *Santa Lucia* tätigte der Militärposten im südlichen Feuerland. Von da ab war sie von der damals bekannten Erdoberfläche verschwunden.

»Kein Schiff verschwindet jemals spurlos«, sagte der Flottenadmiral in Valparaiso, als er in das Tagebuch der Feuerlandposten Einsicht nahm. »Nichts verschwindet je, ohne eine Spur zu hinterlassen.«

Offenbar war dies bei der *Santa Lucia* anders. Sie tauchte nicht wieder auf und das so gut wie für alle Zeiten.

In Peru starben Millionen Menschen an der Beulenpest, und in Spanien schmachtete ein Gefangener, nämlich Kapitän Colonas, im Kerker des Escorial, weil die Goldkaravelle ausblieb.

Vergebens wartete der König in Madrid auf die Meldung, daß die *Santa Lucia* in Sevilla endlich angekommen sei. Täglich erkundigte er sich beim Admiral der Flotte. Denn die Schatztruhen waren leer.

»Die Kosten der Armada betragen bis jetzt schon hundertachtzig Millionen Dukaten, und sie ist noch gar nicht fertig«, jammerte Philipp.

»Hundertneunundzwanzig große und kleinere Kriegsschiffe sind einsatzklar«, meldete der Admiral stolz.

»Und wie sieht es mit den Soldaten aus?«

»An Bord befinden sich neunzehntausend Seesoldaten, achttausendfünfhundert Matrosen, zweitausend Sklaven sowie hundertfünfzig Dominikaner.«

»Und die Bewaffnung?« wollte der König wissen. »Beten allein nützt wenig gegen den Feind.«

»Eure Armada, Hoheit, führt zweitausendsiebenhundert Kanonen.«

»Damit werde ich die Rechte der spanischen Krone in England wiederherstellen«, sprach sich der König selbst Mut zu, »immerhin hat mir der Papst einmal England geschenkt. Es gehört mir. Und den Tod der Maria Stuart habe ich zu rächen geschworen.«

Um das England der Königin Elisabeth in die Knie zu zwingen, verließ die Armada am 23. Mai 1588 Lissabon. Schon drei Monate später war sie praktisch vernichtet. Entweder von den Engländern zusammengeschossen oder im Orkan bei den Orkney-Inseln gesunken. Manche der Galeonen strandeten sogar weit im Norden an den Klippen Norwegens oder an der schottischen Küste. Andere sanken auf offenem Meer.

Nur sechsundsechzig Schiffe kehrten schwerbeschädigt nach Spanien zurück, wo selbst noch im Hafen von Lissabon das Pech nicht endete und zwei Galeonen ein Raub der Flammen wurden.

Diese Hiobsbotschaften gaben der Gesundheit des Königs den Rest.

»Das war der letzte Krieg, den ich geführt, und auch der letzte, den ich verloren habe«, erkannte er hellsichtig. König Philipp bekam England nie zurück. Nach längerem Siechtum starb er am 13. September 1598.

Kapitän Ricardo Colonas überlebte den König. Aber nur deshalb, weil man ihn in den tiefen Kerkern des Escorial vergessen hatte. Niemand wußte mit dem völlig verwahrlosten Gefangenen etwas anzufangen. Immerhin kannte einer der Aufseher seinen Namen. Die Gerichtsakte wurde noch einmal hervorgeholt. Die Freilassung von Kapitän Colonas sei ultimativ mit dem Eintreffen der Karavelle *Santa Lucia* verknüpft, stand da. In keinem Papier war jedoch die Ankunft der Goldkaravelle vermerkt.

Demzufolge wurde der Angeklagte als überzählig eliminiert. Gemäß den landesüblichen Gepflogenheiten erdrosselte man Kapitän Ricardo Colonas nach dreißigjähriger Gefangenschaft mit Hilfe der Garotta, dem Würgeholz.

4

»Unbekanntes Objekt zwei Strich Steuerbord!« meldete der Radarbeobachter auf die Brücke.
»Schon erkennbar?« fragte der Kapitän zurück.
»Nein, noch nicht, Genosse Kapitän.«
»Ein Fahrzeug?«
»Es bewegt sich kaum.«
»Liegt es gestoppt oder treibt es?«
»Vielleicht ein Eisberg.«
Der Kapitän ließ auf langsame Fahrt zurückgehen. Der Maschinentelegraph klingelte. Der Kapitän beschloß, direkt darauf zuzuhalten.
»Neuer Kurs einhundertzwoundachtzig.«
Das Brückenpersonal versuchte mit Ferngläsern die Nebelschicht zwischen Meer und dem milchigblauen Antarktishimmel zu durchdringen. Noch war nichts zu sehen. Doch wenige Minuten später wurde der diffuse Dunst an einer Stelle punktförmig heller.
Was sich beim Näherkommen herausschälte, war ein weißer Koloß, ein riesenhaftes Ding, zehnmal so groß wie die Basilius-Kathedrale am Roten Platz in Moskau: endlich der erste Eisberg.
»So weit im Norden?«
»Ungewöhnlich«, bemerkte der Erste Offizier.
»Irgend etwas an diesem Ungetüm stimmt nicht.«
»Auf Tiefe achten!« befahl der Kapitän des Frachters *Tscherkinski*. »Und dann erst einmal rundherumfahren.«

Im Dezember des Jahres 1993, mehr als vierhundert Jahre nach dem Verschwinden der spanischen Goldkaravelle *Santa Lucia* war in Wladiwostok, dem sowjetischen Ostasien-Stützpunkt der Roten Flotte, ein Frachter ausgerüstet worden. Der Frachter führte den Namen *Tscherkinski* und konnte dreitausend Tonnen laden. An Bord hatte er Ausrüstung, Heizöl und Proviant für die sowjetische Südpolstation. Alles sollte noch im arktischen Sommer, also bis spätestens Februar, angelandet werden. Ein Teil der Besatzung des Frachters bestand aus Marinesoldaten und Geheimdienstleuten. An Bord befand sich aber auch eine Gruppe internationaler Wissenschaftler. Darunter Amerikaner, Engländer, Franzosen, Australier, ein Japaner und ein Italiener. Sie arbeiteten an dem Forschungsprogramm »antarktisches Ökosystem«. Den Schwerpunkt bildete die Versorgung heißer Erdregionen mit Süßwasser, denn in Äquatornähe wurde die Trinkwasserlage immer kritischer.

In zügiger Dieselfahrt war der Frachter durch die Meerenge von Hokkaido gelaufen, dann mehr oder weniger am hundertvierzigsten Meridian entlang nach Süden. So hatte er den Pazifik und die Südsee durchquert, in Äquatornähe einen Haken nach Osten geschlagen und Neuguinea und Australien westlich liegengelassen. In der Tasmansee hatte er seinen Südkurs fortgesetzt und blieb etwa am hundertachtzigsten Meridian. Zehn Tage später erreichte er das Rossmeer.

Die großen Buchten waren um diese Zeit nahezu eisfrei. Mitunter konnte man mit dem Fernglas eine Art weiße Steilküste erkennen, das Hunderte von Metern dicke Schelfeis, das den Südpol wie eine Kappe umgab. Aber Eisbergen waren sie bisher nicht begegnet.

Doch an diesem Nachmittag fanden sie einen. Im Gegensatz zu anderen Eisbergen war er nicht undurchsichtig milchig, sondern schien aus bläulich schimmerndem Klareis zu bestehen.

Ein Schweizer Glaziologe, Gletscherexperte und Mitglied der Forschergruppe, vermutete: »Wahrscheinlich dreht er sich des öfteren in der Strömung.«

Vom Vordeck aus betrachteten die Wissenschaftler das Naturwunder. Die Sonne war inzwischen schon sehr tief auf den wolkenlosen Horizont gesunken. Mit schrägem Licht beleuchtete sie den Eisberg aus Westen. Von einer Minute zur anderen entdeckten die Männer darin eine faszinierende Erscheinung. Im Eis eingeschlossen war etwas zu einem merkwürdig geformten Schatten geronnen, so groß wie ein mittlerer Wohnblock.

Auf der Kommandobrücke sagte der Kapitän zu seinem Ersten: »So etwas hab' ich in Hamburg schon einmal gesehen. Natürlich in Miniatur. Künstler basteln in leere Flaschen kleine Schiffe hinein. Segler, Frachter, was sie wollen. Auch mal einen Leuchtturm, dazu ein Stück Meereswellen. Sie nennen das Flaschenschiffe oder so ähnlich.«

»Was da drin ist, Genosse Kapitän, könnte ein Schiff sein ... aber auch eine Station.«

»Station? Was für eine Station?«

»Eine amerikanische.«

Wie das Brückenpersonal rätselten auch die Wissenschaftler an der Reling daran herum, ob es sich bei dem Einschluß etwa um riesige Urzeittiere handeln könne oder gar um eine geheimnisvolle neue Waffe. Genaues war nur mit erstklassigen Marineferngläsern oder Radar auszumachen. Und über beides verfügten sie nicht.

Plötzlich tauchten Soldaten auf und baten, höflich zwar, aber mit umgehängten Maschinenpistolen, die Experten unter Deck.

»Wer hat das denn befohlen?«

»Der Kapitän«, hieß es.

»Na ja, und der ist hier an Bord Gottvater«, lästerte der Franzose.

Unter Deck sperrte man die Gäste in den Speisesaal. Dessen Bulleyes wurden geschlossen, die Tür von sowjetischen Marinesoldaten bewacht. Die Proteste der Wissenschaftler nützten wenig. Sie durften weder in ihre Arbeitsräume noch in die Kajüten. Das führte dazu, daß sich die Gerüchte um den Einschluß im Eisberg verdichteten.

»Zweifellos halten der Kapitän oder die KGB-Leute etwas geheim«, bemerkte der Japaner.

»Handelt es sich vielleicht um eine eurer verkappten Raketenabschußbasen?« wandte sich der Italiener an den Amerikaner.

Doch der lächelte verlegen. Er wußte es auch nicht.

Einer der Wissenschaftler hatte sein Taschenradio, einen kaum handgroßen Weltempfänger, dabei. Damit stellte er fest, daß von Bord der *Tscherkinski* heftiger Funkverkehr mit Moskau einsetzte. Zu entschlüsseln war er nicht, denn er wurde russisch geführt und außerdem codiert.

»Klar haben die etwas gefunden.«

»Ist so ein Einschluß künstlich erzeugt worden oder auch von Natur aus möglich?« lautete die Hauptfrage.

Der Schweizer Glaziologe stellte die Theorie auf, daß so etwas durchaus auf natürlichem Wege zustande kommen könne.

»Tau, Regen, Schneefall, dann Frost schließen ein Schiff blitzschnell ein. Kommt neue Gischt hinzu oder gar Brecher, widersteht das Eis allem Sägen, Hämmern, Meißeln und jeder Manneskraft. So wird ein Schiff leicht zum Eisberg. Alles ist nur eine Frage der Zeit.«

»Das Schelfeis bricht auch immerzu in Stücke«, steuerte der Franzose bei. »Die Trümmer bilden die Grundlage der Eisberge. Sie können zu ganzen Inseln zusammenwachsen.«

»So groß wie Belgien.«

»Man hat sogar schon die Reste alter Polarstationen in Eisbergen ausfindig gemacht«, steuerte der Australier bei.

Dr. Polo, das italienische Mitglied des Teams, meldete sich zu Wort: »Ein am Schelfeisrand notgelandetes Flugzeug, eine DC-2, soll in einem Eisberg gesichtet worden sein.«

Der immer zu Spott aufgelegte Franzose wandte sich an seinen Kollegen: »Dachte, Sie seien Historiker, Dr. Polo, was haben Sie mit Ökologie oder gar mit dem Weltwasserproblem zu tun?«

»Vielleicht mehr, als Sie ahnen, Monsieur. Flexibilität ist in meiner Familie Tradition. Schon mein Urahn machte interessante Entdeckungen auf diesem Gebiet.«

»Sie meinen wohl Ihren Urururahn. Wieviel Uhr wäre es nach Ihrer Familienuhr?«

»Mindestens Mitternacht«, spottete der Brite.

»Eher schon fünf nach zwölf.«

Sie wollten mehr darüber wissen, doch der Italiener schwieg. Dies aus gutem Grund. Er durfte nicht erwähnen, daß er in besonderem Auftrag an Bord war. Außerdem wurden ihre Gespräche natürlich von den Russen abgehört und aufgezeichnet.

Der immer neugierige Japaner fragte: »Die Sache mit Ihrem Urahn liegt auch schon eine Weile zurück. Der berühmte Marco Polo lebte im dreizehnten Jahrhundert, nicht wahr?«

Notgedrungen antwortete der Angesprochene: »Ja, wir haben über viele Generationen seinen Namen weitergegeben.«

»Und was bedeutet Ihr zweiter Vorname, Dottore. Marco Trentuno Polo? Ist es eine Beifügung oder eher ein Unterscheidungsmerkmal?«

»Ganz einfach«, erklärte der italienische Forscher, »Trentuno bedeutet: einunddreißig. Ich bin der einunddreißigste Nachkomme von Marco Polo, dem Chinareisenden. Trentuno ist Teil meines Namens.«

»Also doch der besseren Unterscheidung wegen, wenn ich recht verstehe.«

»Ganz wie es Ihnen beliebt, Gentlemen«, beendete der Italiener das Gespräch.

Die Wissenschaftlergruppe diskutierte die halbe Nacht. Dabei wurden Karten gedroschen und der reichlich an Bord vorhandene Wodka konsumiert. Müde legten sich die Forscher schließlich auf Tischen, auf Bänken oder auf dem Boden zur Ruhe nieder.

Am nächsten Morgen wurden sie geweckt und, wie Gefangene zum Hofgang, wieder an Deck gelassen.

Der Grund wurde jedem sofort klar. Die Sonne war bereits aufgegangen, das Meer ringsum leer. Der merkwürdige Eisberg war verschwunden, vermutlich in der Strömung abgetrieben und in der fernen Nebelbank auch nicht mehr zu finden.

»Der hätte sich vorzüglich als Süßwasserreservoir geeignet«, schwärmte der Schweizer Glaziologe. »Abschleppen und in Afrika auftauen. Das wäre was. Das bringt Kohle. Über den Daumen gepeilt drei Fränkli für den Kubik.«

»Falls er in warmen Gewässern nicht vorher dahinschmilzt.«

Der Schweizer ließ sich in seiner Gewinnberechnung nicht beirren. »Eisberge lösen sich nicht so rasch auf. Acht Neuntel ihres Volumens befinden sich ohnehin unter Wasser. Was herausragt, ist also nur ein kleines Stück. Sie treiben hinauf bis achtunddreißig Grad Süd. Man hat Eisberge vor Neuseeland und bei den Falkland-Inseln gesichtet. Oft halten sie sich mehrere Jahre, ehe sie dahingehen.«

»Dann wird das Rätsel seines Einschlusses wohl nie mehr zu lösen sein«, fürchtete der Japaner.

Darauf wollte niemand eine Antwort geben.

5

Im sommerlichen Leinenanzug schlenderte in Venedig Dr. Polo am Canal Grande entlang. Bei Rialto bog er in die schattigen Gassen ab. Am Markt kannten ihn viele.

»Hallo, Dottore, wieder daheim?« riefen die Fischhändler. »Wie war's?«

Er winkte ihnen freundlich zu und eilte weiter um ein paar Ecken in *Harry's Bar,* dorthin, wo schon der Schriftsteller Ernest Hemingway die Hocker bebrütet hatte. Bei *Harry* war auch Polo zu Hause wie in keiner Bar sonstwo auf der Welt. Eine Kneipe, in der man sich am Vormittag schon wie am Abend fühlte.

Heute war wenig los. Hinten, bei den Nischen, klimperte einer am Piano *When You're Smiling.*

Ennio, der Barmann, polierte Gläser. »*Ciao,* Dottore. Wieder daheim? Schön dich zu sehen. Was darf es sein? Wie immer?«

»Wie immer« bestand aus einem Glas *vino bianco,* einem Tropfen Campari und einer Scheibe Zitrone, geschält, oben drauf.

Ennio, der große Ähnlichkeit mit Dr. Polo hatte – mittelgroß, sehr schlank, dunkelbraunes Haar, dunkelbraune Augen, immer leicht gebräunte Haut –, servierte das Glas. Es war beschlagen.

»Wie war's, Dottore?«

»Kalt, und von Tag zu Tag ein bißchen schlechter.

Null Luxus, fünf Mann eine Dusche und nur an drei Tagen funktionierte sie. Die Spaghetti pappig wie Tischlerleim.«

»Na ja, die Russen«, meinte Ennio und stellte einen Teller mit Garnelen und Fornerino zu dem Wein. Das dünne Pizzabrot war noch warm, ölglänzend und duftete nach den Rosmarinnadeln.

»Wo geht es als nächstes hin, Dottore?«

»Danke, mir reicht's vorerst. Wenn ich verreise, dann höchstens bis Verona oder ein bißchen Segeln in der Adria. Bloß nicht weit weg.«

Sie redeten und trieben ihre Späße.

»Was macht die Contessa?« wollte Ennio wissen. »Sie soll *veramente* ein bißchen einsam sein.«

Er durfte sich Neugier erlauben. Sie kannten sich von der Schule her. Ennio war in die Media gegangen, Polo ins Gymnasium.

»Hattest du nicht mal vor zu heiraten, Dottore?«

»Noch einen *vino con*«, bat Polo. »Und was das Heiraten betrifft, erst wollte sie nicht, jetzt mag ich nicht.«

»Madonna! So läuft es, wenn man von fernen Welten in die Provinz zurückkehrt.«

»Wie denn sonst?«

»Immer klassisch.«

»Was meinst du mit klassisch, Ennio?«

»Klassisch wie in den Romanen von Hemingway, der mit meinem Vater hier rumgesoffen hat. Seine Geschichten haben alle das gleiche Strickmuster. Erst will er und sie nicht, dann will sie und er nicht mehr, so wie bei dir und der Contessa. Das ist das Leben.«

»Nein, das ist Literatur«, widersprach Polo. »Muß tatsächlich mal nachlesen bei Papa Hem. Noch ein Glas,

prego.« Während Ennio es zubereitete, fragte Polo:
»Woran mag es liegen? Ich habe zu Hause den gleichen Wein, Eis, Campari, Zitrone, warum schmeckt es hier anders?«

»Wie anders?«

»Einfach besser.«

»Weil dein Haus ein stinkfeiner Palazzo ist und das hier eine alte verräucherte Bar. Und weil Drinks zu machen mein Geschäft ist, Dottore.«

Beschwingt ging Polo nach Hause. Der venezianische Historiker war von der Antarktisexpedition wohlbehalten nach Italien zurückgekehrt. Hier war jetzt Sommer. Heiße Tage. In der Lagunenstadt stanken wie immer die Kanäle. Zu Hause legte er sich hin, hielt wie die meisten Italiener seine mittägliche Siesta. Im Halbschlaf hörte er die Motoscafi, die Verkehrsboote, die hier die Busse ersetzten, wie sie nahe beim Palazzo anlegten. Er hörte das Dieseltuckern der Lastkähne, die Rufe der Gondolieri und die Glocken von Santa Maria della Salute.

Nachdem er sich eine Woche lang im Palazzo Polo am Canal Grande wieder eingelebt hatte, brachte er die Eindrücke seiner Expeditionsreise gewissenhaft zu Papier.

Bei der Post fand er die Bestätigung der Universität Verona, daß seine Bewerbung um ein Lehramt eingegangen sei und daß man die Angelegenheit wohlwollend behandle. Gelegentlich möge er bei der Fakultät für Geschichte vorsprechen.

Polo vereinbarte einen Termin bei seinem Doktorvater, Prof. Bruno Escobario, für den er schon als Assistent gearbeitet hatte. Die Fahrt nach Verona plante er für Mittwoch.

In den nächsten Tagen mußte er immer wieder feststellen, daß er merkwürdige Anrufe erhielt. Wiederholt klingelte sein Telefon. Sobald er sich meldete, war es entweder still im Draht, oder es wurde aufgelegt, als wolle jemand wissen, ob er sich in Venedig aufhielt.

»Rätselhaft«, sagte er zu Lorenzo, seinem Diener.

Aber der war halb taub und hörte das Telefon nur, wenn er dicht daneben stand.

Vorsichtig geworden, achtete Polo darauf, ob ihm auf der Autostrada durch das Veneto ein Fahrzeug folgte.

Aber niemand hielt sich auffällig lang hinter seinem Alfa Romeo.

In Verona wurde er von seinem Mentor, Prof. Escobario, herzlich empfangen. Zunächst erkundigte sich der weißbärtige Dozent über die Südpolarexpedition. Zu gerne wollte er wissen, ob an gewissen Gerüchten etwas dran sei.

»Ja, wir sind einem Eisberg mit einem Einschluß begegnet«, bestätigte Polo, »aber die Sache ist wohl auf so natürliche Weise zu erklären wie der Einschluß eines Insekts in einen Harztropfen, der irgendwann zu Bernstein wird.«

»Bernstein ist kein Eisberg, mein lieber Kollege«, entgegnete Escobario.

Geschickt wich Dr. Polo aus: »Es könnte sich auch um ausgestorbene Mammuts handeln oder um andere Großtiere, Signor Professore.«

Deutlich war Polo anzumerken, daß er nicht gerne

über dieses Thema sprechen wollte. Also kam man zum Hauptthema, der Bewerbung um einen Lehrstuhl. Viele Generationen zurück waren die männlichen Nachkommen der Polo-Linie als Universitätslehrer tätig gewesen. Nun war der Lehrstuhl für neue Geschichte vakant, und Polo galt als qualifiziert.

Sein Professor konnte sich recht genau erinnern: »Ging es in Ihrer Dissertation nicht um die Reisen des Marco Polo unter dem Aspekt des Zeitenwandels in sieben Jahrhunderten?«

Polo bestätigte die Richtigkeit. Da er als Historiker lehren wollte, bat er um Rat in bezug auf seine Habilitationsschrift. Sie war auch in Italien Voraussetzung für eine Professur.

Das Gespräch mit dem Ordinarius dauerte einige Zeit. Dann kristallisierte sich ein Thema heraus: »Weiten Sie Ihre Promotionsarbeit aus, Dr. Polo«, riet Escobario, »etwa in Form einer vergleichenden Analyse der Reisen des Marco Polo und der Reisen von Sven Hedin ein halbes Jahrtausend später. Unter dem Aspekt ökologischer, ethnischer, politischer und kultureller Veränderungen.«

»Das macht mir keine Schwierigkeiten«, äußerte der Venezianer erleichtert.

»Vorsicht«, warnte der Professor. »Das Problem besteht darin, daß über das alles schon jede Menge mehr oder weniger schlaue Bücher verfaßt worden sind. Deshalb geht es mir um eine Hochrechnung der Evolution in diesem Gebiet der Erde bis zum Jahr 2050. Unter der Voraussetzung einer gleichmäßigen friedlichen Entwicklung der dortigen menschlichen Gesellschaft im Gegensatz zu gewaltbeherrschten Bereichen Asiens.«

»In der Tat ein hochinteressanter Aspekt«, räumte Polo ein, »aber ich bin weder Zukunftsforscher noch Hellseher, Professore.«

Lächelnd winkte Escobario ab. »Sie sind ein erstklassiger Wissenschaftler. Sie können mit Computern umgehen und passende Hochrechnungsmodelle entwickeln.«

Die gestellte Aufgabe war also doch ziemlich kompliziert. Doch die Polos führten einen berühmten Namen, genossen einen legendären Ruf, und Marco hatte viele Fürsprecher. Also beschloß er, sich an die Arbeit zu machen.

Als er die Universität verließ, regnete es, was seine Stimmung jedoch nicht beeinträchtigte. Er kannte an der Piazza Bra eine Trattoria, wo man vorzügliche *bistecche* in Marsala bekam.

Dr. Marco Trentuno Polo hatte Zugang zu allen Bibliotheken des Landes. Kaum zurück in Venedig, beschloß er, umgehend mit den Recherchen zu beginnen. Doch am nächsten Morgen fand er in der Post eine wichtige Nachricht. Ein gewisser Max schrieb ihm, daß er ihn dringend sprechen müsse.

Diesen Wunsch konnte Polo aus vielerlei Gründen nicht ausschlagen. Nur er wußte, wer sich hinter dem Namen Max verbarg: der NATO-Admiral Maximilian Dominici, ein Deutscher, der in besonderen Fällen den Decknamen Max Domin führte.

Auf einem Weg, der nur ihm und Max bekannt war, nämlich an eine Deckadresse in Brüssel, bestätigte Marco Polo per Fax den Empfang des Briefes und daß er zur Stelle sein würde.

Worüber der Geheimdienstadmiral mit ihm sprechen wollte, war klar. Irgend etwas über den ominösen Rossmeer-Eisberg mußte bis zum NATO-Hauptquartier in Brüssel durchgedrungen sein.

6

Täglich trieben Leichen nach Norden. Die Fischer bargen sie nicht mehr. Das schmutzige Geschäft überließen sie dem Grenzschutz. Doch trotz Todesgefahr versuchten es die Verzweifelten immer wieder.

Eine so stürmische Regennacht wie heute galt an der Neiße, dem Grenzfluß zwischen Polen und der Bundesrepublik Deutschland, zwischen dem »Goldenen Westen« und dem schrottreifen Osten, als Traumwetter für Illegale. Auf der linken Uferseite und auf dem Fluß wurde stark patrouilliert, um die Einwanderer aus dem Osten abzufangen. Durch schnelle Flachboote mit hochgerüstetem Suchgerät, unterstützt von scharfen Gesetzesparagraphen, schützte sich Deutschland vor diesen unerwünschten Einwanderern, riegelte sich reich gegen arm ab.

Viele der Illegalen ertranken oder wurden zurückgeschickt. Doch sie gaben nicht auf. Die Stellen, wo man mit großer Wahrscheinlichkeit auf die andere Seite gelangte, waren nur wenigen bekannt. Hauptsächlich Schleppern, welche die Illegalen hinüberlotsten, nachdem sie ihnen ihr letztes Geld abgenommen hatten.

Gut informiert schien eine junge Frau zu sein. Nur kurz hielt sie sich in dem polnischen Grenzstädtchen Bobrowice auf, um in einer Kneipe ihre Thermosflasche mit heißem Tee zu füllen.

An einer Flußbiegung bei Gubin verschwand sie im

Dickicht des Ufergebüschs. Aus ihrem Rucksack zerrte sie ein mehrmals geflicktes Schlauchboot. Per Fußpumpe füllte sie die Kammern mit Luft, warf ihre schwarze Gepäcktasche hinein und ruderte auf den Fluß. Bald erfaßte sie die Strömung und trieb sie nach wenigen hundert Metern in das Schilf auf der Westseite. Im Seichten sprang sie aus dem Schlauchboot, warf sich jedoch sofort in Deckung, als sie ein Motorengeräusch hörte. Nahe dem Ufer tauchte der hellgraue Schatten eines Grenzschutzbootes auf. Mit dem Scheinwerfer leuchteten die Männer das Schilf und den Damm ab. Bewegungslos verharrte die Polin.

Sie erstarrte, damit sich kein Halm bewegte.

Kaum war das Boot außer Hörweite, hetzte sie los, um die wenigen Kilometer bis zur Landstraße Nr. 112 hinter sich zu bringen. Das flache Gebiet des Flußtales wurde stark überwacht. Fahrzeuge mit Grünuniformierten kontrollierten ständig den Abschnitt. Sie tauchten immer wieder unerwartet auf oder blieben gut getarnt in Warteposition. Die Beamten beobachteten das Gelände mit ihren Ferngläsern und ließen ihre Hunde frei laufen.

In einem Gehöft, vor dem Netze und Reusen zum Trocknen hingen, versuchte die Polin Milch und ein paar Äpfel zu kaufen. Das Anwesen gehörte einem Fischer aus der Ortschaft Pinow. Als er sie sah, griff er sofort zur Heugabel und jagte sie davon.

Aus den Flußwiesen dampften Nebel. Im Dunst bellte eine Dobermannmeute. Deshalb kroch die Polin in einen Müllcontainer. Den ganzen Tag hielt sie sich darin versteckt. Den stinkenden Unrat durchschnüffelten die Schweißhunde gewiß nicht. Erst nach Eintritt der

Dunkelheit brach sie wieder auf und umging die Grenzstation Eisenhüttenstadt. An der Bundesstraße Nr. 117, Richtung Frankfurt/Oder, hielt sie einen Sattellastzug an. Der Fahrer, ein Russe, kam aus Kiew. Er beförderte vierzig Tonnen hochgiftiger chemischer Vorprodukte. Bis ins Ruhrgebiet wollte er die Polin mitnehmen.

Zwischendurch fuhr er einmal rechts heraus und versuchte, seinen Lohn zu kassieren. Brutal faßte er ihr zwischen die Beine. Da sie sich wehrte, versuchte er, sie zu vergewaltigen. Doch da kam er an die falsche Adresse. Die Polin, trainiert in Jiu-Jitsu und Judo, schlug ihm eine blutige Nase und renkte ihm den Arm aus. Dann hielt sie einen anderen Lkw an. Der Litauer verlangte aber Geld. Das hatte sie nicht. So gab er sich mit ihrer Armbanduhr zufrieden.

Sie waren schon über Braunschweig hinaus, als ihr der Fahrer ein Angebot machte: »Du kannst viel Kohle baggern. Kenne da gute Leute.«

»Verdienen als was?« fragte sie höflich, aber uninteressiert, denn sie hatte andere Ziele.

»Als Tänzerin, Bedienerin, Barfrau«, zählte der Pole auf, »so wie du aussiehst.«

»Als Hure meinst du.«

»Warum stellt ihr Weiber euch so verdammt an. Was habt ihr schon anderes zu bieten? Hinlegen, Beine breit. Drei Minuten hundert Mark.«

So rasch wie möglich verließ sie auch diesen Lastwagen.

Von Hannover aus schlug sie sich nach Süden bis zur Schweizer Grenze durch. Unterwegs verriet ihr ein Opelfahrer, daß es an der Grenze nach Österreich jetzt weniger Kontrollen gebe, denn Österreich gehöre bald zur EG.

»Da kannst du mit Kopf hoch glatt durchmarschieren.«

»Wie kommen Sie darauf, daß ich das beabsichtige?« wollte sie wissen.

»Du sprichst nur Englisch«, sagte der Hundefutter-Vertreter, »mit polnischem Akzent. Gewiß hast du keine Papiere.«

Der Mann mochte recht haben. Edel gekleidet und gepflegt wirkte sie nicht gerade. Sie bedankte sich bei ihm.

Später, in Bregenz am Bodensee, schaffte sie fast den Übergang, und zwar mit einem gefälschten Paß, der sie als eine gewisse Paula Bauer auswies, wohnhaft in Düsseldorf. Die Gefahr, daß alles aufflog, bestand allerdings. Falls sie angesprochen würde, weil sie kaum Deutsch verstand.

Und so kam es auch.

Offenbar gefiel der nagelneue Paß dem österreichischen Grenzer nicht. Er nahm sie mit in sein Büro und stellte Fragen.

Sie stotterte herum.

»Du bist keine Deutsche«, stellte er fest.

»Mein Vater war Bergmann in Wattenscheid. Ich ging noch in Warschau zur Schule.«

Die Österreicher steckten sie erst einmal in Gewahrsam. Gegen Abend kam ein Beamter und ließ sie frei.

»Das verwickelt uns nur in einen Scheißpapierkrieg. Los, zisch ab, aber dalli.«

Mit dem gefälschten Paß, der sie als EG-Bürgerin auswies, gelangte sie ohne Schwierigkeiten bis Italien. Auf einer Brücke in Bozen zerriß sie das Papier aus Sicherheitsgründen und warf die Schnipsel in die Etsch. Dreitausend Dollar, in Plastik gewickelt, schob sie in den Slip, tief bis zum Schamhaar. Von nun ab verwendete sie wieder den polnischen Paß mit dem Einreisevisum nach Italien. Ebenfalls eine Fälschung. Aber eine gute.

Am nächsten Tag erreichte sie Verona.

In der eleganten Stadt war es heiß, überall drängelten sich Touristen. Ihr ging es aber nicht um Sehenswürdigkeiten, wie die Arena oder den Balkon, auf dem angeblich Julia Capulet ihren Romeo Montague angeschmust hatte. Sie fragte sich zur Universität durch. Dort wartete sie geduldig, bis der Ordinarius der Historischen Fakultät, Professor Escobario, sie empfing.

Dieser hatte sie in seinem Büro – sie hatte nicht länger als zwanzig Sekunden vor seinem Schreibtisch gestanden – mit schnellen Augen taxiert.

Seine Frage klang herablassend: »Sie sind diese Polin, die mir mein Kollege aus Krakau angekündigt hat?«

Langsam stand er auf, kam um seinen riesigen Schreibtisch herum, blieb vor ihr stehen, die Hände in die Hüften gestützt. In seinem Kinnbart hatte er eine Warze. Eine dunkle, wie die Polin sah. Warum nur hatten die schönsten Italiener immer diese Warzen, fragte sie sich.

»*Che bella ragazza*! In meiner Fakultät sind die meisten Damen leider keine berühmten Schönheiten.«

»Pola Barowa!« stellte sie sich mit verlegenem Kopfnicken vor.

»In welchem Semester?«

»Im achten«, sagte sie.

»Also durchstudiert. Sie wollen hier Ihre Doktorarbeit schreiben, Pola?«

»Zumindest mein Examen machen«, erklärte sie.

»Etwa weil es hier leichter sein soll?« bemerkte der Italiener spöttisch. »Irren Sie sich da bloß nicht.«

»Weil ich mir von einem Veroneser Abschluß internationale Chancen erhoffe«, gestand sie.

Die Augen des Professors waren unangenehm und aufdringlich. Die Brille verstärkte ihr feuchtwarmes Glitzern.

»Nun, Ihr Italienisch klingt recht anständig, Pola. Wo haben Sie das gelernt?«

Sie erklärte es ihm: »Aus Büchern und aus Filmen. Paolini, Visconti, de Sica. Bei uns in Polen gibt es sonst nicht allzuviele Möglichkeiten, Signor Professore.«

Sie legte ihre Zwischenzeugnisse der Universität Krakau vor und noch ein Empfehlungsschreiben ihres dortigen Professors.

Der italienische Ordinarius las alles sorgsam durch, blickte dann über seine goldgefaßte Brille und bemerkte spöttisch: »Sie scheinen ja ein Wunder an Intelligenz zu sein, Signorina Barowa.«

»Ich bin nur ziemlich fleißig«, erwiderte sie sachlich kühl.

Der elegante Italiener trat einen Schritt zurück, machte eine theatralische Handbewegung und rief: »Willkommen in Italia! Herzlich willkommen! Jetzt wollen wir gleich mal überlegen, was wir mit Ihnen machen können.« Aus peinlicher Nähe musterte er jetzt jede Pore ihrer Haut und atmete dabei deutlich ein. »*Si, si, se non è vero!*«

»Bitte, Professore, was soll nicht wahr sein?«

»Haben Sie den Wunsch zu baden, Signorina Polacca?«

»Wenn möglich ja.«

Ihre slawisch hohen Backenknochen und ihr eher kleiner Busen brachten ihn wohl zu dem Schluß, daß sie abgemagert sei.

»Wann haben Sie zum letzten Mal anständig gegessen?«

»Das ist eine Woche her, Signor Professore.«

Rasch kritzelte er etwas auf einen Zettel. »Damit marschieren Sie runter in die Mensa und suchen sich aus, was Ihnen schmeckt. Alles auf mein Konto.«

Pola Barowa bedankte sich und ging.

Nicht ohne Wohlgefallen blickte Escobario der Polin nach. Besonders ihren nackten unrasierten Beinen.

7

Sie saßen geduckt in dem schleudersitzähnlichen Gestühl.

Der Mann neben der Frau flüsterte nur: »Und du glaubst wirklich, daß sie kommen?«

»Sie haben es versprochen.«

»In Libyen, das Oberst Gaddafi beherrscht, gilt nicht mal ein Eid.«

»Es geht um viele tausend Dollar«, sagte sie mit ihrer etwas rauhen italienischen Stimme.

»Es geht auch um ihre Hälse, meine Liebe.«

Es war nach Mitternacht, die Stunde der tiefsten Dunkelheit. Bei leicht bewegter See leckte die Dünung nur am Strand.

Ein schmaler Mond versteckte sich hinter ziehenden Wolken. Der Wind, der aus Süden kam, war heiß, denn er wehte aus der Sahara.

In der Kleinen Syrthe, einer Meeresbucht vor der libyschen Küste, lag ein schnelles Motorboot. Flach gebaut und stromlinienförmig ragte es nur fußhoch aus dem Wasser. Es war eines jener übermotorisierten Offshore-Rennboote mit Turbotriebwerken. Diese Flitzer wurden ausschließlich zu Sportzwecken eingesetzt. Meist für Langstreckenrennen, wo sie Geschwindigkeiten bis zu zweihundert Stundenkilometern erreichten.

Die zwei Personen an Bord des Bootes kauerten sich

noch tiefer hinter das Armaturenbrett. Skipper und Eigentümer war ein reicher italienischer Playboy namens Alessandro Alessandrino. Die Biologin Francesca Laurentis war seine Nichte.

Der Bootsbesitzer galt als flotter Lebemann ohne besondere Talente, es sei denn für den Umgang mit Frauen oder mit schnellen Fahrzeugen. Seine auffälligsten Merkmale bestanden darin, daß er elegant war, gut aussah und daß er Beuteltee, Pommes frites und Ketchup haßte. Oft sah man ihn am Lido von Venedig, an der Copacabana in Rio oder in der Galleria Vittorio Emanuele in Mailand. Auf das waghalsige Unternehmen dieser Nacht hatte sich der Multimillionär nur eingelassen, weil es um eine Familiensache ging.

Mit Ferngläsern hielten die beiden Ausschau, sowohl in Richtung Land wie zum offenen Meer hin.

»Ob sie uns entdecken werden?« fürchtete Francesca. »Es ist so verdammt ruhig.«

»Oder schon entdeckt haben. Na wenn auch. Mein Boot hat dreitausend PS, und sie haben gerade mal dreihundert auf den Socken. Im Vergleich zu diesen Schlickrutschern können wir fliegen.«

Alessandrinos Nichte äußerte trotzdem Bedenken: »Sie verfügen über Maschinengewehre und Schnellfeuerkanonen. Sind wir auch gepanzert?«

Ihr Onkel lachte nur. »Mein Boot ist aus Fiberglas. Dünn wie Weintraubenschale, aber mit diesem Teufelsding habe ich das Langstreckenrennen von Genua nach Southampton gewonnen. Es ist schneller als jede Kugel.«

Francesca Laurentis kannte ihren Onkel als Partyhengst, der gerne große Sprüche klopfte. Andererseits hatte er Mut, liebte die Frauen, also auch sein Leben. Irgend etwas an seinen Behauptungen würde schon stimmen.

Von Norden her blieb es ruhig. Leider aber auch an dem flachen Küstenstrich. Immer wieder schaute Alessandrino auf seinen Breitling-Chronometer. »In drei Stunden wird es hell.«

Allmählich geriet seine Nichte in Verzweiflung. »Es klappt nicht. Verdammt, es klappt nicht«, fluchte sie.

»Ein paar Minuten können wir noch zugeben.«

Endlich glaubten sie, vom Strand her das Brummen eines Motors zu hören. Etwas Dunkles brach aus dem dichten Strandwacholder heraus, blieb stehen und gab ein kurzes Blinksignal. Da das Rennboot mit dem Heck im Seichten schwoite, sprang die junge Frau über Bord und watete samt Gepäck zum Ufer. Dort gaben sie und die Männer in dem geländegängigen Fahrzeug sich durch Parolen zu erkennen.

»*Viva la libertà!*«

»*Il dittatore all'inferno!*«

Die Männer, sie trugen die Khaki-Uniform libyscher Offiziere, waren verstaubt und verschwitzt. Sie kamen direkt aus der Sahara und hatten elfhundert Kilometer hinter sich. Aus der Wüste brachten sie etwas, dessen Ausfuhr Oberst Gaddafi streng verboten hatte.

Die Biologin übernahm die geheime Fracht, einen kleinen hellhaarigen Affen aus der Familie der Anthropoiden libyensis, kaum einen Meter groß.

»Der letzte Überlebende, Dottoressa. Alle anderen hat man getötet«, erklärte einer der Offiziere. »Angeblich, weil sie bei den Bauarbeiten im Wege waren.«

»Getötet, wie Danièle, meinen Bruder«, stellte die Biologin voll Bitterkeit fest.

»Die Affen sollen sehr aggressiv gewesen sein, Signorina, man schoß sie rudelweise zusammen, vergiftete sie oder räucherte sie mit Flammenwerfern aus. Der Kleine da hatte sich völlig verängstigt in einem Brunnenloch versteckt.«

»Kluges Tier«, bemerkte die Biologin sarkastisch. »Mein Bruder war gewiß nicht so aggressiv wie die Affen. Er verfügte auch über ein Permit der UNESCO-international. Wem also stand er im Wege?«

Übereinstimmend behaupteten die libyschen Offiziere, sie hätten keine Spur von dem Wissenschaftler Professor Danièle Laurentis gefunden. Es bleibe mithin ungeklärt, ob er von Gaddafis Geheimdienst als unliebsamer Forscher umgebracht oder durch einen Angriff der Affenhorde getötet worden war.

In ihrer Art, einmal lebhaft schnell, dann wieder nachdenklich langsam, erwiderte die Italienerin: »Affen greifen normalerweise keinen einzelnen Mann an, dessen Anwesenheit sich nicht gegen sie richtet.«

»Vielleicht hielt jemand in Libyen Danièle für einen Spion«, ergänzte der Captain. »Dann allerdings könnte man ihn in ein Gefangenenlager gebracht haben.«

»Wo euer Nationalheros Gaddafi dafür sorgen wird, daß er bald krepiert.«

»Wir werden weiter tun, was wir können, Dottoressa«, versprachen die beiden Offiziere.

Ein Bündel Dollarnoten sowie Goldmünzen und gewisse Dinge, die in Libyen nicht zu bekommen waren, wechselten den Besitzer. Unter anderem zwei handtellerkleine Weltempfang-Radios, die per Umschaltung als Funkgeräte eingesetzt werden konnten.

Beim Abschied vereinbarte man, auf dem bekannten Wege Kontakt zu halten, ansonsten Stillschweigen zu wahren.

Die Soldaten mit ihrem sandfarbenen Wüstenmercedes waren von der Küste verschwunden, und Francesca Laurentis war wieder an Bord. Mit leiser Leerlaufdrehzahl zog Alessandrino das Rennboot auf See und wendete, um so schnell wie möglich die Bucht zu verlassen.

»Was macht dein Bruder, der Professore? Sollten wir ihn nicht hier abholen?« Seine Stimme klang vorwurfsvoll. »Statt dessen bringst du einen Affen mit.«

Die Biologin fütterte das Tier mit einer gesalzenen Banane und sagte: »Mein Bruder Danièle ist der letzte männliche Nachkomme unserer Familie. Und dieser kleine Affe ist der letzte Überlebende seiner Rasse. Seinetwegen riskierte Danièle alles. Falls er noch lebt, dann werden wir ihn finden und herausholen.«

Alessandrino gab den drei Gashebeln einen Pull nach vorne. Die Motoren brummten lauter. Die Auspuffgase prasselten im Wasser.

»Und was hatte Danièle mit dem Affen vor?«

»Diese Rasse ist sehr menschenähnlich. Wie weit das geht, wollte er herausfinden. Jetzt erforsche ich das für ihn. Und ich werde den kleinen Wicht Liby nennen, nach dem Land, aus dem er stammt.«

Abrupt wurde das Gespräch beendet, denn an Steuerbord, kaum zwei Kabellängen entfernt, tauchte der graue Schatten eines libyschen Küstenwachbootes auf.

Mit abgestelltem Motor hatte sich die Patrouille angeschlichen. Sofort drückte Alessandrino die Gashebel seiner drei Chrysler-Motoren auf *full speed*. Sie brausten hoch wie Orgeln. Der Druck der Propeller schob den Bug des Offshore-Bootes schräg aus dem Wasser.

»Gurt anlegen!« schrie Alessandrino.

Mit rasanter Kurvenfahrt – das Schlängelmanöver warf das Boot von einer Seite zur anderen – versuchte er das libysche Hoheitsgebiet zu verlassen. Rasch wuchs ihre Geschwindigkeit. Der Drehzahlmesser zeigte schon neunzig Knoten.

Die Libyer hielten auf sie zu. Aber das einzige, was die Flüchtigen zunächst erreichte, war der weiße Finger des Suchscheinwerfers und eine Lautsprecherstimme. In Englisch wurden sie zum Beidrehen aufgefordert.

Alessandrino blieb stur auf Nordkurs. Als die Libyer den Fluchtweg erkannten, eröffneten sie das Feuer. Wild schossen sie hinter dem Speedboot her. Die Leuchtspurgarben erwischten es.

Einschläge der Kugeln klatschten in das Deck, splitterten es auf, trafen aber nur sehr ungenau. Eines der Projektile streifte den Skipper an der Schulter und riß einen Fetzen Stoff aus seinem Overall.

»Den hänge ich im Club auf!« schrie er. »Als Kampftrophäe.«

»In einer Glasvitrine.«

Es mußte schon erniedrigend für die Libyer sein, wie das Rennboot entkam. Seine Geschwindigkeit ließ Gaddafis Abfänger praktisch stehen.

Endlich aus dem tödlichen Schußbereich, klopfte der Skipper auf sein Boot wie ein Reiter die Flanken seines Pferdes.

»Ich liebe dich! *Andiamo! Avanti! Presto, presto*!«

Mit immer noch siebzig Knoten querten sie das Mittelmeer und erreichten nach fünfhundert Seemeilen den Golf von Tarent. Dort ging gerade die Sonne auf.

In einer versteckten Bucht blieben sie bis zum Abend liegen. Manchmal sahen sie Flugzeuge am Himmel, aber deren Zielrichtung galt wohl nicht ihnen.

Onkel Alessandrino hatte stets Champagner und Kaviar in der Kühlbox. Sie schlemmten, sie schwammen, lagen in der Sonne und genossen das fast schon bestandene Abenteuer. Erst in der Dämmerung fuhren sie weiter. Während der Nacht hatten sie und ihr haariger Passagier die Adria der Länge nach durchquert. Sie hatten die langen Strände zwischen Rimini und Milano Marittima mit der endlosen Kette von Lichtern passiert.

Noch bei Dunkelheit machten sie an einer flachen Insel in der Lagune von Venedig fest. Dort befand sich, versteckt hinter hohem Schilf, das Forschungsinstitut der Biologin Francesca Laurentis.

»*E basta*«, seufzte der Playboy erleichtert. »*Contento?*«

Francesca küßte ihn. »Sehr zufrieden.«

Als erstes versorgten sie den Affen. In seinem großen Bambuskäfig fühlte er sich sofort wohl.

Zu diesem Zeitpunkt konnte noch niemand ahnen, daß der kleine Hominide Liby dazu bestimmt war, eines Tages die Menschheit zu retten.

8

Der Diener brachte den Burberry-Trenchcoat.

»Ist das nicht zu warm, Lorenzo?«

»Es regnet, Dottore.«

Seine Haushälterin hielt ihm den Hut hin.

»Nicht den Hut und nicht die Socken bügeln, Agosta, nur die Hemden, bitte. Und die Hosen.«

Das hatte ihr allerdings schon seine Mutter nicht beizubringen vermocht.

Das schlichte kurzsichtige Mädchen war eine gute Köchin, stammte aber aus der Provinz Marken, von der die Italiener spotteten: Lieber tot vor der Haustür in Rimini als in den Marken krank im Bett ...

»Bleiben Sie lange, Don Marco?« erkundigte sich der Diener.

»Ein paar Stunden. Wenn die Contessa Duemonti anruft, sag ihr, ich weilte noch am Südpol und fröre mir die Genitalien ab.«

»Wörtlich, Dottore?«

»Nein, wörtlich, die Eier. No, richte ihr aus, ich weilte derzeit in Polynesien und bumste dort die Hulahula-Mädchen reihenweise durch.«

Pikiert verkniff Lorenzo seine faltigen Züge. »Sehr wohl, Dottore. Und die anderen Anrufe?«

»Welche?«

Lorenzo räusperte sich. »Hm, oft, wenn ich abhebe, meldet sich niemand.«

»Das hatte ich auch schon. Mach dir nichts draus, Lorenzo.«

»Eine Unverschämtheit, wenn ich bemerken darf, Don Marco.«

Wohl eher eine unerklärbare Merkwürdigkeit. Polo hatte sich auch schon darüber gewundert, nahm es aber nicht tragisch.

»Eine Netzüberlastung«, erklärte er. »Bis später.«

Marco Trentuno Polo begab sich zu seiner Verabredung mit dem Admiral. Sie fand im Café Florian am Markusplatz statt. Vom Palazzo Polo nahe der Rialto-Brücke war es nicht weit bis zum Treffpunkt. Nur querdurch über ein paar Brücken, und am Palazzo Ducate kam man wieder heraus.

Versteckt in der hinteren Ecke einer Nische im Halbdunkel des weltberühmten Cafés erwartete ihn ein Zivilist, ein untersetzt stämmiger Seemann. Der schlichtgraue Anzug, vom Stoff her gerade noch als Futter für Wintermäntel vertretbar, deutete darauf hin, daß dieser Mann eigentlich gewohnt war, Maßuniformen zu tragen. Dieses Tweedzeug benutzte er lediglich zur Tarnung.

Die Männer begrüßten sich wie alte Freunde, bestellten Weißwein und Antipasti und kleine mit Oliven, Zwiebeln und Sardinen belegte Tosti.

Admiral Dominici kam rasch zur Sache. Dabei sprach er ein perfektes Italienisch, beinahe wie ein Sienese, aber so wie die Einheimischen es liebten: *in bocca di Roma* ... mit dem Charme eines Römers.

Sofort steuerte Dominici das Hauptthema an: »Wie war das mit dem ominösen Eisberg, mein Junge? Aus

Moskau sickern Informationen durch, wonach die Russen vermuten, daß es sich bei dem Einschluß um eine getarnte amerikanische Raketenbasis handelt.«

»Die Russen sind von Geburt an mißtrauisch, Admiral. Man hat uns alle Filme abgenommen.«

»Und niemand konnte etwas herausschmuggeln?« staunte Dominici.

»Leider nein. Die Fotos hätten ohnehin nicht mehr erbracht als bizarre Schatten hinter einer schmierigen Glaswand.«

»Verdammt!«

»Viel mehr weiß ich nicht.«

»Im Grunde galt die Expedition ja dem Trinkwasser-Forschungsprojekt *L'Acqua*«, zeigte sich der Admiral informiert. »Gibt es diesbezüglich neue Erkenntnisse?«

»Auch da sind wir nicht weitergekommen. Das Wegsprengen von Eisbergen vom Schelfeisgürtel und Abschleppen in heiße Äquatorzonen dürfte wohl daran scheitern, daß das Verfahren viel zu teuer kommt. Steht alles im Abschlußbericht.«

»Wie teuer käme das?«

»Wer bezahlt schon für einen Liter Wasser drei Dollar?«

»Wenn man Durst leidet«, bemerkte Dominici ironisch. »Durst ist schlimmer als Heimweh.«

Der Admiral massierte die großporige Seemannshaut seiner Nase. Sein grobes Gesicht hatte die Züge eines Granden, was vielleicht daher kam, daß sich die Familie der Dominici aus halb Europa zusammensetzte. Max sprach so gut Italienisch, weil sein Vater, der eine norddeutsche Reederstochter beeindruckt hatte, ein

Genueser Kapitän war. Angeblich hatte der Admiral den berühmten Spruch geprägt: Der Mensch kommt aus dem Wasser. Nur der Seemann ist also ein Mensch. Und wer kein Seemann ist, der ist nicht einmal ein Arschloch.

Daran dachte Polo und mußte lächeln, was wiederum Dominici auffiel.

»Ist was, mein Junge?«

»Nein, nichts. Draußen ging eine hübsche Blondine vorbei.«

Dominici erkundigte sich nun nach den weiteren Plänen des Italieners.

Polo erzählte, daß er nach wie vor eine Universitätsprofessur anstrebe und an seiner Habilitationsschrift arbeite: »Analysen vergleichbarer Erkenntnisse der Asienreisenden Marco Polo und Sven Hedin und und und ...«

»Sie meinen speziell diese Brausepulverproben«, scherzte der Admiral.

»Natürlich. Beide, Hedin und Polo, erwähnten das schwarze Zeug.«

Eher zweifelnd fragte Dominici, ob sein Gast das Brausepulver auch in bezug auf die Weltwassernot in Betracht ziehe.

»Vielleicht«, räumte der Wissenschaftler geheimnisvoll ein.

»Mit Durst haben sich alle Asienreisenden herumschlagen müssen.«

»Nun ja, vielleicht in der Wüste Gobi«, schränkte der Admiral ein, erwähnte in diesem Zusammenhang aber gleich die sich zuspitzenden Krisen in Nahost und Afrika wegen des enormen Trinkwassermangels. Deshalb wünschte er auch, daß der Dottore einen bestimmten Auftrag übernahm. Schließlich wurde Polo von gewissen Institutionen seit langem finanziell unterstützt. Genau hatte der Venezianer allerdings nie erfahren, von wem das Geld stammte, ob von der UNO, der NATO oder gar vom amerikanischen Geheimdienst. Daß offenbar die CIA der Spender war, erfuhr Dottore Polo erst jetzt.

»Am meisten interessiert uns, vielmehr die Freunde in Langley, das streng abgeschirmte Projekt, das Oberst Gaddafi in der libyschen Sahara vorantreibt.«

»Können das Ihre Spionagesatelliten, die ausländischen Arbeiter, die Ingenieure in libyschen Fabriken und Ölfeldern nicht viel besser herausfinden als ich?« fragte Polo.

Der Admiral winkte ab, was offenbar bedeutete, daß in diesem Punkt zwischen den USA und den Europäern keine intensive Zusammenarbeit bestand.

Polo wollte Genaueres wissen: »Wie soll ich an die Informationen herankommen, Admiral?«

Dominici nannte ihm den Namen einer Biologin. »Dottoressa Francesca Laurentis, Biologin oder Zoologin, womöglich weiß sie selbst nicht genau, was sie ist. Sie betreibt auf einer Insel in der Lagune eine Forschungsstation. Seit ihr Bruder tot ist, arbeitet sie allein«, fügte er noch hinzu.

»Wo in der Lagune?«

»Eigentlich müßten Sie die Dame kennen, Polo. In Italien sind doch alle großen Familien miteinander verschwistert oder verschwägert. Jedenfalls weiß diese Laurentis einiges mehr. Wie man hört, soll ihr Bruder in Libyen spurlos verschwunden sein.«

Nach *espresso con grappa* und einer mehr ins Private gehenden Unterhaltung kehrte der Admiral wieder auf sein Schiff zurück, einen deutschen Zerstörer, der in Italien einen Freundschaftsbesuch machte und vor Venedig ankerte.

Kaum wieder zu Hause, meldete Polos Haushälterin, die dicke Agosta, dem Dottore Besuch.
»Wer?«
»Komische Person, Signore.«
»Laß sie herein.«
Auf dem Teppichrand stand eine junge, etwa fünfundzwanzigjahrige magere Frau, hübsch, eine slawische Schönheit, aber von nicht erwähnenswertem Pflegezustand. Zu einem verfilzten Pullover von unbestimmter Farbe trug sie billige schwarze Cordjeans in Kosakenstiefeln. Ihr Gepäck befand sich in zwei eher schmutzigen Sporttaschen, die sie an der Tür abgestellt hatte. Sie stellte sich als Pola Barowa vor und übergab Dr. Polo einen zerknitterten Brief. Der Schrieb steckte in einem Umschlag mit dem Aufdruck der Universität Verona und war auf dem Briefbogen der Fakultät handschriftlich verfaßt. Der Inhalt besagte, daß es sich bei Pola Barowa um eine Krakauer Studentin handle, die in Verona ihre Doktorarbeit zu schreiben beabsichtige. Man bat Dr. Polo, sie dabei zu unterstützen. Womöglich sei sie als Assistentin für niedere administrative Dienste brauchbar. Unterzeichnet war der Brief von Professor Escobario. Der Nachsatz lautete: »Gewiß können Sie ihr bei der Beschaffung einer Unterkunft helfen. Kosten entstehen Ihnen nicht.«

Der Venezianer musterte die unverhoffte Besucherin. Wie viele Polenmädchen hatte sie Rasse. Ihre Tigeraugen standen schräg unter der strähnig dunklen Madonnenfrisur. Den Zopf trug sie an der Seite.

Wenn sie sich herrichtet, ist sie bestimmt eine Wucht, dachte Polo, vertiefte diesen Gedanken jedoch nicht weiter, sondern fragte ein wenig verlegen: »Lange Reise gehabt?«

»Ja, Signore, serrr lange.«

»Möchten Sie baden?«

»Das wäre serrr gutt«, erwiderte sie in einigermaßen verständlichem Italienisch mit hartem Ostakzent.

Polo überließ sie seiner Haushälterin.

Allein im Arbeitszimmer, telefonierte er sofort mit der Universität Verona. Professor Escobario bestätigte ihm die Richtigkeit der Sache und bat seinen ehemaligen Assistenten, er möge sich doch um die junge Frau kümmern.

»So von Kollege zu Kollege.«

Der Venezianer wollte etwas mehr über die Polin wissen.

Escobario blieb aber auffällig zurückhaltend und ganz gegen seine umgängliche Art beinahe kurz angebunden. Es hörte sich an, als sei Escobario entweder nicht allein, oder er stehe unter zeitlichem Druck.

Später, als die Polin, in einen alten Bademantel des Dottore gewickelt, wieder erschien, bot er ihr Espresso, Biscotti und andere Süßigkeiten an. Dabei horchte er sie vorsichtig aus. Doch es schien, als äußere sie nie ein Wort mehr als unbedingt notwendig. Sie war zwar keine russische Puppe, aber gewiß so vielschichtig. Mehrmals betonte sie, daß sie in Eile sei. Sie müsse vor Einbruch der Nacht noch ein billiges Zimmer finden.

Polo hatte Verständnis für ihre Situation, fast Mitleid.

Einerseits war sie gewiß mittellos, andererseits auch eine künftige Mitarbeiterin. So läutete er nach Agosta und fragte die Haushälterin, ob ein Gästezimmer frei sei. Nur pro forma. Sie hatten genug leere Zimmer in dem mächtigen alten Gemäuer.

Ohne Agostas Kopfnicken abzuwarten, entschied er im Sinne der Polin: »Sie können ein paar Tage hier wohnen. Vorerst. Natürlich ist so ein Palazzo kein Luxushotel, immer ein wenig klamm und feucht.«

»Aber wunderschön«, dankte die Polin glücklich strahlend.

Polo hatte auch schon Arbeit für die Barowa. Er dachte daran, die junge Frau mit der Sichtung von wissenschaftlichem Material zu beauftragen, das in den Reisetruhen Marco Polos auf dem Dachboden dahinmoderte. Viele Aufzeichnungen, Tagebücher, Notizen seines Vorfahren mußten endlich archiviert werden. Die Barowa sollte alles nach bestimmten Richtlinien durchforsten und abspeichern.

»Haben Sie Ahnung von einem Computer?«

»Hatte noch nie Gelegenheit, einem zu begegnen, Signore.«

»Auch gut, dann lernen Sie eben jetzt mit Computern umzugehen.«

Fortan folgte ihm die polnische Studentin wie ein struppiger Straßenköter auf Schritt und Tritt. Sie klebte geradezu an Polo. Bis er eines Tages freundlich äußerte, daß er so etwas Ähnliches wie ein Privatleben überaus schätze. Privatleben bedeute für ihn den Luxus des Alleinseins.

Pola Barowa begriff das und unternahm fortan in freien Stunden weite Spaziergänge durch die Stadt. Aber im Grunde änderte sich ihr Verhalten wenig.

9

»Woher, zum Teufel, soll ich das Geld nehmen«, fluchte der Kommandant der russischen Eismeerflotte, »für Sold, Proviant, Reparaturen und Treibstoff. Die Schiffe liegen herum und vergammeln. Ebenso die Besatzungen.«

»Ich erwarte den Geldkurier in diesen Tagen aus Moskau«, erklärte der Zahlmeister.

»Diese bedruckten Fetzen! Papierrubel taugen nicht mal zum Drehen einer Papirossa.«

»Nicht meine Schuld, Genosse Admiral.«

»Meine etwa?«

Der Chef der Eismeerflotte hatte schwere Sorgen. Es fehlte an allem. An Ersatzteilen und Proviant bis hinunter zur Moral. Das Problem brauchte nicht erst an die große Glocke gehängt zu werden. Es war offensichtlich.

Auch andere Leute befaßten sich mit seiner Lösung. Mit geringem Erfolg.

Eines Tages wandte sich der Manager des staatlichen Reisebüros Intourist an seinen Assistenten. »Schauen Sie hinaus, sehen Sie sich dieses Hunderte von Millionen teure Riesending mal an.«

Er meinte den Atomeisbrecher *Alexandr Puschkin*. Mit fünfundvierzigtausend Tonnen war er einer der größten der Welt. Im Winter hielt er die nördlichen Dampferrouten im Eismeer, in der Barentsee und die sibirischen Häfen eisfrei. Die Wucht seiner 75 000 PS vermochte acht Meter dicke Schollen zu brechen. Aber sechs Monate im Jahr hatte er wenig bis gar nichts zu tun. Dann lag er mit voller Besatzung meist in Murmansk und kostete die Staatsreederei täglich Tausende von Rubel.

»Ich habe da eine Idee«, fuhr der Intourist-Manager fort. »Könnte man dieses wundervolle, moderne und sichere Schiff nicht für Reisen in die Südpolregion einsetzen?«

»Mit Verlaub zu sagen, Gospodin Direktor«, erwiderte sein Assistent, »das ist ein guter Gedanke für einen neuen Weg der Devisenbeschaffung, aber ich halte ihn für undurchführbar.«

Die meisten der Intourist-Mitarbeiter hielten die Idee sogar für totalen Schwachsinn.

Der Intourist-Manager des Sibiriendistrikts flog nach Moskau, legte seinen Plan vor und arbeitete sich durch den Behördenfilz. Schließlich siegte seine Behauptung, daß damit dicke Mengen an Dollar einzufahren seien. Das Ministerium gestattete schließlich drei Reisen zu Testzwecken.

Wie sich ergab, wurden die Törns von reichen Europäern und Amerikanern gerne wahrgenommen. Selbst bei einem Preis von sechstausend Dollar pro Reise.

Da schon die ersten Fahrten völlig überbucht waren, unternahm die *Alexandr Puschkin* zwischen Mai und September insgesamt fünf Rundreisen. Von Sydney ausgehend, stieß sie in die südlichsten Polarregionen vor. Je nach Wetterlage auch bis zum Schelfeis. Die Verpflegung an Bord war vorzüglich. Allerdings genossen die Passagiere nicht den Komfort eines westlichen Luxuskreuzfahrers, sie betrachteten die Reise eher als Abenteuer.

Das Angebot an Abwechslungen war umfangreich. So gab es unter anderem Ausflüge zu den Robbeninseln im Weddellmeer, auf Grahamland und zu den neunzig Jahre alten Forschungsstationen auf dem Schelfeis.

An klaren Tagen sanken die Temperaturen bis unter vierzig Grad. Das hinderte die Schießfreudigen unter den Passagieren aber nicht, vom Heck aus mit Schrotflinten hochgeschleuderte Wodka- und Krimsektflaschen abzuballern. Manche der Schützen behaupteten, das mache mehr Spaß als mit lebenden Tauben.

Auf dem Programm stand auch ein Abstecher ins Rossmeer. Dort war es eher langweilig.

Doch eines Morgens sichteten die Passagiere im Gegenlicht der aufgehenden Sonne einen riesigen Eisberg.

»Wie hoch ist der wohl?« fragte eine Engländerin den Reiseleiter.

»Achtzig Meter ragt er mindestens aus dem Wasser, Madam.«

»Dann hängt er unter dem Meeresspiegel nahezu fünfhundert Meter in die Tiefe«, klärte sie ein anderer Passagier auf, »sichtbar ist ja nur ein Neuntel von so einem Ding.«

Die herausragende Spitze des Eisberges war wie klares Glas und auf merkwürdig schillernde Weise durchsichtig, obwohl sich das Licht auf den meist ungeraden Flächen brach.

Selbst mit bloßem Auge war darin ein merkwürdig geformter Schatten zu erkennen.

An diesem Schatten wurde allgemein herumgerätselt.

Die Meinungen gingen auseinander. Die meisten hielten ihn für einen Urzeitvogel oder eine Art tiefgefrorenen Dinosaurier, andere eher für ein Segelschiff. Manche tippten sogar auf einen im Eis festgefrorenen Kreuzer aus dem letzten Weltkrieg. Die Kameras surrten, die Fotoapparate klickten, die Camcorder liefen pausenlos.

Auf der Brücke der *Alexandr Puschkin* geriet die Schiffsführung in ein Dilemma. Einerseits wollte man den Passagieren eine Sensation bieten, andererseits lagen klare Befehle vor.

Besorgt wandte sich der Kapitän an seine Offiziere: »Das muß er sein, Genossen.«

Von ihrer Marine waren sie angehalten, speziell nach diesem Eisberg Ausschau zu halten. Nun hatten sie ihn gefunden.

»Mit Sicherheit ist es keine Sinnestäuschung oder Halluzination«, stellte der Erste Offizier fest.

Was die Schiffsführung noch mehr beunruhigte, waren die Tausende von Fotos und Hunderte von Filmmetern, die von den Passagieren belichtet wurden.

»Aber verbieten kann ich es ihnen nicht«, bedauerte der Kapitän, »also Kursänderung. Drehen wir einen weiten Kreis nach Backbord und dann nichts wie weg von dem Ding.«

Bald geriet der Eisberg außer Sicht. Nur noch der Bordhubschrauber hielt Kontakt mit ihm. Schon wenig später verlor ihn der Pilot in Nebel und aufkommendem Schneegestöber außer Sicht.

Inzwischen telefonierte der Kapitän der *Alexandr Puschkin* mit seinem Oberbefehlshaber. Direkt aus

Moskau erhielt er gezielte Anweisungen. Die gab er an seinen Ersten weiter.

»Wie können wir verhindern, daß Informationen nach draußen dringen?«

»Gar nicht, Genosse Kapitän. Oder wollen Sie den Passagieren die Kameras wegnehmen?«

Der Kapitän lüftete die goldbetreßte Fellmütze und strich sich über seine graue Bürstenfrisur. Offenbar verhalf ihm das zu einem Einfall.

»Wir haben doch noch das große Reparaturzelt an Bord.«

»Sie meinen das Quarantänezelt, durch das immer die Journalisten hindurchmüssen, wenn sie bei uns mitreisen?«

»Ja, ehe sie von Bord gehen. Das Zelt mit den Röntgenstrahlen und den Magnetfeldern, meine ich.«

»Man könnte zur Tarnung das Rote-Kreuz-Symbol aufpinseln«, schlug einer der Offiziere vor.

Nach kurzem Nachdenken entschied der Kapitän: »Lassen Sie es heute nacht aufstellen.«

»Da wird keiner freiwillig hineinwollen«, fürchtete der Erste.

»Dann werden wir es an Deck so installieren, daß jeder mit seinem Gepäck hindurch muß, wenn er das Schiff verlassen will.«

»Und welche Erklärung liefern wir den Leuten dafür, Genosse Kapitän? Besonders die Amerikaner sind in diesem Punkt äußerst neugierig.«

Verärgert winkte der Kapitän ab. »Erzählen Sie etwas von Auftauarbeiten an zugefrorenen Rohrleitungen oder Seuchendesinfektion ... verdammt, was auch immer. Lassen Sie sich etwas einfallen. Wir können ja zum Schein den Arzt und eine Krankenschwester vor dem Zeit postieren.«

So, wie es auf dem Reiseplan stand – am 16. des Monats –, ging der Atomeisbrecher auf Nordkurs und trat die Rückreise durch die Drake Passage nach Neuseeland an. Die Passagiere sollten von Wellington aus nach Hause zurückfliegen. Dem Ingenieur Jimmy Jenkins aus Pennsylvania fiel beim nächtlichen Deckspaziergang das Errichten des Zeltes zwischen Bordwand und Reling auf. Der Amerikaner rätselte daran herum, wozu das technische Gerät wohl diente, das aussah wie eine Mischung aus Generator, Computer und medizinischer Laboreinrichtung.

Da er auf seine Fragen keine Antwort bekam, dachte er sich seinen Teil und brachte die Sache mit dem merkwürdigen Eisberg in Verbindung. Sollten die Passagiere erst durch das Zelt geschickt werden, damit Filme und Magnetbänder per Röntgenstrahlen und starke Magnetfelder geschwärzt und unbrauchbar gemacht wurden?

In der Kabine sprach Mr. Jenkins aus Pennsylvania mit seiner Frau darüber.

»Was ist da im Eis gewesen, Jimmy?« unterbrach sie ihn.

»Keine Ahnung. Vermutlich etwas Geheimnisvolles.«

»Wie kommst du darauf, Jimmy?«

»Der Kapitän versucht jede Nachricht darüber zu unterdrücken«, flüsterte Mr. Jenkins in der Annahme, daß jede Kabine mit Mikrofonen verwanzt sei und alle Passagiere abgehört würden.

Mrs. Jenkins erregte sich so, daß sie zitterte. »Will er uns etwa einsperren oder aussetzen?«

Schwer sackte Jenkins in den Sessel. »No, die haben sich etwas Feineres ausgedacht. Sie schwärzen die Filme mit Röntgenstrahlen und löschen die Videobänder mit Magnetfeldern. Ohne Bilddokumentation taugt heutzutage keine Nachricht etwas. Worte sind nur bloßes Geschwätz.«

Unter der Schminke begann die Amerikanerin zu schwitzen.

»Und wie machen die das?«

»Sie bauen an Deck ein Zelt auf«, erklärte Mr. Jenkins leise. »Eine Art Schleuse, genau zwischen Reling und der Wand des Salons. Da müssen wir alle samt Gepäck durch, sobald wir angekommen sind.«

»Diese Hundesöhne.«

Mrs. Jenkins wurde so laut, daß ihr Ehemann zischte:

»Bitte leise, Darling, schrei nicht so.«

»Diese Saurussen!« ereiferte sie sich.

»Da magst du recht haben, Darling. Was mich betrifft, ich wollte ja nie auf diesen Iwan-Dampfer. Ich hasse Eis und Seehunde und den Gestank von Schiffen. Aber du mit deinem Tick für arktische Fauna! Hast du etwa eine einzige Blume gesehen?«

»Nicht mal Moos und Flechten«, räumte sie ein, griff aber gleich wieder an: »Du bist doch Elektronikingenieur, Jimmy. Laß dir da mal was einfallen.«

»Habe ich schon. Worauf du dich verlassen kannst.«

Entschlossen drückte sich Jenkins aus dem Sessel hoch und verließ die Kabine. Er suchte den Feuerwerkersmaat, der das Tontaubenschießen überwacht hatte, und fand ihn beim Gewehrschapp. Inzwischen kannten sie sich gut. Zwecks Aufbau freundschaftlicher Beziehungen hatte der Amerikaner nie mit Trinkgeldern gegeizt.

»Wann schießen wir wieder auf Wodkaflaschen, Boris?«

Der Maat bedauerte: »Kein Flaschenschießen mehr, Sir. Befehl vom Kapitän.«

»Warum?«

»Fragen Sie Kapitän.«

»Es geht mir auch gar nicht um die Ballerei«, log der Amerikaner, »sondern um die Munition. Wir schossen doch mit Bleischrot.«

Dies bestätigte der Russe.

»In meinem Club in Amerika gibt es neuerdings eine Vorschrift, daß nicht mehr mit Bleischrot, sondern nur noch mit Eisenschrot geschossen werden darf. Aus Gründen des Umweltschutzes. Weil Blei die Erde verseucht, Eisen aber rostet. In ganz Amerika ist inzwischen kein Bleischrot mehr aufzutreiben. Mit Blei schießt es sich aber schöner. Können Sie mir nicht zehn oder zwanzig Patronen besorgen, Boris? Körnung zwei bis drei.«

Für gute Dollars bekam der Amerikaner eine ganze Schachtel voll.

In seiner Kabine entnahm Jenkins der Videokamera die kleine S-8-Magnetbandkassette mit dem Eisbergfilm und plazierte sie auf eine Weise in der Schrotpatronenschachtel, daß die Spule jeweils von zwei Lagen Patronen, also Blei, umgeben wurde. Er hoffte, daß das Blei gegen Röntgenstrahlen wie ein Schutzmantel wirkte.

In Neuseeland mußte jeder Passagier durch den Desinfektionstunnel. Als einziger der hundertzwanzig Abenteuerurlauber brachte Jimmy Jenkins aus Pennsylvania verwertbares dokumentarisches Material von Bord des Atomeisbrechers und bis in die USA.

Dort gedachte er es so teuer wie möglich an eine der großen TV-Nachrichtenstationen, an *NBC* oder *CNN*, zu verkaufen.

Er ahnte nicht, auf welch tödliches Spiel er sich damit eingelassen hatte.

10

In der Wochenendausgabe veröffentlichte die Tageszeitung *Le Monde* den Bericht des bekannten Reisereporters Gaston Massou. Unter anderem schrieb er: »... weil ich es nicht glauben wollte, machte ich mich selbst auf den Weg. Die Anzeichen, daß die Menschen in den heißen Zonen der Erde in Wassernot geraten, häufen sich: Ein breiter Gürtel wird sich von der Türkei über Nahost, von Arabien bis Afrika ziehen.

Der erste Teil meiner Erkundungsreise führte mich nach Anatolien. Ich wählte nicht das Flugzeug, sondern nahm meinen Geländewagen. Er hat Allradantrieb, so daß man damit die unwegsamen Landstriche und Gebirge überqueren kann.

Im östlichen Anatolien stellte ich fest, daß es nicht gern gesehen wurde, wenn ich die großen Durchgangsstraßen in den Iran verließ.

Nachdem mein Peugeot-Diesel einen der hohen, schon in Grenznähe liegenden Ararat-Pässe erklettert hatte, fand ich meine Befürchtung auf das deutlichste bestätigt. Vom Kurdengebiet bis nach Norden erstreckt sich weit über den Horizont hinaus eine Seenfläche so groß wie die Schweiz. Aber leider dort, wo die Natur nie einen See vorgesehen hat.

Seit einem Jahrzehnt schon baut die Türkei hier an ihren riesigen Tigris-Staudämmen. Sie halten Milliarden Kubikmeter Wasser zurück, mit denen angeblich

Anatolien bewässert und fruchtbar gemacht werden soll. Ich überquerte eine Vielzahl von Kanälen, die das Wasser wer weiß wohin fließen lassen. Ich sah gigantische Wasserkraftwerke zur Erzeugung von Elektrizität. Mit bloßem Auge konnte ich Dutzende von kirchturmhohen Staubecken aus Beton erkennen. Schon Kemal Atatürk projektierte den Stau des Tigris. Weshalb das Projekt auch seinen Namen erhielt.

Was letzten Endes an Wasser in Röhren durch das kurdische Bergmassiv nach Süden geleitet wird, ist ein ziemlich mageres Rinnsal. Früher bildete der Tigris neben dem Euphrat die Hauptwasserquelle des Zweistromlandes. Nun verdorren die Ufer im Irak, von Bagdad bis hinunter nach Basra am Persischen Golf. Kein Wunder, daß Bagdad diplomatische Proteste erhebt. Man hat sogar offen damit gedroht, das Wasser mit Gewalt zurückzuholen, wenn sich die Türkei künftig nicht an internationale Abmachungen hält. Ankara behauptet zwar, daß die Stauseen längst gefüllt seien und daß das Wasser im wesentlichen so weitergeleitet würde, wie es von den Quellen hereinfließe, aber das trifft nicht zu. Tatsache ist, daß die Türkei nur etwa fünfundzwanzig Prozent des Wassers für eigene Zwecke verwendet.

Die Rechnung geht trotzdem nicht auf. Wie ich mich selbst überzeugen konnte, lag glühende Sonne über dem Stauseegebiet. Mit Sicherheit verdunsten täglich Millionen Kubikmeter Wasser, die den Anwohnern des mesopotamischen Tigris nicht mehr zugute kommen, denn normalerweise ist die Verdunstung fließender Gewässer weitaus geringer als die stehender ...«

Bei der US-TV-Station *NBC* in New York führte der bekannte Ornithologe Bertram ein Gespräch mit einem anderen Vogelkundler von der Stanford-University. Es ging um die tödliche Erwärmung der Erde.

Prof. Dr. Bertram äußerte dazu unter anderem: »Küstenseeschwalben fliegen pro Jahr eine Gesamtstrecke von bis zu dreißigtausend Meilen. Selbst der kaum achtundzwanzig Zentimeter große Goldregenpfeifer schafft die zweitausend Meilen von Alaska nach Hawaii ohne Pause in weniger als fünfzig Stunden. Das entspricht einer Durchschnittsgeschwindigkeit von etwa fünfzig Meilen.«

Hier wollte ihn der Moderator unterbrechen, doch der Wissenschaftler war nun einmal in Fahrt.

»Auch nach wochenlangen Reisen durch Unwetter, Regenfronten, Nebelbänke und starke Klimaveränderungen finden die schnellen Flieger stets wieder denselben Baum, dieselbe Hecke, wo sie schon einmal gebrütet haben. Dazu verhelfen ihnen mehrere ineinander geschaltete Orientierungssysteme.«

Nun erhob sein Kollege Einwände: »Leider ist das nicht immer der Fall. Oft finden die Vögel ihr Sommerquartier eben nicht mehr. Es geht ihnen ebenso, als würde eine Familie eine Bergwanderung unternehmen, und alle Almhütten wären geschlossen. Schuld daran ist der Mensch. Er setzt vielen Zugvögeln bedrohlich zu und greift brutal ein in ihren Lebensbereich.«

»Der Vergleich mit den Spaziergängern und den Almhütten ist durchaus korrekt«, räumte Professor Bertram ein. »Die Vögel fressen sich bis zu achtzig Prozent ihres Körpergewichtes vor dem Abflug als Fettpolster an. Nach dreitausend Meilen sind natürlich alle

Treibstoffvorräte erschöpft. Aber die Vögel finden ihre Tankstellen nicht mehr. Die Landschaft hat sich durch Monokulturen, Forstwirtschaft und massiven Düngemitteleinsatz verändert. Hinzu kommt noch der Treibhauseffekt, die zunehmende Erderwärmung, das Abschmelzen des Polareises. Einerseits werden die Meeresspiegel noch weiter steigen. Die Wasser lassen Marschgebiete und Wattlandschaften in den Fluten versinken. Die Vögel verlieren ihre Brut- und Rastplätze, andererseits ...«

Der Stanford-Professor führte den Satz fort: »... ist auch das Gegenteil der Fall. Schon jetzt fürchten wir um die wichtigsten Zugvogelreviere. So an der Chesapeake-Bay an der Ostküste der USA, am Donaudelta in Rumänien, an der Nordseebucht The Wash in Großbritannien und in Australien an der Port-Phillip-Bucht. Flache Feuchtgebiete werden sich bei steigenden Durchschnittstemperaturen in dürre Steppen verwandeln. Die Hälfte aller Enten im Norden der USA brüten noch in Gebieten, wo schon binnen kurzem alle Tümpel und Bäche austrocknen.«

Die düsteren Vorhersagen nahmen kein Ende. Selbst an Mittelmeerküsten und in Feuchtgebieten im südlichen Afrika sah die Zukunft eher trostlos aus.

»Vor kurzem bin ich über viele bisher bekannte Futterplätze hinweggeflogen«, berichtete Professor Bertram, »sie bieten sich nur noch als öde Landstriche dar, in denen kein Grashalm mehr wächst und kein Insekt mehr schwirrt.«

Es wurde alles andere als ein Streitgespräch. Die Wissenschaftler waren nahezu in allen Punkten gleicher Meinung.

Die Runde kam zum Ende. Der Moderator faßte zusammen: »Man kann also allein auf Grund von Zeichen in der Vogelwelt behaupten, daß sich das Klima verändert.«

Professor Bertram ergänzte: »Noch läßt sich die Erderwärmung durch das in die Atmosphäre geblasene Treibhausgas Kohlendioxyd erst an wenigen Parametern ablesen, aber sie ist in Gang gesetzt. Es kommt zu geringeren Niederschlägen. In absehbarer Zeit wird das Trinkwasser auf der Erde knapp werden.«

Das deutsche Wochenmagazin *UMWELT* brachte ebenfalls einen Korrespondentenbericht über die Weltwassernot. Er klang nicht anders als der von *LE MONDE*, nur hatte sich der *UMWELT*-Mann weiter im Süden, bei den Golfstaaten, umgesehen.

Voll bitterer Ironie resümierte er: »... im Gegensatz zu den durstenden Menschen im Irak haben die Bewohner der reichen Ölstaaten noch keine Probleme.

Aus ihren Leitungen fließt erstklassig gereinigtes Naß in Mineralwasserqualität, mit dem sie ihre Swimmingpools füllen und ihre vielen Springbrunnen in Stadt und Land sprühen lassen. Die Ölbonzen leisten sich kostspielige Meerwasseraufbereitungsanlagen. Dort wird Meerwasser verdampft und auf Trinkwassernorm gebracht und gekühlt. Die physikalische Entsalzung des Meerwassers kostet zwar Energie, aber in Kuwait und Saudi-Arabien, Bahrain und Dubai hat man ja genug davon. Das mit dem Erdöl ausströmende Gas wurde früher einfach abgefackelt. Heute verwendet man es für die Aufbereitung von Süßwasser. Manche Menschen haben es eben leichter ...«

Im *NEW YORK REPORT* fiel der Leitartikler über Libyen her, etwas blauäugig und dreiviertelinformiert, wie die Amerikaner mit Vorliebe heiße Themen angingen. In diesem Artikel rügte er, daß in Zentralafrika die Menschen jahrelang auf Niederschläge warteten und nahezu verdursteten, während es in Libyen ganz anders aussehe. Dort nütze Oberst Gaddafi riesige Trinkwasserbecken unter der Sahara, von denen einige die Abmessungen des Michigansees hätten. Von der Libyschen Wüste aus lasse er diese Blasen anstechen und das Wasser durch Rohrleitungen, die in Kanäle münden, zusammenführen. Um Verdunstungen zu vermeiden, sei der Hauptkanal teils unterirdisch angelegt, mit Abmessungen von dreißig Meter Breite und sechs Meter Tiefe. Das Projekt habe bis jetzt zwanzig Milliarden Dollar verschlungen, habe die Finanzen Libyens erschöpft und treibe das Land in eine Wirtschaftskrise. Doch offenbar hätten sich die Wissenschaftler und Prospektoren erheblich verrechnet. Tatsächlich lieferten die unterirdischen Quellen zur Zeit kaum die Hälfte ihrer Schüttung. Bald würde im Hauptkanal nur noch ein Rinnsal fließen. Teilweise seien die am Rand der Sahara angelegten großen Citrus-Plantagen schon wieder verdorrt. Noch viel schlimmer aber schlage zu Buche, daß Gaddafis Bauarbeiterarmeen die Natur brutal schändeten.

Zu dem Thema, wie die Libyer mit Natur und Umweltschutz umgingen, schrieb ein in Rom erscheinendes Magazin:
»In den Oasen, die den Bauarbeiten in Libyen zum Opfer fielen, wurde auf die Natur keine Rücksicht ge-

nommen. In den verlassenen Oasen hausten noch bestimmte Affenstämme, die ohnehin vom Aussterben bedroht waren. Die Affen, sogenannte Anthropoiden libyensis, hatten sich in Jahrhunderten der Wassernot angepaßt. Ganze Horden wurden verjagt, vergiftet, mit Maschinenpistolen abgeschossen. Mit der Behauptung, die Tiere seien aggressiv geworden. Was insofern zutreffen mag, als die Wissenschaft diese Tiere als äußerst menschenähnlich und kämpferisch bezeichnet.

Libyen hielt nicht nur das ganze Projekt, sondern auch das Massaker in der Tierwelt streng geheim. Doch es gab mutige Wissenschaftler, die die Wüstenaffenart retten wollten, unter anderen der bekannte italienische Zoologe Danièle Laurentis. Seit dem Versuch, ein paar der Tiere in Sicherheit zu bringen, blieb er jedoch verschollen. Entweder wurde er gefangengenommen oder erschossen.«

Die Gefangennahme in Libyen sei dem Tode gleichbedeutend, hieß es weiter. Sollte er jedoch noch leben, so sei davon auszugehen, daß Professor Laurentis, wie alle Personen, die in Libyen gefaßt werden, als Spion in einem Straflager festgehalten wird.

Trotz aller Bemühungen sähe sich die italienische Regierung außerstande, irgend etwas zu unternehmen.

11

Zum ersten Mal seit ihrem Treffen im Café Florian rief Admiral Dominici an. »Wie geht's, wie steht's? Schon Ergebnisse?«

»Sind in Arbeit«, versicherte Dottore Polo.

»Halten Sie sich ran, Junge.«

»Die Dame hat kein Telefon auf der Insel. Sie ist kaum erreichbar.«

»Dann fahren Sie eben hin«, drängte Dominici.

»Wohl oder übel.«

Der Admiral war heute kurz angebunden. »Passen Sie auf, daß Ihnen die Füße nicht einschlafen. Sie hören von mir, Polo.« Dann legte er auf.

Während sich Marco Trentuno Polo mit seiner Habilitationsschrift befaßte, vergaß er zwar nicht, den Auftrag seiner Sponsoren zu erfüllen, schob es aber immer wieder hinaus.

Absatzklappernd auf den Marmorböden, durchmaß er die großen Räume des Hauses, dann ging er den Gang entlang zu dem kleinen Zimmer, das nach hinten zum Garten hinauslag. Um diesen Garten kümmerte sich schon lange niemand mehr. Er wucherte zu, und die Tauben taten das ihre. Sie schissen drauf.

In diesem Zimmer saß die polnische Studentin Barowa. Sie trug jetzt Bubikopffrisur. Das dunkelnußbraune, glatt gebürstete Haar stand ihr gut. Manchmal sah sie aus wie eine Madame du Palais. Jedenfalls hatte

Polo an ihr eine professionelle Hilfe. Bei manchen Dingen nahm sie es fast zu genau und stöberte tagelang in alten Dokumenten.

Als Polo das Gartenzimmer betrat, schien die Sonne durch das hohe Studiofenster.

»Ein wunderschöner Tag zum Segeln.«

»Wann?« fragte Pola begeistert.

»Sofort«, antwortete er. »Wenn ich etwas will, muß es immer sofort sein. Von jetzt auf gleich, lautet mein Motto. So ist es am schönsten.«

»Kann ich mitkommen?« Sie wandte ihm ihr Profil zu. »Als Vorschotmann. Ich bin eine seefeste Wassersportlerin.«

Das konnte er leider ganz und gar nicht gebrauchen. »Scusi, ich muß ein paar Stunden allein sein«, bedauerte er.

»Sorgen, Dottore?« erkundigte sie sich teilnahmsvoll.

»Jeden Tag ein paar mehr.«

»Ich störe Sie gewiß nicht bei der Meditation, rede kein einziges Wort ... notfalls.«

»Dazu sind Sie gar nicht imstande, Pola. Wenn wir da draußen sind, erzählen Sie mir gewiß die Geschichte Ihrer Familie bis zurück zu Iwan dem Schrecklichen.«

»Wir waren nur mit Rasputin verwandt«, schränkte sie spöttisch ein.

»Na, sehen Sie, es geht schon los. Wir machen das ein andermal.« Polo hatte inzwischen genug von ihren Familienstories, die er für sorgsam vorbereitete Legenden hielt.

Angeblich waren die Barowas Juden. Angeblich waren die Großeltern in Auschwitz umgekommen. Angeblich war Polas Vater ein Freund Solschenizyns. Angeblich ...

Er glaubte ihr nicht.

Einmal hatte sie gesagt: »Wir Juden sind an allem selbst schuld. Ohne jüdische Mitwirkung hätte es keinen Holocoust gegeben.«

Solchen Unsinn konnte er nicht stehenlassen. »Das sollten Sie besser für sich behalten«, hatte er ihr geraten. »Man könnte Sie für dumm, töricht, unreif oder amoralisch halten.«

Seitdem hatte er öfter den Eindruck gewonnen, daß sie es nicht nur mit der Wahrheit ungenau nahm, sondern daß sie regelrecht log.

Wenig später fuhr er mit dem Vaporetto zum Yachthafen, zog die Segel seines Kajütkreuzers hoch und segelte in der Lagune nach Süden. Dabei hielt er sich zwischen der Küste und den vorgelagerten schmalen Inseln. Den Lido entlang kreuzte er an der Porta di Malamocco adriawärts, segelte weiter an der Litorale di Pellestrina südwärts auf Chioggia zu. Eine flache Insel, umgeben von dichtem Schilfgürtel tauchte an Backbord auf. Es mußte das von Admiral Dominici bezeichnete Eiland sein. Jedenfalls fand Polo kein anderes auf seiner Karte.

In kurzen Schlägen kreuzte er um die Insel und entdeckte, halb überwuchert von gelbem und grün nachwachsendem Ried, eine Art Kanal. Er stakte sein Boot bis zum Anleger, eine Art halb verfallener Badesteg, machte es dort fest und sprang an Land.

Einen Steinwurf weiter tauchten Schilder mit aufgemalten Totenköpfen auf: *VORSICHT SELBST-SCHÜSSE!*

Er kannte das. Solche Warnungen brachten die meisten Italiener auf ihren Grundstücken an, um Neugierige fernzuhalten.

Polo trat einen Stacheldraht nieder und sah im Gras merkwürdige flache Wölbungen. Sie stammten gewiß nicht von Maulwürfen, sondern zweifellos von Landminen. Behutsam legte er eine frei. Tatsächlich fand er unter Sand und Gras eine scharfgemachte olivgrüne NATO-Tellermine. Das machte ihn vorsichtig.

Von einem Hügel aus, nicht höher als drei Meter, konnte er die Insel überblicken. Mit ungefähr vierhundert mal sechshundert Meter war sie nicht sehr groß. In ihrem Zentrum lagen drei bunkerartige Gebäude, graue Betonwürfel mit abgerundeten Kanten und Schießscharten – vermutlich ein Überbleibsel aus dem letzten Krieg.

Da weder Telefon- noch Stromleitung zu der Insel führten, machte ihn das neugierig. Aus einem Holzverschlag in der Nähe des Bunkers stank es verdächtig nach Diesel.

Das Blechdach schützte ein FIAT-Stromaggregat, einen alten Ritmo-Vierzylinder-Diesel mit Dynamo. So also wurde die Insel mit Energie versorgt. Hinter dem Bunker ragte eine Zypresse empor. Von ihrer Spitze lief, gut getarnt, eine Antenne, vermutlich für Sprechfunk oder Funktelefon, zum nächsten Baum, einer vom Blitz halbierten Pinie.

Neugierig schlich Polo um den Bunker herum. Die Öffnungen waren vergittert, die eisernen Türen mit starken Vorreibern wie bei Schiffschotts verschlossen.

Die Hebel der Vorreiber hatte man zusätzlich mit Ketten und Vorhängeschlössern arretiert.

Polo machte sich bemerkbar, indem er mehrmals mit der flachen Hand dagegenschlug. Wie zu erwarten war, reagierte niemand. Offensichtlich hatte Dottore Laurentis die Insel kurzfristig verlassen. Es würde schwierig sein, die Dame zu erreichen, ohne sich vorher anzumelden. Eine regelmäßige Postzustellung gab es auf dieser Insel gewiß nicht.

Polo hinterließ also eine Visitenkarte mit seiner Adresse in Venedig und Telefonnummer. Er kritzelte darauf eine kurze Mitteilung: *Muß Sie dringend sprechen. Melde mich wieder. M. Polo.*

Die Rückfahrt in die Serenissima dauerte etwas länger. Polo mußte gegen den Nordwest ankreuzen. In weiten Schlägen hielt er auf die Laguneneinfahrt zu.

Nahe den Poveglia-Inseln bemerkte er aus dem Augenwinkel, daß ihm ein Motorboot folgte. Es fuhr schnell und hatte so wenig Mühe, ihn einzuholen wie ein Auto einen Fußgänger.

An Bord des Motorbootes befanden sich mit Sicherheit zwei Personen. Einer der Männer hielt etwas Längliches: ein Gewehr.

Auf etwa zweihundert Meter Entfernung blinkten sie ihn mit dem Scheinwerfer an. Gewiß nicht nur, um Polo zu irritieren.

Während sie weiterblinkten, überholte das Motorboot allmählich und umkreiste mit Abstand seine Yacht. Dabei kamen sie immer näher, so nah, daß Polo den Wellengang des Verfolgers spürte und der Baum des Großsegels hin und her schlug.

Polo konnte sich nicht vorstellen, was die Kerle von ihm wollten. Dann glaubte er, eine Stimme zu hören, verstand aber nichts. Der Motor dröhnte zu laut. Also segelte Polo weiter seinen Strich. Immerhin waren auf einsame Segler in der Lagune schon Raubüberfälle verübt worden.

Da er nicht reagierte, sondern Kurs hielt, gab der Verfolger einen Schuß ab, den ersten noch ungezielt ins Blaue. Polo war kein ausgesprochen mutiger oder tapferer Bursche und auch eher unsportlich. Mut hielt er für Dummheit, Tapferkeit für den Ausbund einer verquasten Ideologie. Sport hielt er für die idiotischste Art, das Leben zu verkürzen und die Gesundheit zu untergraben. Allmählich wurde ihm mulmig. Seine Ratlosigkeit wuchs. Er geriet in Panik. Was tun?

Der Verfolger schoß ein zweites Mal. Dem dumpfen Krachen seiner Flinte war zu entnehmen, daß er Schrotpatronen verwendete. Die rissen verdammt unangenehme Löcher, wenn die Körnung des Schrots groß genug war.

Polo blieb also nichts anderes übrig, als beizudrehen und die Segel killen zu lassen. Nahezu bewegungslos lagen die beiden Boote einander gegenüber. Eine halbe Minute schon. Was jetzt? Plötzlich, völlig unerwartet, wurde das Motorboot herumgerissen. Mit Vollgas suchten die Verfolger das Weite.

Ein Schnellboot der italienischen Marine war aufgetaucht. Und dies so unvermittelt, als habe es lauernd im Schutz einer der Inseln gelegen. Das Marineschnellboot folgte Polos unbekanntem Angreifer, bis dieser außer Sicht geriet. Dann änderte auch die Marine den Kurs.

Polo versuchte eine Erklärung für den Vorfall zu finden. Vielleicht hatten die Marinesoldaten den Schuß gehört? Aber ein Schuß war hier nichts Besonderes, denn es gab genug Jäger und Wilderer, die auf den Inseln Enten oder Vögel jagten. Vielleicht, dachte Polo, bin ich zu nahe an den U-Boot-Stützpunkt herangesegelt, der vor Chioggia liegt?

Beim Abendessen im Palazzo fehlte die polnische Studentin. Seitdem sie dort wohnte, war das noch nie vorgekommen.

Es gab ihre Leibspeise, Gnocchi con sugo, die Tomatensoße extra vierundzwanzig Stunden lang gekocht. Die Barowa, eine große Esserin, liebte italienische Küche angeblich über alles und ließ normalerweise keine Mahlzeit aus.

Nicht, daß Polo deswegen beunruhigt gewesen wäre, aber die junge Frau hinterließ meist eine Nachricht, wohin sie ging und wann sie zurückkam. Also fragte er Agosta, seine Haushälterin. Die wußte es auch nicht.

Lorenzo, der aus seiner Abneigung gegen die Polin keinen Hehl machte, sagte: »Mitunter ist Abwesenheit die höchste Form der Anwesenheit, Signore.«

»Du bist ein Philosoph, Lorenzo. Doch die Existenz unseres Gastes hat auch manch Gutes für sich. Es ist nicht mehr so totenstill im Haus.«

»Und ich darf ein Gedeck mehr auflegen«, meinte der Diener mit todernstem Gesicht. »Aber ...«

Da er nicht weitersprach, hakte Polo ein. »Ja, aber ...«

»Seit der Ankunft der Signorina gibt es die merkwürdigen Telefonanrufe nicht mehr.«

»*Va bene*, dann wäre das schon wieder ein Pluspunkt. Oder nicht?«

Agosta trug die Terrine mit der Minestrone herein.

»Die Signorina hat kurz nach Ihnen das Haus verlassen«, erinnerte sie sich.

»Wie war sie gekleidet?«

»Mit Regenmantel und Gummistiefeln, denn es sah nach Unwetter aus.«

Pola Barowa kam erst spät in der Nacht zurück.

Am nächsten Morgen saß sie beim Frühstück, als sei nichts gewesen. Ihr Gastgeber fragte nicht weiter. Letzten Endes war sie ihm keine Rechenschaft schuldig, wo sie sich herumtrieb. Aber eines war tatsächlich äußerst merkwürdig: Die anonymen Telefonanrufe hatten seit ihrem Auftauchen gänzlich aufgehört.

12

Der Elektronikingenieur Jimmy Jenkins betrieb in Midland/Pennsylvania einen Computerladen. Immer montags wusch er sein Auto. Der 92er Chevrolet-Station war noch wie neu.

Trotzdem dachte Jenkins daran, sich demnächst einen Mercedes zuzulegen. Sein Laden lief prächtig, die Gewinne stiegen. Er war beliebt bei seinen Kunden, speziell bei der Jugend.

Beim Kauf von Rechnern oder Laptops stand man ihnen stets mit ehrlichem Rat beiseite, und Jenkins hielt selbst Computer-Kurse ab. Wenn ein Gerät ausfiel, war der Kundendienst immer gleich zur Stelle. Das hatte den eher unscheinbaren blondwimperigen Mann wohlhabend gemacht.

Während er den Innenraum seines Wagens reinigte – er saugte gerade die hinteren Teppiche ab –, trat Mrs. Jenkins aus dem Haus. Sie stand unter der zweiflügeligen Glastür der Bungalowterrasse und winkte heftig.

»Jimmmiiiiiiy!«

Es klang wie eine anlaufende Alarmsirene. »Komm ins Haus, Jenkins!«

Er stellte den Staubsauger ab. »Was ist?«

»Sie bringen es schon wieder. Beeil dich!«

Jenkins konnte sich denken, was Marylou so aufregte. Seit dem Herbst gab es für sie nur ein Thema: die Südpolarreise. Die Nachricht von dem schiffähnlichen

Schatten im Eisberg, der ihnen auf der Route begegnet war, hatte sich nicht unterdrücken lassen. Sie ging um die Welt. Und nicht nur als Schlagzeilen in Blättern, die zwei Tage später als Einwickelpapier für Heringe verwendet wurden. Die Story hielt sich hartnäckig sowohl in der Tagespresse wie in Wochenmagazinen, obwohl alle Informationen nur auf mündlichen Aussagen oder Augenzeugenberichten beruhten.

Wie der Teufel waren die großen Weltblätter und TV-Sender hinter einem brauchbaren Foto her. Zwar hatten die Redaktionen von ihren Zeichnern Phantomskizzen anfertigen lassen, aber ein Foto war eben doch ein besseres Dokument. Auf der Titelseite hätte es die Auflage jeder Zeitung schlagartig verdoppelt.

Als das Ehepaar Jenkins aus Pennsylvania vor dem Fernsehgerät saß, sagte Marylou: »Sie haben den Preis schon wieder erhöht.«

Den Nachrichten der größten News-Sender *CNN* und *NBC* war zu entnehmen, daß man immer noch versuchte, eines Fotos oder Filmes der mysteriösen Erscheinung im Antarktischen Meer habhaft zu werden. Doch alle Aufnahmen seien geschwärzt, hieß es, und die Videobänder durch starke Magnetstrahlen zerstört. Das lasse die Vermutung zu, daß dies absichtlich geschehen sei. Die Besatzung des russischen Atomeisbrechers *Alexander Puschkin* habe die Passagiere gezwungen, beim Verlassen des Schiffes eine Schleuse zu passieren, die jedes Film- und Fotomaterial unbrauchbar machte ...

Trotzdem kündigte *CNN* eine große Reportage an. Nach wie vor sei man jedoch bereit, für Bildmaterial hundertfünfzigtausend Dollar zu bezahlen.

»Die Geschichte ist und bleibt eine Sensation«, sagte Mrs. Jenkins Puffmais kauend. Das Popcorn knirschte zwischen ihren Zähnen.

»Es ist Tagesgespräch in der ganzen Welt«, pflichtete ihr Ehemann bei.

»Dann tu was, Jenkins!«

Jimmy nickte. »Jetzt, glaube ich, wird es Zeit.«

Er erhob sich aus seinem bequemen Fernsehsessel, goß sich einen doppelten Scotch ins Glas und vergaß vor Erregung, Eis dazuzugeben. »Aber nun verlange ich eine Viertelmillion Dollar«, entschied er.

»Die wirst du nie kriegen, Jimmy. Es kursieren bereits Meldungen, daß es sich bei der Geschichte um eine Zeitungsente handeln soll.«

»Das schreiben nur Neider. Wenn ich einigermaßen geschickt pokere, bekomme ich sogar eine halbe Million.«

Am nächsten Morgen packte Jenkins seine Reisetasche und fuhr nach New York. Vorher jedoch schaute er bei seiner Bank vorbei. Die schmale Kassette aus dem Videorecorder, die alles haarscharf zeigte – den Atomeisbrecher *Alexandr Puschkin*, den Eisberg, das Ding in dem Eisberg, das möglicherweise ein Schiff war, in Farbe und sogar mit Ton inklusive Meeresrauschen, Wind und Möwengeschrei –, legte er zur Sicherheit in seinen Banksafe.

In New York dauerte es einige Zeit, bis er zum Nachrichtenchef des *PBC*-Studios im Rockefeller-Center durchkam.

Der Mann glaubte Jimmy Jenkins zunächst kein Wort, bis der ihm ein paar Zuckerstückchen vorlegte:

das Ticket für seine Antarktisrundreise sowie ein Videofoto, das er mit der Sofortbildkamera vom Bildschirm seines Fernsehgerätes abfotografiert hatte. Gezielt hatte Jenkins dazu seine Polaroid benutzt und nicht sonderlich scharf eingestellt. Dennoch zeigte das Foto genug, um den Nachrichtenchef auf Hundert zu bringen.

»Meine Redakteure und Cutter arbeiten bereits an der Reportage, sie soll in zwei Tagen über den Sender gehen, wir liegen vor *CNN*. Aber leider ist es nur eine Story, die um den heißen Brei herumredet. Viel Meer und Himmel, Treibeis, Pinguine, Robben. Doch das Entscheidende fehlt. Die Fotos von dem verfluchten Ding. Was verlangen Sie für Ihr Material, Mister ...?«

»... Jenkins.« Jimmy schluckte mehrmals und forderte fünfhunderttausend Dollar. »Für sechsunddreißig Fotos und eine 15-Minuten-Kassette«, ergänzte er.

Der Nachrichtenchef von *PBC* überlegte nicht lange. Nur zu genau wußte er, wie heiß die Medien hinter diesem Zeug her waren. Er telefonierte kurz. Dann war alles klar. »Wenn alles so ist, wie Sie sagen«, entschied er, »gehen wir auf Ihre Forderung ein. Wann können wir den Film sehen?«

»Morgen abend in meinem Haus in Midland. Aber bringen Sie möglichst ein paar Bodyguards mit und auf jeden Fall die fünfhunderttausend Dollar. Nicht als Scheck, sondern in bar.«

Noch in dieser Minute ließ der Nachrichtenchef von *PBC* die Arbeit an dem unzulänglichen Eisbergbericht stoppen und den Sendetermin um vierundzwanzig Stunden verschieben.

Erneut wandte er sich an seinen Besucher: »Das werden wir groß ausquetschen. Irgendwie muß das Geld ja wieder in die Kasse. Also dann bis morgen abend. Und fahren Sie vorsichtig, Mister Jenkins.«

»Die paar hundert Meilen. Ist ja nicht weit, Sir«, meinte der Mann aus Pennsylvania.

Der Rat des Nachrichtenchefs von *PBC* zur Vorsicht wirkte nur teilweise. Zwar war Mister Jenkins problemlos nach Hause gekommen. Er hatte auch die Filmkassette seinem Banksafe entnommen und alles für die Vorführung vorbereitet, doch dann kam es leider nicht mehr dazu.

Etwa eine Stunde vor Eintreffen des Hubschraubers der Nachrichtenleute aus New York zerbarst der Bungalow der Jenkins' in Midland/Pennsylvania, 407 Rainbow Road, unter der Wucht einer Explosion in handliche Trümmer. Der Donnerschlag war laut, der Feuerball gelbrot, die Rauchsäule dagegen eher dezent. Das Ehepaar Jenkins fand dabei den Tod. Alles, was sich im Haus befand, war zerfetzt, verbrannt, verkohlt. Natürlich auch das *Alexandr-Puschkin*-Material.

»Es sei denn, das war ein Attentat, ein Terroranschlag«, sagte der News-Chef von *PBC* zu seinem Redakteur.

»Dann haben sie das Material vorher abgeholt.«

»Nicht ohne Gewalt, wie mir scheint.«

Weil die Frage Unfall oder Anschlag »zunächst nicht beantwortet werden konnte«, schaltete der Sheriff von Midland das FBI ein.

An einen kriminellen Hintergrund glaubte jedoch von Anfang an niemand. Das Ehepaar Jenkins war geachtet, hatte keine Feinde, war nicht vorbestraft. Es gab auch keine erkennbaren Verbindungen zur Unterwelt. Die Möglichkeit, daß Jenkins vielleicht den illegalen Kauf gestohlener Computer, also Hehlerware, abgelehnt und man ihn deshalb erpreßt hatte, war jedoch nicht völlig auszuschließen. Auf diesem heißumkämpften Wachstumsmarkt kamen Fälle solcher Art des öfteren vor.

»Sieht mehr nach einer politischen Aktion aus«, urteilte ein FBI-Agent.

Selbstverständlich bewahrten die Eingeweihten von *PBC* Stillschweigen. Der News-Chef hatte seine Leute zur Geheimhaltung vergattert, was aber leider nicht verhinderte, daß dennoch im New Yorker Studio etwas durchsickerte.

Merkwürdigerweise erfolgte zum vorgesehenen Sendetermin der Eisbergstory ein Bekenneranruf. Er lief bei der Konkurrenz, bei *CNN* New York ein. Ein Mann, der Englisch mit neuseeländischem Akzent sprach, erklärte, er lebe in Wellington, am Rande der Südsee. Seiner Gruppe ginge es darum zu verhindern, daß die Antarktis weiterhin durch Expeditionen und Massentourismus umweltmäßig zerstört werde. Deshalb habe man das Haus der Jenkins' in Midland mit Dynamit in die Luft gejagt.

Nun schwieg auch *PBC* nicht länger. In einer Spezialsendung breitete man die Affäre mit dem erst geretteten, dann vernichteten *Alexandr-Puschkin*-Film in allen Einzelheiten aus.

Starke Zweifel hegte man jedoch an der Aussage des unbekannten Bekenners aus Neuseeland.

FBI und Geheimdienste verfolgten noch andere Spuren. Ihre Sprengstoffexperten suchten die Trümmerstätte durch und prüften praktisch jeden Gegenstand, der größer war als ein Fingernagel. Vorher wurde das Grundstück hermetisch abgesperrt. Außer den Fachleuten in ihren weißen Overalls kam keiner hinein oder heraus.

Nach Tagen fanden die Experten tatsächlich etwas, und zwar Sprengstoffspuren an einem Stoffetzen. Die Rekonstruktion ergab, daß es sich um den Couchbezug handelte. Daraus mußte geschlossen werden, daß eine Bombe, und zwar ein hochdosierter Sprengsatz, unter dem Polster versteckt worden war.

»Mindestens hundert Kilo TNT«, meinte einer der Fachleute, »elegant per Funkfernauslösung gezündet.«

Die Mikrospuren wurden weiter untersucht. Das FBI-Labor ermittelte, daß es sich bei den schleimartigen Vergilbungen mit Sicherheit nicht um Rückstände von Dynamit oder TNT handelte.

»Da war etwas Feineres am Werk. Ein Sprengstoff von topmoderner Bauart«, glaubte einer der Chemiker.

»Und zwar?«

»Sprengstoff, wie ihn bis jetzt nur die Labors der militärischen Großmächte herstellen.«

»Rußland?«

»Unsere Fachleute arbeiten noch daran. Aber aus den USA stammt das Material mit Sicherheit nicht.«

»Und wie nennt es sich?« lautete die entscheidende Frage.

»SS-Supersemtex. Eine tschechische Spezialität. Dagegen wirkt Nitroglyzerin wie Hustensaft.«

Der Mann vom FBI besprach sich mit seinem Kollegen von der CIA. »Was verdammt veranlaßt die Russen dazu, so brutal vorzugehen?«

Lange rätselten alle daran herum. Auch auf höchster Ebene.

»Fragen wir mal anders: Was wissen die Russen über dieses geheimnisvolle Schiff oder was auch immer sich im Eisberg befindet.«

»Fragen wir noch mal anders«, schlug der Geheimdienstdirektor vor. »Wenn es die Russen sind, was wollen sie verheimlichen, was wollen sie vor uns verbergen?«

Plötzlich rückte der Fall *Alexandr Puschkin* ganz oben auf die Prioritätenliste.

13

Während Marco Trentuno Polo seine Habilitationsschrift vorbereitete, vergaß er keineswegs Admiral Dominicis Auftrag. Zunächst arbeitete er jedoch die im Museo Archeològico archivierten Reiseberichte seines Urahnen durch, unter anderem den historischen Kommentar unter dem Titel *Le livre de Marco*, der in alle wichtigen Sprachen übersetzt war. Die Bibliothek Stockholm hatte sogar ein Faksimile des Manuskripts aus dem vierzehnten Jahrhundert veröffentlicht. Außerdem las Polo die Bände von Bianconi und *Di Marco Polo e degli altri viaggiatori veneziani* von Zurla.

In der Zwischenzeit sichtete seine überfleißige Assistentin Tagebücher und Notizen sowie Reiseandenken Marco Polos aus dem privaten Besitz der Familie. Darunter fand Polo ein Pergament mit auffällig frischen Rißspuren.

Empört fragte er: »Haben Sie das etwa durch den Fotokopierer gejagt, Pola?«

Die Assistentin reagierte heftig. »Werde mich hüten. Das haben Sie mir ausdrücklich verboten, Signore. Keine Vervielfältigungen.«

»Es ist ausgerechnet die Seite mit dem Gespräch zwischen Marco Polo und einem Kalmücken, als er in der Wüste von ihm gerettet wurde.«

Sie platzte geradezu vor Eifer: »Die Geschichte mit dem zur Erde gefallenen Stern?«

Polo nickte. »Auf seinen Reisen in China, wo er so etwas Ähnliches wie Provinzgouverneur war, kam Marco Polo eines Tages zu Ohren …«

Sie unterbrach ihn: »Sie meinen den Zusammenstoß der Erde mit dem Sichota-Alin-Meteoriten.«

»Ob es der war, weiß ich nicht. Aber die Ureinwohner erzählten sich, daß vor zigtausend Jahren weit im Norden ein glühender Stern zur Erde gefallen sei.«

»Vermutlich im heutigen Sibirien.«

»Die Erde habe gezittert und gebebt«, fuhr Polo fort. »Erschütterungen dieser Art würde man heute schlicht tektonische Auswirkungen nennen. Sie hatten damals kontinentales Ausmaß. Komplette Ländereien sollen verwüstet worden sein. Die Wälder haben angeblich Feuer gefangen, Flüsse, Seen und Meer haben das Land verschlungen. Weder Mensch noch Tier haben überlebt. Selbst die Steppe war verkohlt gewesen.«

Die polnische Studentin bemerkte abfällig: »Das klingt alles ziemlich übertrieben, finde ich. Auch die Geschichte mit dem Wasser.«

Polo war anderer Meinung: »Die meisten Sagen und Legenden haben einen Wahrheitskern. In diesem Fall ist eine der Geschichten sogar überprüfbar.«

»Die mit dem merkwürdig kristallinen schwarzen Staub etwa, Dottore?«

Polo redete sich in Fahrt. Den Aussagen von Jägern und Fischern zufolge, seien auch Salzseen in Asien von Teilen des »Gestirns« getroffen worden. Ihr brakiges Wasser habe man fortan trinken können. Später haben die Heilkundigen der sibirischen Stämme begonnen, Meteoritentrümmer zu pulverisieren und auch als Medikament zu verwenden.«

»Märchen.«

»Die sind oft richtiger als falsch«, korrigierte er die Studentin.

»Die Heilwirkung des Pulvers dürfte nicht überwältigend gewesen sein«, widersprach die Polin. »Die Aussagen sind höchst widersprüchlich. Heißt es nicht sogar, daß die Berührung mit dem schwarzen Staub häufig zum Tode geführt habe, und zwar unter heftigen Qualen?«

»Mein Urahn starb jedenfalls nicht daran«, tat Polo den Einwand ab.

»Brachte er wirklich eine Probe des Staubes mit, Dottore?«

»Aber ja. Sie befindet sich in einem Ledersäckchen aus gegerbten Tierhoden.« Polo beschrieb der Studentin den Beutel: dunkelbraun bis schwarz, nicht größer als eine Kinderfaust. »Versuchen Sie, ihn zu finden«, bat er sie.

Noch am selben Tag hatte Pola Barowa das Behältnis aufgespürt. Hocherfreut brachte sie es in Polos Arbeitszimmer, das im vorderen Teil des Palazzo lag und einen bleiverglasten Erker mit Blick zum Canal Grande hatte.

Sie war hochrot und erhitzt, was die Wirkung ihres Parfums verstärkte. Daß sie sich überhaupt parfümierte, fiel Polo nicht zum ersten Mal auf. Ebensowenig, daß sie neuerdings die Beine hoch übereinanderschlug, Schenkel und Knie zeigte, und daß sie, wenn er am Schreibtisch saß, oft recht nahe an ihn heranrückte. Näher als nötig, so daß er den Druck ihrer Hüfte an seinem linken Unterarm spüren mußte. Überhaupt achtete Pola Barowa neuerdings auf ihr Äußeres. Sie trug nicht mehr den verfilzten Armeepullover, sondern eine cremefarbene Bluse, die stets adrett wirkte. Gewiß wusch sie sie jeden Tag. Und diese Seidenbluse hatte sie tief aufgeknöpft. Mühelos war zu erkennen, daß sie sich keines Büstenhalters bediente, was angesichts ihrer apfelkleinen Brüste auch nicht notwendig war. Daß es ihr darum ging, ihrem Gastgeber näher zu kommen, war nicht zu übersehen.

Sie legte etwas vor sich hin, ähnlich einer verdorrten Zwiebel. »Das Säckchen, Dottore.«

Es wirkte schlaff. Polo preßte die ledrig trockene Haut zusammen. »Leer!« stellte er fest. »Als ich es das letzte Mal in der Hand hielt, befanden sich wenigstens noch ... war es halbvoll.«

»Wann ist das gewesen, Dottore?«

»Kaum zwanzig Jahre her. Aber es hatte sechshundert Jahre herumgelegen und war noch gefüllt.«

Sie hob die Schultern. Offenbar wußte sie auch keine Antwort. »Nun, das Ungeziefer, die Mäuse, die Ratten ...«

»Keine Bißspuren«, widersprach Polo.

Vorsichtig öffnete er die Verschnürung. Das Säckchen war tatsächlich leer. Allerdings zeigte die rauhe Innenseite des Leders eine schwarze Verfärbung. Vielleicht war noch etwas zu retten. Er wollte es versuchen. Um sich nicht anmerken zu lassen, was er dachte, lehnte er sich zurück, bot der Studentin eine Zigarette an und fragte in einer Mischung aus beiläufig und interessiert: »Wie kommen Sie zurecht, Pola?«

»Danke, es gefällt mir gut in Ihrem Haus.«

»Auch die Arbeit?«

»Sie sind so freundlich zu mir. Eine Wohltat nach alledem, was ich seit dem Umsturz in Rußland und seinen Nachwirkungen auf Polen erleben mußte.«

Ihre Stories interessierten ihn immer noch sehr wenig. Deshalb verdeutlichte er seine Frage: »Ich meine finanziell.«

Ein Lächeln trat in ihre schönen Züge. Die Lider senkten sich über die dunklen Zigeuneraugen. »Danke, ich komme zurecht. Mein Bargeld ist zwar aufgebraucht, aber ich hatte noch einige Goldsachen, die ich verkaufen konnte. Auch einen Brillantring meiner Mutter.«

»Sagen Sie es mir, wenn Sie in Schwierigkeiten sind.«

»Danke, Dottore, aber pleite bin ich immer«, antwortete sie. Das klang beinahe ehrlich.

Am kommenden Morgen auf dem Weg zum Archivio di Stato im Dogenpalast schaute Polo bei einem chemischen Labor vorbei. Eigentlich befaßte man sich dort vorwiegend mit der Prüfung des Wassers in den Kanälen der Lagunenstadt. Polo kannte den Laborchef. Sie hatten gemeinsam das Gymnasium in Mestre besucht.

Polo zeigte ihm das Säckchen mit der schwarzverfärbten Innenhaut. »Kannst du mir diese mikroskopischen Reste analysieren, Aldo?«

Der Chemiker machte einen Abstrich mit dem Glasspachtel.

Nach einem Blick auf die Mikrowaage bedauerte er kopfschüttelnd. »Zu wenig. Einige Milligramm sind für die chromatographische Analyse in jedem Fall notwendig. Ich wüßte gar nicht, wie diesem Material anders beizukommen sein sollte. Um was handelt es sich denn, Marco?«

»Um Sternenstaub«, deutete Polo geheimnisvoll an.

»Tut mir leid, mein Freund.«

Polo bekam noch einen Espresso und verabschiedete sich dann.

Der Umstand, daß sich der Inhalt des Beutels in Luft aufgelöst hatte, beunruhigte Polo. Er befürchtete, daß es noch andere Personen gab, die sich dafür interessierten.

Das erhöhte seine Hartnäckigkeit. Deshalb nahm er Kontakt mit Admiral Dominici auf. Und zwar auf der nur ihm bekannten Schiene.

Von einem öffentlichen Telefon aus wählte er eine Geheimnummer. Erst die Vorwohl von Belgien, dann die Nummer von Brüssel und dann noch neun Ziffern. Der Anrufbeantworter piepte. Polo sprach italienisch und ziemlich schnell: »Hallo, Max Domin! Wie geht es Ihnen? Lassen Sie bald von sich hören. Die Kanäle stinken.«

Am Abend darauf summte Polos Telefon. Schon dem Räuspern, das dem Gespräch voranging, entnahm Polo, daß der starke Raucher Dominici in der Leitung war. »Hallo, Max, was macht die Kunst?«

»Moment noch, ich brauche einen Schluck. Nun, was die Kunst betrifft, mein Junge, die Kunst ist verhunzt. Sonst alles okay. Schieß los!«

Polo stieg sofort voll ein. »Ich habe etwas gefunden, Max.«

»Sie können offen sprechen, Doc. Die Leitung ist abhörsicher.«

Der Italiener setzte den NATO-Admiral kurz ins Bild und endete: »Hier in Venedig sind meine labortechnischen Möglichkeiten erschöpft. Ich bin aber sicher, daß sich etwas damit anfangen läßt. Heute sind Chemiker und Physiker in der Lage, aus Atomen einen Stoff zu bestimmen. Nach der C-14-Methode. Natürlich können das nur exzellente Fachleute mit modernster technischer Ausrüstung. Massenspektrometer und so ...«

»Die haben wir«, versicherte der Admiral, »noch und nöcher.«

»Nur das beste Labor wird hier Erfolg haben.«

»Unseres ist das allerbeste der Welt.«

Dominici wollte noch wissen, wie Polo ansonsten vorankäme.

»Recht flott, dank meiner erstklassigen Assistentin«, erklärte der Venezianer.

»Wer ist sie?«

»Eine polnische Studentin. Die Universität Verona hat sie mir aufs Auge gedrückt.«

»Gib mir den Namen und eine Personenbeschreibung«, wünschte Dominici, ohne lange zu überlegen. »Das müssen wir sorgfältig überprüfen.«

Gerne hätte er auch noch die Fingerabdrücke der Polin gehabt, denn das gehörte zur ordnungsgemäßen Routine, um das Umfeld eines Mitarbeiters abzusichern. Polo sah darin ein Problem. »Fingerabdrücke. Wie bitte komme ich an die?« erwiderte er.

»Mit Graphitpuder und Klebefolie. Das steht in jedem besseren Kriminalroman.«

»Den zu lesen ich leider nie Zeit hatte«, bekannte Polo.

Der Admiral hielt die Sache für so wichtig, daß er darauf bestand, das Säckchen durch einen Kurier in Venedig abholen zu lassen.

14

In der Florida Strait, achtundzwanzig Meilen östlich von Miami, lag der Fischkutter *Francis II* vor Anker in ruhiger See. An Steuerbord gab es ein paar Inseln, die Bahamas, dann öffnete sich die See zum Bermuda-Dreieck und zu den Weiten des Atlantischen Ozeans. Im Osten war mit dem Glas noch der Leuchtturm von Palm Beach zu erkennen.

Auf dem Achterdeck des Kutters ratterte ein Briggs & Stratton-Zweitakt-Benzinmotor, der normalerweise Rasenmäher, hier aber die Preßluftpumpe antrieb. Über die Reling liefen mehrere Kabel und Schläuche. Die dikken roten versorgten den Taucher in vierzig Meter Tiefe mit Atemluft. Das graue Kabel war die Telefonverbindung. Mit einem dünnen Stahlseil wurde der Taucher festgehalten und konnte bei Bedarf in andere Tiefen oder völlig herausgezogen werden.

Auf dem Grund des Meeres arbeitete in dieser Stunde Hank Francis, den sie wegen seines Nachnamens auch Captain Drake nannten. Francis, zweiunddreißig Jahre alt, ein blonder Hüne, ehemals Marinetaucher, hatte vor vier Jahren in Charleston eine Bergungsfirma gegründet. Sie befaßte sich jedoch nicht mit der Hilfe für havarierte Schiffe, sondern bemühte sich um solche, die schon vor vierhundert Jahren gesunken waren.

Genaugenommen suchten Drake und seine Leute

nach den Wracks spanischer Goldkaravellen. Man nannte sie deshalb auch »Raubtaucher«.

Immer wieder machte der Captain seinen Leuten klar, um was es ging: »Nachdem Kolumbus Amerika entdeckt hatte, nahmen die aus der Karibik segelnden Karavellen auf der Heimreise stets den Weg an Floridas Küste entlang. Hier ließen sie sich vom Golfstrom erfassen und nach Norden über den Atlantik treiben. Viele der Kapitäne riskierten die schnelle Route, auch wenn das Fahrwasser tückisch war und in diesen Breiten oft gefährliche Stürme herrschten. Viele Schiffe gingen unter.«

Nach diesen – meist – Drei-Mast-Karavellen suchten die Schatztaucher mehr oder weniger erfolgreich. Fand man so ein Schiff, war die Beute oft tonnenschwer und brachte Millionen von Dollar.

Der erfolgreichste Schiffsleichenfledderer war Captain Drake. Man sagte ihm nach, er besitze eine Spürnase für Gold wie ein Aasgeier für verwesendes Antilopenfleisch. Tatsache war, daß der Captain während seiner Dienstzeit in der US Navy auf eine Top-secret-Seekarte gestoßen war, die mit ziemlicher Genauigkeit Tag und Ort aller an dieser Küste gesunkenen Goldschiffe verzeichnete. Diese Karte hatte er heimlich kopiert.

Gegen sechzehn Uhr kam von unten sein Signal an Bord des Kutters. »Holt mich rauf! Bringt heute nichts mehr. Irgend etwas hat zu viele Sedimente aufgewirbelt. Kommt kaum noch Licht durch.«

In diesem Punkt hatte Captain Drake recht. Trotz der frühen Nachmittagsstunde war es schon ziemlich dunkel. Die Sonne hielt sich zwischen dicken Wolken versteckt.

Die Männer der *Francis II* stellten also die Winde an und holten den Chef nach oben.

An Deck tropfte die Nässe von seinem Neoprenanzug.

Captain Drake versprach sich von dem Seequadranten auf 27 Grad Nord, 77 West sehr viel. Er ließ also den Kutter vor Anker liegen und stellte einen seiner Männer als Ankerwache ab. Die übrigen, insgesamt waren sie zu fünft an Bord, nahmen in der Kajüte unter Deck das Abendessen ein.

Auf See gab es meist *ham and eggs* oder *corned-beef* mit Zwiebeln, dazu Brot, mitunter auch Pommes. Nach dem Essen sprachen sie tüchtig dem Dosenbier zu.

An diesem Abend nahm der Chef ab und zu einen Schluck Gin, was bewies, daß er schlechter Laune war. Gewöhnlich trank er Alkohol nur in Maßen. Bald sprach er auch darüber, was ihn bedrückte.

»Wir sind Glückssucher, die sich zu Glücksrittern fortentwickelt haben. Vergangenes Jahr hatten wir eine Strähne, holten immerhin achthundert Kilo Gold in Münzen raus, 'ne Menge Silberbarren und die bronzenen Kanonenrohre, die auch einiges mehr brachten als nur Shit auf die Hand.«

»Aber seitdem gab es keinen Dollar mehr«, bemerkte Tim, der Steuermann, der wie alle anderen nicht für regelmäßigen Lohn, sondern auf Gewinnbeteiligung arbeitete.

»Es ist wie verhext.«

»Oder die See ist leergefischt, Captain.«

»Nie. Hier liegen noch Dutzende von Schiffen auf Grund, Leute.«

»Aber wo?«

»Oder ganz anderswo.«

Captain Drake griff nach hinten in seine Koje und zog unter der Kapokmatratze einen Stoß gebündelter Zeitungsausschnitte heraus. Jeder wußte sofort, worum es ging. Sie hatten oft darüber gesprochen.

Mit dem Finger deutete der Captain auf eine Schlagzeile. »Das Schiff im Eisberg geht mir nicht aus dem Kopf«, sagte Drake. »Könnte doch immerhin sein, daß es sich um eine spanische Goldkaravelle handelt, die nach einem Sturm von der Besatzung verlassen in arktische Gewässer abgetrieben wurde.«

Sein bester Freund, Tim, der schon auf Walfängern als Erster angeheuert hatte, meinte dazu: »Ich kenne die Ecke da unten. Ist wahrhaftig die Hölle. Das Wrack wurde bis zum Schelfeis getrieben, lag dort 'ne Ewigkeit fest, gefror total zu und mit dem Eiskliff zusammen. Der Klumpen brach später ab, trieb jahraus jahrein um den Pol.«

An solchen Abenden wurde viel getrunken, viel palavert und gereest, wie der Seemann sagt. Doch heute war alles anders als sonst.

Zermürbt durch die Erfolglosigkeit ihrer Suche den Sommer über, redete Captain Drake nicht nur über dies und das, sondern schlug plötzlich mit der Faust auf die Back, daß die Kippen aus dem Ascher flogen. »Ich fahre hin und suche das Ding. Ich kratze alles Geld zusammen, dessen ich habhaft werden kann. Wer mitkommen will, ist eingeladen. Aber ein paar tausend Dollar muß jeder locker machen, Freunde. Wenn ich das nicht durchziehe, und ich begegne mir in zehn Jahren auf der Straße, muß ich mich glatt erschießen.«

Mit Ausnahme ihres Jüngsten, der erst geheiratet hatte und ohnehin das Eisenwarengeschäft seines Schwiegervaters übernehmen wollte, machten alle mit.

Wie es aussah, brachten Hank Francis und seine Männer hundertfünfzigtausend Dollar zusammen. Das genügte, um das zweite Schiff der Firma Drake, einen älteren Fischdampfer flottzumachen und auszurüsten. Der Fischdampfer, vom bewährten Massachusetts-Typ, mit einem unverwüstlichen GM-Diesel, war hochseetauglich und hielt jeden Sturm aus.

Im Herbst fuhren sie los. Während der zwölftausend Meilen langen Reise nach Süden träumten Captain Drake und seine Männer von einer Millionenbeute. Eineinhalb Monate später erreichten sie das antarktische Rossmeer und jenes Gebiet, wo der ominöse Eisberg von der *Maxim Gorki* gesichtet worden war.

In der ewig grauen subpolaren Dämmerung verflogen ihre Träume von Geld und Erfolg allmählich, denn selbst nach wochenlangem Suchen fanden sie den Eiskoloß nicht.

»Kein Wunder«, sagte Tim, der Steuermann, »wenn ihn selbst die Spionagesatelliten der CIA nicht entdecken, und die sehen doch jeden Haufen Robbenscheiße auf 'ner Eisscholle.«

Dieselkraftstoff und Lebensmittelvorräte gingen allmählich zu Ende. Die Männer fielen sich gegenseitig auf die Nerven. Keiner konnte den anderen mehr riechen. Wenn einer nur den Mund zum Gähnen aufriß, gab es schon Streit. Wohl oder übel mußten sie an eine Rückkehr, zumindest nach Neuseeland denken.

Doch dann, in einer der antarktischen Sommernächte, in denen es nie ganz dunkel wird und man um vierundzwanzig Uhr noch eine Zeitung an Deck lesen kann, schrie der Ausguck etwas vom Mast nach unten.

»Eisberg an Backbord! Verdammt, ich glaube, wir haben ihn! Oder ich spinne!«

Am Morgen standen sie wie vor einem Wunder.

»Ein schwimmender Bergkristall«, nannte es der Captain.

Das Ganze war also kein Gerücht.

Sie umrundeten den glasklaren Eisberg. Bald bestand kein Zweifel mehr, daß es sich bei dem Einschluß um eine festgefrorene Karavelle spanischer Bauart handelte.

»Ähnlich der *Santa Maria* des Kolumbus, schon mit den flachen Aufbauten an Bug und Heck«, meinte Tim. »Besanmast, Großmast und Fockmast, alles da.«

Mit neuem Mut gingen sie an die Arbeit.

Sie brachten den Fischdampfer an den Eisberg heran, machten ihn dort mit Draggen und Leinen fest und überlegten, wie an das eingeschlossene Schiff heranzukommen sei.

Erst versuchten sie, das Eis anzubohren, doch es war diamanthart. Dann begannen sie, die harte Kruste mit dem Flammenwerfer und der Sauerstofflanze zu verflüssigen. So bohrten sie in das blaue Eis einen Tunnel, durch den ein Mann kriechen konnte.

Die Höhlung am Ende des Tunnels – im Licht des Scheinwerfers waren schon Einzelheiten des Schiffsrumpfes wie Planken und Nägel erkennbar – bohrten sie erneut an. Alles wurde fotografiert und gefilmt. Trotz der ständigen Gefahr, der Eisberg könnte sich drehen, Schwerpunkt und Lage verändern, dabei den

Fischdampfer zerquetschen und versenken, ließen sie den Preßluftkompressor noch einen Tag und eine Nacht laufen. So lange, bis die Bohrerspitze auf den Gegenstand im Eis stieß.

Aus dem Fräskopf pulten sie Holzstücke, Stoffreste und wie es schien auch menschliches Gewebe heraus. Das Holz zeigte sogar noch Jahresringe.

Dann mußten sie den Versuch in höchster Eile abbrechen. Der Eisberg begann zu arbeiten, zu taumeln, sich zu wenden. Die Stahltrossen, mit denen der Fischdampfer festgemacht war, spannten sich bis zur Zerreißgrenze. Die Achterleine saß fest. Sie kappten sie in Eile durch Beilhiebe. Im letzten Augenblick kamen sie frei und konnten sich retten.

Aber sie gaben nicht auf.

Tags darauf bestieg Captain Drake noch einmal den Eisberg.

Mit Gletschersteigeisen erkletterte er seine Spitze und brachte dort einen Peilsender an. Es war ein Gerät, wie es in der Fliegerei und in der Seefahrt eingesetzt wurde, damit Wracks oder andere Objekte jederzeit geortet werden konnten.

»Damit wir ihn beim nächsten Versuch schneller finden«, erklärte er.

Da ihre finanziellen Mittel erschöpft waren und sie mit dem vorhandenen technischen Gerät keine Möglichkeit der Bergung sahen, beschlossen sie zunächst auf Nordkurs zu gehen und Australien anzulaufen.

Wie üblich verbreitete Captain Drake Optimismus: »Wenn wir erst in Sydney sind, sehen wir weiter. Ich kenne dort genug Leute. Außerdem werden wir unsere Fotos und Filme für teures Geld verscherbeln.«

»Was glaubst du, was wir dafür kriegen?« fragte Tim.
»Von Null bis eine Million ist alles drin. Aber eher Null.«

Daß das Team von Captain Drake während der Arbeit am Eisberg und auf der Rückfahrt nach Norden ständig beobachtet wurde, nahm es zunächst gar nicht wahr. Auch als man später das Periskop eines Unterseebootes ausmachte, das wie ein schwarzer Ast aus der See ragte und dessen ovale Optik sie ständig anglotzte, beunruhigte sie das kaum. Sie rissen sogar Witze darüber. Es trieb sie aber auch zur Eile an.

»Möchte wissen, wer da unten dranhockt«, bemerkte der Rudergänger.

»Einer auf dem Nachttopf, Mann.«

»Ein Russe? Ein Japaner?«

»Kommt darauf an, wie er scheißt.«

»Ganz einfach. Der eine gelb, der andere grün«, spottete Tim.

»Oder gelbgrün.«

»Aber wer ist es dann?« fragte der Funker.

»Ja, wer wohl. Als Gott die Menschenrasse schuf, übte er erst mal. Dabei kamen die Schweizer und die Holländer heraus.

»Die Schweizer fahren nicht zur See, sondern übern See.«

»Ein Holländer also. Gelb wie Käse, grün wie Gurken.«

Mit dröhnendem Gelächter gingen sie wieder zur Tagesarbeit über.

Das U-Boot ließ sich niemals ganz blicken.

Aber sein Sehrohr tauchte immer wieder in ihrer Nähe auf.

»Die suchen das ganze Seegebiet ab«, meinte Francis.

»Das ganze, okay, und warum ausgerechnet hier, Captain?« beunruhigte sich der Mann am Ruder.

»Ständig patrouillieren U-Boote in allen Weltmeeren«, erklärte Captain Drake seinen Männern, »dazu sind sie da.«

Zum Abendessen bereitete der Schiffskoch meistens Dorsch.

Der Proviant war fast alle.

»Endlich mal wieder Fisch«, stöhnte Tim. »Ich kann schon kein Steak mehr riechen.«

15

Für weite Teile seiner Habilitationsschrift fand der Venezianer Polo das nötige Material in Italien. Überall in den großen Bibliotheken des Landes, von Palermo bis Turin verteilt, lagen die gesuchten Dokumente. Seine wissenschaftlichen Recherchen beruhten jedoch auf der Gegenüberstellung von Marco Polos und Sven Hedins Reiseerfahrungen.

»Hedins Bücher sind in die wichtigsten Sprachen übersetzt«, erklärte er der Barowa, »ich besitze sie alle, möchte mir aber gewisse Spezialitäten aus den Originaldokumenten, den Tagesnotizen und Aufzeichnungen Sven Hedins herauspflücken. Die sind leider nur in der Königlichen Schwedischen Bibliothek verfügbar. Buchen Sie mir also im Reisebüro einen Flug in den Norden.«

»Kann ich mitkommen?« fragte die Polin, wie erwartet.

»Nein. Einer muß hier die Stellung halten, Signorina Gospodina.«

»Schade, ich hätte Sie gewiß gut unterstützt, Don Marco.«

»Oder irritiert«, fügte er ironisch hinzu.

Polo deckte seine Assistentin mit Arbeit ein. Wenige Tage später flog er mit der Alitalia-Maschine nach Stockholm. Die Genehmigung, das Originalmaterial sichten zu dürfen, erhielt er von der Historischen Fakultät der dortigen Universität.

Unverzüglich machte sich Polo in Stockholm ans Werk, denn er beabsichtigte, seinen Aufenthalt auf eine Woche zu begrenzen. Stets für den nächsten Tag im voraus forderte er beim Sekretariat die gewünschten Originaldokumente an. Sie lagen dann auf einem der Schreibtische bereit.

Für Donnerstag hatte er das um 1900 verfaßte Werk Sven Hedins *Scientific Results of a Journey in Centralasia* bestellt. Es handelte sich um sechs Bände Text und zwei Bände geographische Aufzeichnungen. Von den sechs Bänden hatte ihm der Bibliothekar jedoch nur vier besorgt. Ausgerechnet die, auf die es Polo ankam, fehlten. Als er reklamierte, erfuhr er, daß ein anderer Wissenschaftler, ein Spanier, diese zwei Bände schon seit längerer Zeit durcharbeitete. Polo erfuhr auch seinen Namen. Der Kollege hielt sich in einem anderen Leseraum auf.

Der etwa dreißigjährige Wissenschaftler aus Madrid saß in einem abgeteilten Raum, halb verdeckt hinter dem grünen Schirm der Leselampe und einem Stoß dicker Folianten.

»Doktor Alvarez?« fragte Polo, stellte sich selbst vor und erklärte dem Spanier, worum es ihm ging. Sie kamen rasch ins Gespräch.

»Richtig«, bestätigte Alvarez, »Sven Hedin hielt sich ein halbes Leben lang in Asien und in der Mongolei auf. Und er hat Unmengen geschrieben, eigentlich hat er immerzu nur geschrieben.«

»In seinem Buch *Verwehte Spuren* fand ich Hinweise auf dieses Frühwerk, das Sie gerade haben«, erwähnte Polo.

»Worauf kommt es Ihnen an?« Der Spanier lächelte

ein wenig überlegen. »Wenn ich mal tippen darf, geht es um diese Meteoritengeschichte. Genau deshalb sitze auch ich hier. Ich bin nämlich nicht nur Historiker, sondern nebenbei Astrophysiker und befasse mich speziell mit Meteoriten.« Polo fand das äußerst interessant. »Sowohl mein Urahn, Marco Polo, als auch Sven Hedin berichten von einem anthrazitkohlefarbigen Pulver. Beide nahmen eine Probe davon mit nach Hause. Doch die Probe Marco Polos hat die sieben Jahrhunderte nicht überdauert.« Seinem Etui, in dem auch Schreibzeug lag, entnahm der Spanier einen Zigarillo, befeuchtete ihn mit der Zunge, rollte ihn im Mund, steckte ihn an und hob bedauernd die Schultern. »Stimmt, Sven Hedin erwähnt so eine Staubprobe. Aber auch sie ist spurlos verschwunden. Zwar waren es nur wenige Gramm, und man hat sie bewahrt wie ein Heiligtum, aber nun ist sie fort.«

»Merkwürdig«, murmelte Polo, »äußerst.«

»Mehr als das. Es ist mysteriös. Ihre Probe ist fort und die Hedinsche auch.«

»Was glauben Sie, Alvarez, könnten beide Proben von demselben sibirischen Meteoriten stammen?«

Der Spanier massierte seine linke Schläfe. Polo zog sich einen Hocker heran, setzte sich und wartete, bis Alvarez zu einem Ergebnis kam.

»Das ist wahrscheinlicher als nur möglich.«

»Ergänzt man den Bericht meines Vorfahren Marco Polo durch den Sven Hedins, dann rundet sich das Bild. Noch hunderttausend Jahre vor der letzten Eiszeit fiel offenbar ein riesiger Meteorit auf Sibirien. Das ist die Essenz aus Sven Hedins vielen Lagerfeuerunterhaltungen und Gesprächen mit Eingeborenen. Der Meteorit soll so groß wie ein Gebirge gewesen sein.«

Der Spanier pflichtete Polo bei und ging in Einzelheiten: »Es ist der sogenannte Sichota-Alin-Meteorit Nummer eins. Er dürfte eine ovale Form gehabt haben und maß etwa zweimal eins Komma fünf Kilometer im Durchmesser. Man schätzt sein Alter auf dreimal zehnhochsechs Jahre. Er stammt aus dem Planetoidengürtel und bestand wohl aus Eisen. Als er in die Erdatmosphäre eindrang, dürfte er zerplatzt sein. Der Restkörper zerstörte jedoch weite Gebiete. Taiga, Tundra, Mensch und Tier. Die Wälder bis hinauf zum Eismeer brannten ab.«

»Man sagt, daß die kleineren Stücke sich Tausende von Kilometern weit verteilten«, fügte Polo hinzu, »einige davon fielen in Sümpfe wie auch in Salzseen. Die Sage behauptet weiter, das Wasser sei später trinkbar gewesen. Was allerdings chemisch und pyhsikalisch schlecht erklärbar ist. Wie setzt sich so ein Meteorit im Detail zusammen?«

»Darf ich Ihnen das aufzählen, Kollege Polo?« fragte der Spanier. »Um Sie nicht zu langweilen, nenne ich nur ein paar Bestandteile: Eisen, Nickel, Kobalt, Phosphor, Schwefel, Silber, Kohlenstoff, Kupfer, Chrom, Silizium, Magnesium, Aluminium, Calcium, Natrium, Kalium, Mangan, Titan ...«

Polo winkte ab. »Bitte hören Sie auf, Alvarez.«

Der Spanier ließ sich jedoch nicht bremsen. »Wir unterscheiden Hydrometeore, Lithometeore, Photometeore und Elektrometeore.«

»Und wo zerspringen sie in der Regel?«

»Normalerweise nach Beendigung der leuchtenden Meteoritenbahn in etwa hundert Kilometer Höhe, was wir den Hemmungspunkt nennen.«

»Genug Theorie, Alvarez. Was halten Sie davon, wenn wir in der Cafeteria weiterreden und dazu einen terrestrischen Cappuccino schlürfen?«

»Mit Cognac, wenn ich bitten darf.«

Der starke Mokka regte sie an.

Ungehemmt dozierte der Spanier weiter: »Nicht nur die Tierwelt ging damals zugrunde, sondern auch die Menschen. Sogar Stämme, die Hunderte von Tagesreisen von den Einschlagstellen entfernt lebten, wurden ausgerottet. Wer mit den jahrzehntelang nachleuchtenden Gesteinsbrocken in Berührung kam, starb und mit ihm alle aus seiner Umgebung.«

»Sven Hedin vermutet durch Ansteckung«, warf Polo ein.

»Schon möglich.« Alvarez ging nicht näher auf diese Theorie ein. »Der seinerzeit in Sibirien lebende Teil der Erdbevölkerung war praktisch ausgestorben. Sven Hedin verglich den Meteoriten mit dem, der das Schwäbische Ries in die Erdoberfläche stanzte, oder dem, der in Diabolo/Arizona herunterkam. Beide waren kilometergroß. Multipliziert man ihr Gewicht mit der Geschwindigkeit des Aufschlages, dann ist es kein Wunder, daß die Erdachse dadurch ins Pendeln geriet.«

»Was wiederum zu Eiszeiten führte.«

Dr. Polo stäubte etwas Kakao über seinen Cappuccino. Mitten im Schlürfen setzte er ab. »Sven Hedin erwähnte mehrmals das schwarze Pulver, das vergiftetes Wasser angeblich trinkbar macht. Er hielt es für gemahlenen Meteoritenstaub und sicherte sich eine Portion. Warum ließ er das Material später nicht untersuchen?«

»Vielleicht erwartete er keine fundamentalen Erkenntnisse. Womöglich hielt er die Zauberkraft für eine Legende und wollte sich nicht lächerlich machen«, mutmaßte Alvarez. »Jedenfalls ist die Probe nicht mehr vorhanden. Spekulationen hierüber sind also müßig.«

Die beiden Wissenschaftler verbrachten gemeinsam einige Abende in Stockholm. Sie freundeten sich an und versprachen, in Kontakt zu bleiben.

Am Tag vor seinem Rückflug ging Polo abends an der Mälarpromenade spazieren, als unvermittelt eine dunkelblaue Chrysler-Limousine neben ihm hielt. Zwei Männer in Trenchcoats und Hüten sprangen heraus. Sie eilten auf den Venezianer zu und packten ihn bei den Armen.

»Doktor Polo?«

»Was wollen Sie von mir?«

»Mitkommen!« befahlen sie, als handle es sich um eine Polizeiaktion.

Polo zögerte, wehrte den Angriff eines der Agententypen ab, wurde aber von dem anderen heftig in den Fond der Limousine gestoßen. Der Chrysler fuhr in Richtung Norden aus der Stadt.

Nach einer weiten Kurve näherte er sich wieder der Küste, rollte durch eine schlafende, nach Fisch stinkende Ortschaft und an deren Ende über eine hölzerne Brücke, deren Bohlen unter den Rädern polterten. Sie führte auf eine der vorgelagerten Inseln, die hier Schären genannt wurden.

Jeder einigermaßen betuchte Schwede besaß eines dieser tausend Eilande und dort ein Haus und ein Boot.

An einem eleganten Bungalow aus Holz, in Weiß und Dunkelrot abgesetzt, brannte Licht. Die schweigsamen

Humphrey-Bogart-Imitationen eskortierten Polo bis zur Tür, gingen aber nicht mit hinein.

Durch das Entree gelangte Polo sofort in einen großen Wohnraum, den ein Kaminfeuer erwärmte. Im Sessel vor dem Fernsehapparat saß ein Mann. Der Fernsehapparat war nicht eingeschaltet. Polo erkannte Hinterkopf und Genickwulst dieses Mannes.

»Whisky, Cognac oder Gin«, bot Admiral Dominici an.

»Egal, schütten Sie rein, was Sie haben«, sagte Polo nicht eben freundlich.

»Verärgert, mein Junge?«

»Nicht zu knapp, Sir.«

»Sicherheitsmaßnahmen«, entschuldigte der Admiral das Vorgehen seiner Leute, »sind oft mit Unhöflichkeit verbunden. Da greifen meine Bullen mitunter etwas forsch zu. Aber Sie wissen ja, *safety first* verlängert unser Leben. Setzen Sie sich erst mal.« Der Admiral gab keine Erklärung dafür, weshalb er ausgerechnet hier oben im Norden Kontakt aufnahm, sondern fragte: »Wie kommen Sie bei Ihrer Kollegin Dottoressa Francesca Laurentis voran? Passiert da endlich etwas?«

»Sie ist schwer erreichbar, Max.«

»Das weiß ich. Aber das höre ich nun schon wochenlang.«

»Sobald ich zurück bin, startet mein nächster Versuch.« Der Italiener schaute sich um. »Hübsches Häuschen, urgemütlich.«

»Gehört leider nicht mir, sondern irgend so einer schwedischen Filmtante.«

»Die auch für Sie arbeitet, wie mir scheint.«

Ohne darauf einzugehen, kam Dominici zum nächsten Punkt: »Unser Zentrallabor hat große Schwierigkeiten, um mit den winzigen Spuren des schwarzen Materials weiterzukommen. Sie versuchten es nach X-Y-Zet-Methoden, mit Isotopbestimmung, nach C-14, mit dem Heliumargonverfahren, Massenspektrometer. Was weiß ich, nicht mal der Teufel weiß es. Nun wollen sie das Material neu aufbauen, um anhand der synthetischen Rekonstruktion seiner märchenhaften Wirkung auf die Spur zu kommen. Das braucht seine Zeit. Leider dauert es viel zu lange. Aber Sie hören von mir, das steht Ihnen zu. Und noch etwas steht Ihnen zu, Professor ...« Der Admiral widmete sich konsequent dem Whisky und steckte sich, mit Holzkohle an der Kaminzange, die halbgerauchte Havanna wieder an. Sein grauverwittertes Seemannsgesicht überflog sanfte Röte. »Letzter Punkt«, setzte er schließlich an, »betrifft Ihre Assistentin, Barowa-Darling. Wir haben die Dame nach allen Himmelsrichtungen abgecheckt: Name, Alter, Herkunft, Aussehen. Sogar die kümmerlichen Fingerabdrücke, die Sie uns beschafften, wurden durch den Erkennungsscanner gejagt. Ergebnis: Plus minus Null. Da gibt es nun ein altes Sprichwort, das heißt: Frage mich wann, dann sage ich dir wo. Oder auch anders herum. Doch leider kann ich Ihnen nicht sagen wann, denn Sie können mir nicht mit dem Wo dienen.«

»Stimmen die Angaben der Barowa, oder beruhen sie auf einer Legende?« wollte Polo wissen.

»Unser Mann in Warschau folgte der Spur. In diesem Punkt könnte ich Sie beruhigen, Dottore. Es gibt in Warschau wirklich eine Studentin, die Geschichte im letzten Semester studiert, namens Pola Barowa. Das Aussehen entspricht Ihren Angaben, alles rundum wunderhübsch wahrhaftiglich.«

»Na fabelhaft. Was wollen Sie mehr.«

Dominici stoppte den Erleichterungsanfall des Venezianers mit einer Handbewegung. »Doch nun kommt der Moment der Beunruhigung. Spitzen Sie die Ohren, mein Freund. Diese Pola Barowa, die wir fanden, ist leider tot. Sie starb vor fünf Monaten bei einem Autounfall in den galizischen Karpaten. Sie verbrannte total. Ihre Asche liegt in einer Urne im Zentralfriedhof in Krakau. *Claro*, daß wir jetzt erst recht am Ball bleiben.« Es klang fast wie eine Entschuldigung: »Aber jetzt gehen wir zum fröhlichen Teil des Abends über.«

Was er erfahren hatte, stimmte Polo leider überhaupt nicht lustig. Außerdem hatte er wenig Zeit.

»Um sechs Uhr geht mein Flieger nach Mailand, Admiral.«

»Meine Männer bringen Sie pünktlich hin. Ihre Koffer befinden sich bereits im Chrysler. Das haben wir erledigt.«

»Und meine Hotelrechnung?«

»Erlaubte sich die NATO zu begleichen. Wie Sie sehen, sind uns fleißige Mitarbeiter eine Menge wert. Setzen Sie sich erst mal wieder auf den Hintern, *amico mio*.«

Sparmeister Admiral Dominici machte noch eine Flasche vom billigen Glenfiddich auf.

16

Der Fischdampfer des Bergungsreeders Hank Francis aus Charleston/Florida erreichte mit nahezu leeren Tanks und Provianträumen Australien. Geld besaß die Crew so gut wie keines mehr. Kapital zu beschaffen galt als vordringlich.

Captain Drake wanderte von einem Medienkonzern zum anderen, bot seine Eisberg-Fotos und Filme an wie saures Bier.

Aber wie es aussah, stand sein Stern ungünstig. Die Zeit des großen Interesses war vorbei. Die Sache war kein Knüller mehr. Andere Ereignisse – das Chaos in Rußland, der Balkankrieg, die Spannungen in Nahost – hielten die Welt in Atem.

Gerade zweihunderttausend Dollar bot man Francis für das gesamte Material. Das glich nicht einmal die Unkosten aus.

Sogar die ewig hungrigen Medienagenten winkten ab. »Zu spät«, bedauerten sie. »Es gibt nichts Tödlicheres, als die richtige Meldung zur falschen Zeit oder zur richtigen Zeit die falsche Meldung.«

Captain Drake nahm es sportlich. Er ließ sich nicht entmutigen.

Sie lagen schon wochenlang am Pier, da trug seine Sturheit Früchte. Noch einmal kehrte sein früheres Glück zurück, denn von einem Tag zum anderen schien sich die Interessenlage zu drehen. Was auch immer der

Grund dafür war, jedenfalls bot der *ANC*-Konzern, die »Australien-Network-Corporation« vierhunderttausend Dollar für alle Rechte weltweit.

Das reichte aber nicht, um Captain Drakes neue Pläne zu finanzieren.

»Was hast du eigentlich vor, Captain?« fragte sein Steuermann Tim. »Steck das Geld ein, Kumpel, und laß uns abzittern. Immerhin wären wir mit einem blauen Auge und einem kleinen Profit davongekommen.«

Schon früh am Morgen nahm der Captain seinen ersten Whisky. »Ich will den großen Reibach, Tim. Ich spür's, er steht vor der Tür.«

»Okay, dann mach die Tür auf, Mann!«

»Dazu brauche ich einen Hochseeschlepper mit mindestens sechstausend PS.«

»Willst du etwa den Eisberg abschleppen? Bist du bescheuert?«

»Möglicherweise.«

Tim hielt deutlich den Atem an. »Und wie soll dieser Wahnsinn vor sich gehn?«

»Weiß ich nicht, Kumpel. Aber soviel ist sicher: Noch einmal die Arbeit mit Anbohren und Abflammen im Eistunnel, das mache ich nicht. Bin ich Tantalus? Nein. Sprengen ist auch unmöglich. Man muß das Ding in Äquatornähe bringen, um es von der Sonne abschmelzen zu lassen.«

»Über Tausende von Meilen durch schwere See und Unwetter? Das ist nicht drin, Captain.«

»Wurde die alte *Normandie* nicht auch mal über den Atlantik geschleppt?«

»Das waren lumpige dreitausend Seemeilen. Und Eisen wird erst bei eintausendfünfhundert Grad flüssig.«

Hank Francis war sich über das Risiko klar und was es kostete. Einen geeigneten Schlepper bekam er nicht unter dreitausend Dollar pro Tag. Wenn er für den Einsatz zwei Monate einkalkulierte, gingen damit schon zweihunderttausend Dollar drauf. Also fehlte noch einiges an Kohle.

Erst schien es unmöglich, den Rest zu beschaffen. Francis legte seine Pläne den Produktionsbüros von *ANC* und *CNN* vor. Auch mit Banken sprach er. Die Banken prüften seine Sicherheiten. Er hatte keine.

»Notfalls müßten wir die zu erwartende Ausbeute, das Bergungsgut also, pfänden«, meinten die Kredithaie.

»Noch gibt es keines«, wehrte sich Francis. »Und wenn es eines geben sollte, gehört es mir noch nicht.« Trotz seiner Notlage spielte Hank Francis seine Chancen trickreich herunter.

»Ich weiß weder, wo der Eisberg zur Zeit herumschwimmt, noch weiß ich, was drinnen ist«, bedauerte er.

Die Bankiers witterten offenbar doch ein Geschäft. Ihre Juristen hatten die Angelegenheit bereits geprüft. Auch der amerikanische Nachrichtenkanal *CNN* wollte jetzt einsteigen.

»Die Rechtslage ist wie folgt«, erklärten die Anwälte: »Ein Eisberg gehört keinem, bis ihn jemand offiziell in Besitz nimmt. Dann treten die internationalen Bergungsklauseln in Kraft. Denen zufolge hätten Sie Anspruch auf hundert Prozent des Schiffes im Eis, falls es sich um ein solches handelt.«

Captain Drake steckte schon so tief in dem Unternehmen, daß er die Verträge jetzt *nolens volens* unterschrieb. Die Bank schoß eine halbe Million amerikanische Dollar zu vier Prozent Zinsen vor. Für sie roch der Deal irgendwie nach Profit.

Binnen einer Woche war der Hochseeschlepper *Canberra-Titan* ausgerüstet. Er folgte dem Fischdampfer der Francis-Reederei, der schon vorausgefahren war. Als Aufpasser hatte Captain Drake einen *CNN*-Reporter an Bord nehmen müssen.

Im antarktischen Frühling, der jetzt im September begann, erreichten sie den südlichen Polarkreis. Sie passierten die Balleny-Inseln, umrundeten die Spitze von Süd-Viktorialand, stießen ins Rossmeer vor und standen schon bald in den Planquadraten, wo sie den Eisberg verlassen hatten.

Damit waren sie auch innerhalb der Reichweite des am Eisberg verankerten Peilsenders. Pausenlos, Tag und Nacht, saß einer von ihnen, Kopfhörer über den Ohren, am Kurzwellenempfänger. Sie konnten aber kein Signal aufnehmen, so sehr sie die Ringantenne auch drehten und den Horizont damit absuchten.

Immer wieder prüften sie das Gerät, wechselten sogar die Endstufe aus. Ein technischer Fehler lag nicht vor.

»Angenommen, der Sender auf dem Eisberg ist ausgefallen«, gab der Funker zu bedenken.

»Unwahrscheinlich bei einem seit zehn Jahren bewährten Armeemodell«, erklärte Francis. »Die Möglichkeit eines Ausfalls beträgt hundert zu eins.«

Sie zogen weite Suchkreise mit Durchmessern bis zu fünfzig Seemeilen durch das Treibeis und folgten auch den um diese Jahreszeit herrschenden Meeresströmungen. Trotzdem konnten sie den Eisberg nicht wiederfinden

Erneut blieb er spurlos verschwunden.

»Er mag uns nicht«, vermutete Tim.

»Diese Zicke zeigt sich nicht jedem.«

»Nur die Ruhe, Männer«, forderte der Captain immer wieder.

»Er könnte sich erneut gedreht haben, so daß der Sender unter Wasser ist«, fürchtete der *CNN*-Reporter.

»Wohl kaum, Sir. Wir haben seine Form abgecheckt. Er ist gebaut wie eine Birne mit dem Schwerpunkt tief unter der See. Der rotiert nicht schnell mal zwischen zwei Schietgängen.«

Die Auftraggeber drängten mit täglichen Telefonaten. Die Sydney Bank hatte zwecks Refinanzierung Unterlizenzen an europäische Networks vergeben, und die wollten endlich Ergebnisse sehen.

Nachdem die Francis-Crew praktisch jede Quadratmeile des in Frage kommenden Meeres sowohl optisch wie elektronisch abgesucht hatte, mußte Captain Drake die *Canberra-Titan* schweren Herzens entlassen. Bis zur Stunde hatte der Bergungsschlepper hundertdreißigtausend Dollar gekostet.

»Praktisch hinausgeworfenes Geld«, jammerte Hank Francis geknickt.

Mutlos hingen sie in der Kajüte des Fischdampfers herum, soffen und wußten keinen Rat.

In der Nacht hatte der *CNN*-Reporter mit seinem Vizepräsidenten in New York telefoniert.

»Wir alle sind fest davon überzeugt«, meinte der TV-Manager in seinem bequemen Studiosessel, »daß der

Eisberg vorhanden ist. Wir aktivieren jetzt sämtliche Verbindungen zu den Geheimdiensten und zur NASA, um Satellitenaufnahmen zu beschaffen. Die Optiken der Spionagespäher können heute aus hunderttausend Kilometer Entfernung im Orbit sogar noch die Nummernschilder von Autos lesen.«

»Speziell von solchen, die am Südpol parken«, höhnte Captain Drake dazwischen.

»Wie ich höre, hat Washington prinzipiell sein Einverständnis dazu gegeben«, beendete der CNN-Präsident das Gespräch.

Wenige Tage später lagen die Fotos im Studio New York vor. Die wichtigsten davon wurden per FAX in die Antarktis gefunkt. Die Ausbeute enttäuschte die Francis-Crew jedoch. Zwar waren die Fotos porenscharf, auch wurde das Gebiet zweimal täglich von Nachrichtensatelliten überflogen, aber im antarktischen Raum trieben sich unzählige Eisberge herum. Einer, der in Frage kam, befand sich nahe der sowjetischen Südpol-Forschungsstation.

»Da werden wir mal hindampfen«, forderte der CNN-Reporter, »mit Volldampf, wenn ich bitten darf.«

»Das ist nicht ungefährlich, Sir«, wandte Tim ein.

»Was sollten die Russen schon damit im Schilde führen?«

»Vergessen Sie nicht, wie sich die Russen verhielten, als der Dampfer *Tscherkinski* den Eisberg zum ersten Mal sichtete. Später dann die Vorgänge auf dem Atomeisbrecher *Alexandr Puschkin*, wo sie alle Filme mit Röntgenstrahlen und Magnetfeldern vernichteten! Russen sind gerissen.«

»Nicht zu vergessen das U-Boot«, erwähnte Captain Drake, »das uns folgte und immer wieder mit seinem Sehrohr beobachtete. Ein amerikanisches war es angeblich nicht. Und U-Boote haben Torpedos.«

Der Einwand zeigte keine Wirkung.

»Gentlemen, wir müssen hin«, drängte der Reporter und massierte seinen sprießenden Bart. »Jetzt erst recht.«

Gegen seine Überzeugung berechnete Captain Drake den entsprechenden Südkurs. Dabei äußerte er weiter schwere Bedenken.

»Die Möglichkeit, daß es sich um den gesuchten Eisberg handelt, ist von Wetter und Meeresströmung her gesehen absolut unwahrscheinlich. Außerdem reklamieren die Russen diese Zone als ihr Hoheitsgebiet.«

»Was jedoch nicht anerkannt wird«, betonte der CNN-Reporter. »Die Antarktis ist international. Hier gibt es keine Hoheitsrechte.«

»Mag sein. Aber erzählen Sie das mal den Russen. Das ist, als würden Sie einem tauben Kosaken das Wolgalied vorsingen.«

Bald verschlechterte sich das Wetter. Stürme von tödlicher Kälte brüllten aus Süd. Trotzdem setzten sie die Fahrt polwärts fort. Ihre Reisegeschwindigkeit wurde durch Treib- und Packeis erheblich reduziert.

In New York wartete die Redaktion ungeduldig. Allmählich schien auch das Interesse der amerikanischen Regierung zu erwachen. Vermutlich hatte das Ostnetz der CIA gewisse Erkenntnisse, russische Bemühungen betreffend, geliefert.

Die Air Force setzte vom amerikanischen Stützpunkt

Okinawa aus einen B-52-Aufklärer in Bewegung. Das achtstrahlige Riesenflugzeug wurde unterwegs mehrmals betankt.

Im Tiefflug über den A-B-C-Quadraten fotografierte es Dutzende von Eisbergen. Scharfe Radarfotos wurden von der Schelfeisküste nahe der sowjetischen Station geschossen.

Die Auswertung der Fotos ergab, daß es sich bei einem der Eisriesen durchaus um den gesuchten handeln könnte.

Leider sah man zunächst weder eine Möglichkeit, den endgültigen Beweis zu führen, noch irgendwelche Maßnahmen zu ergreifen.

Auf verschiedenen Wegen wurde vom Nachrichtenkanal *CNN* nach Moskau vorgefühlt. Zur *Prawda,* wie auch zu anderen der inzwischen privatisierten Verlage und Sender unterhielt man gute Verbindungen. Sämtliche Bemühungen blieben jedoch erfolglos.

Vermutlich hatte die Regierung eine Informationssperre verhängt. Die offiziellen Anfragen bei den Ministerien wurden nicht einmal beantwortet.

Dies alles und weitere Vorfälle führten dazu, daß Captain Drake im November die Entscheidung traf, das Unternehmen endgültig abzubrechen.

17

Der venezianische Historiker Marco Trentuno Polo plante den zweiten Besuch auf der Laguneninsel nicht, ohne sich vorher Freiraum zu schaffen. Er schickte seine neugierige Assistentin Pola Barowa unter einem Vorwand nach Triest. In der Bibliothek des Museo di Navale, des Schiffsmuseums, sollte sie Nachforschungen anstellen und ermitteln, ob ein Buch über die Rückreise Marco Polos von Peking nach Venedig zu finden sei.

»Entlang der Meere von China, Indien, Arabien nach Italien«, gab er ihr als Hilfe mit.

Kaum war sie abgereist, eilte er zum Yachthafen, zog das Tuch hoch und segelte innerhalb der Lagune nach Süden. Bei Sonne und günstigem Wind hielt er sich an die Fahrwasserzeichen der Baggerrinne. Er kam glatt voran und brauchte knapp zwei Stunden. Der Schilfgürtel der kleinen Insel war inzwischen noch dichter geworden. Auf dem bekannten Weg durch den engen Kanal zum Anleger, durch das neue grüne und das alte braune, schon verholzte Ried, näherte er sich mit gebotener Vorsicht den Bunkern. Trotzdem verirrte er sich heillos zwischen Selbstschußanlagen und Minen, vor denen er einigen Respekt hatte.

Als er bereits eine Weile nach einem Ausweg herumsuchte, hörte er plötzlich den Motor eines Jeeps. Der rostige CJ-7, den die Amerikaner wohl vor fünfzig Jahren hier vergessen hatten, rumpelte zwischen den Bäumen durch das hohe Gras. Am Steuer saß offensichtlich eine Frau, zumindest entnahm er das dem wehenden schwarzen Haar, das einen deutlichen Kontrast zu dem weißen T-Shirt bildete.

Der Jeep hielt dreißig Meter entfernt an.

Die Fahrerin stand auf, winkte mit einem ausgefransten Strohhut, formte die Hände vor dem Mund zu einer Muschel und rief: »Gehen Sie bloß nicht weiter, Menschenskind! Ich hole Sie.«

Sie rettete Polo über einen zugewachsenen kaum erkennbaren Trampelpfad.

»Sie müssen ein totaler *pazzo* sein.«

Wider Erwarten zeigte sie sich dem Irren gegenüber bald freundlicher. »Ihr Besuch hält mich zwar von der Arbeit ab, aber ich kenne Sie und habe Sie erwartet. Sie waren schon einmal hier.«

»Ist schon ein Weilchen her. Sie haben also meine Visitenkarte gefunden, Signorina?«

»Die automatische Kamera hat Sie fotografiert.«

Vom ersten Augenblick an fand er sie sympathisch und sie ihn wohl auch.

Bei dem üblichen Espresso, dem Grappa die nötige Würze gab, kamen sie sich rasch näher. Wie sich herausstellte, waren sie sogar entfernte Verwandte.

»Contessa Pellegrini ist unsere gemeinsame Großtante«, vermutete sie.

»Unsere *bis-zia* also.«

»Sie war die Kusine meiner Großmutter.«

»Und die Ehefrau eines meiner Onkel«, erinnerte sich Polo, »dem Stiefbruder meines Großvaters.«

Da er nicht gekommen war, um über Familienverhältnisse zu reden, bat ihn die Dottoressa in den klimatisierten Laborbunker der Station. Zweifellos brennend vor Neugier über den Grund seines Besuches, machte sie ihn doch erst mit ihren Forschungen vertraut.

»Ich befasse mich mit dem Thema, ob höher entwickelte Tiere außer Instinkt auch ein Bewußtsein besitzen. Zuerst habe ich mit Graupapageien gearbeitet.«

»Dachte, Sie seien Biologin, verehrte Kusine.«

»Bio-Zoologin nennt man das heute. Es geht mir darum zu erforschen, ob Tiere eine Art Bewußtsein besitzen.«

»Daran knobeln sogar Humanforscher herum.«

»Zuerst begann ich also mit Graupapageien«, führte sie aus, »und kam recht gut voran. Wenn ich einem der Papageien gefärbte Caramelle zeigte, drei blaue und zwei rote, und ihn fragte, was daran verschieden sei, krächzte er jedes Mal: Die Farbe. Viele meiner Forschungskollegen scheuen sich davor, von Tierbewußtsein zu sprechen, und ob Tiere überhaupt denken können. Doch gerade die winzigsten Lebewesen sind meiner Meinung nach dazu fähig. Mit Insekten erzielte ich ganz erstaunliche Ergebnisse. Sie können meilenweit einer mikroskopisch kleinen Duftspur folgen.«

Der Besucher erhob einen Einwand: »Wo aber endet der Instinkt, wo beginnt der bewußte Wille, und wie läßt sich das herausfinden?«

Francesca Laurentis strich eine Haarsträhne aus der Stirn. »Neurobiologen glauben neuerdings, daß das mit modernen Mitteln erforschbar sei. Obwohl einige Evolutionsbiologen behaupten, selbst das menschliche Bewußtsein sei nur eine Illusion.«

Es wurde Mittag und sehr heiß. Klimaanlage und Notstromaggregat arbeiteten auf Touren. Polo war hinsichtlich seines Auftrags noch keinen Schritt vorangekommen. Das holte er jetzt durch eine gezielte Frage nach.

»Inzwischen arbeiten Sie mit Pavianen?«

Sie lachte kehlig dunkel auf. »Nein, nein, es ist ein libyscher Wüstenaffe. Bei diesen Tieren hat man interessante Feststellungen gemacht. Sie konnten sich untereinander verständigen. Morgens streunten sie zunächst unschlüssig in der Umgebung ihrer Schlafplätze umher. Dann verteilten sie sich wie auf Kommando in verschiedene Richtungen ihres großen Reviers. Dennoch wußte jedes Tier Ort und Zeit, wo man sich abends wieder treffen würde.«

»Sie sprechen, als sei das Vergangenheit, liebe Kollegin.«

»Diese Rasse gibt es leider nicht mehr.«

»Man hört, Gaddafi habe wegen seines Wasserprojektes die Wüstenhominiden ausgerottet«, zeigte er sich unterrichtet.

»Einen männlichen Affen der Spezies konnte ich retten.«

»Dann steht der Bursche ja unter Artenschutz«, vermutete Polo.

»Inzwischen begreift er nicht nur eine Vielzahl meiner Wörter, sondern kann auf einer Schreibmaschine sogar achtundzwanzig verschiedene Symbole richtig deuten«, erklärte sie voll Stolz.

Sie zeigte Polo die alte Remington mit den großen Tasten.

Statt der Buchstaben trug jede Taste ein buntes Symbol. In einfachen Formen zeigten sie Bananen, Äpfel, Nüsse, Brot, Wasser, spazierengehen, turnen et cetera.

Sogar für Fernsehen und Musik gab es bestimmte Zeichen.

»Doch am liebsten mag er Schokolade«, erwähnte Francesca in beinahe mütterlichem Tonfall. »Er unterscheidet schon Vollmilch und Zartbitter.«

»Versteht er auch einzelne Lieder?«

»Aber ja. Zum Beispiel: damdam-dididi-damdamdam ... Kleine Nachtmusik.«

Polo konnte sich den Spott nicht verkneifen. »Füttern Sie ihn etwa mit Mozartkugeln?«

»Und Tournedos Rossini«, gab sie schlagfertig zurück.

»Dann ist Ihr Hausgast in der Tat schon sehr hoch entwickelt.«

»Wie ein dreijähriger Knabe, würde ich sagen.«

»Aber warum ließ Oberst Gaddafi alle seine Brüder töten?«

Sie hob die Schultern und gab eine eher ironische Antwort. »Papageien können sprechen, Affen stoßen Laute aus. Vielleicht fürchtete der Herr Oberst, sie könnten als Spione eingesetzt werden.«

Jetzt endlich waren sie voll beim Thema Libyen, über das sich Polo mit seiner Um-zehn-Ecken-Kusine ausführlich unterhielt.

Am Ende fragte sie erstaunt: »Und ich dachte, Sie seien Historiker, Herr Kollege.«

»Ich befasse mich auch mit dem Welt-Trinkwasser-Problem. Das hat eine ganze Menge mit Geschichte zu tun und führt uns zurück bis ins dreizehnte Jahrhundert.«

»Mein Gott, welch eine trockene Materie. Mögen Sie deshalb Tiere nicht besonders, Marco?«

»Merkt man das?«

»Warum mögen Sie sie nicht?«

Er hob eine Braue, wischte sich übers Gesicht und lächelte, wenn auch nur resignierend. »Meine Mutter hatte sieben Hunde und neun Katzen. Die Hunde jagten die Katzen, die Katzen flüchteten sich in mein Bett, und ich konnte sie nicht einmal in den Canal Grande werfen. Die Biester schwimmen wieder an Land.«

»Ist ja gräßlich«, bemerkte sie schaudernd.

»Mag sein«, stimmte er ihr zu. »Aber schon der berühmte Hollywoodproduzent Cecil B. De Mille hat gesagt: Wer Kinder und Tiere nicht mag, der kann kein schlechter Mensch sein.«

Offenbar glaubte sie ihm seine Geschichten nicht recht, denn sie fragte nun direkt, was er wirklich hier auf dieser gottverdammten einsamen Insel wolle.

Geradeheraus nannte er sein Interesse an Gaddafis Trinkwasserprojekt.

Das machte sie hellhörig.

»Wird Ihr Besuch bei mir etwa staatlich finanziert? Ich meine Ihre Mühe, Ihre Recherchen.«

»Ungefähr so minimal wie Ihre Forschungen, Gnädigste. Hätten Sie was dagegen, wenn ich du zu Ihnen sage? Irgendwann war ein Polo ja auch einer unserer gemeinsamen Blutspender.«

»Ihre Forschungen kosten gewiß eine Menge Geld, Marco Trentuno. Und Milliardäre wie die Agnelli von FIAT sind wir leider nicht. Haben Sie ... hast du ... einen privaten Auftraggeber?«

Das gab er unumwunden zu und versicherte, daß dieser Sponsor eventuell bereit sei, auch ihre Forschungsarbeit zu unterstützen.

Mit weiblichem Instinkt witterte sie gewisse Absichten dabei. »Wer steckt dahinter? Industrie oder ein Geheimdienst?«

»Ist das zu trennen, Kusinchen?«

Obwohl ihr Institut nur unzureichend subventioniert wurde, lehnte sie entrüstet ab. Seine Einladung, mit ihm zum Essen zu gehen, wenn sie wieder einmal in Venedig weile, nahm sie jedoch erfreut an. Das versteckte Geldangebot hatte die Stimmung zwischen ihnen nicht beeinträchtigt. Im Gegenteil. Die Freude, einander bald wiederzusehen, lag deutlich auf beiden Seiten.

In der Nacht nach ihrer Rückkehr aus Triest kam Pola Barowa in Polos Schlafzimmer und kroch zu ihm ins Bett. Er spürte ihre totale Nacktheit, ihre Schenkel, ihre scharfen kleinen Titten, denn sie preßte sich an ihn und begann seine Brust zu streicheln.

»Madonna!« knurrte er mehr verschlafen als genüßlich.

»Schön? Magst du das?«

»Schön lästig.«

Da er abwehrend reagierte, fragte sie spöttisch: »Bist du kein Mann, Dottore?«

»Denke schon.«

»Das ist ein Angebot, Dottore.«

»So was in der Art vermute ich.«

»Na und, was hältst du davon, Dottore?«

»Muß das denn sein?«

Da er für eine Weile stumm und reglos blieb, ließ sich die Polin wieder hören. »Was jetzt? Bist du schwul?«

»Kann mich nicht erinnern.«
»Impotent?«
»Eher das Gegenteil.«
»Und wie fütterst du dein Ding?«
Er lachte. »Mit blonden Schwedinnen.«
»*Diavolo*! Warum versuchst du es nicht mal mit mir?«
»Zum Vögeln«, stotterte er, »Gnädigste, braucht man mehr.«
»Was mehr? Doch nicht etwa Liebe? Mein Gott, bist du altmodisch, Dottore. Daß ich nicht kichere. Das Gegenteil von Liebe ist immer der beste Anfang. Ihr Italiener nehmt doch sonst alles mit, was ihr kriegen könnt, inklusive Briefkasten.«
»Vielleicht andere Italiener.«
»Oder bin ich nicht fein genug für dich, einen Signore Dottore, hochwohlgeborenen Conte de Polo?«
»Unsinn!« erwiderte er amüsiert. »Laß den Zickenkram.«
»Gibt es noch einen anderen Grund? Ich habe kein Aids, falls du das befürchtest.«
Er rückte von ihr weg und drehte sich zur Wand. Es fiel ihm schwer. Aber zwischen ihr und ihm lag eine mittlere Eiszeit.
Allmählich verlor sie die Geduld. »Dann mach es dir selbst«, fluchte sie, »Idiot verdammter!«
Nun ging er so auf ihren Ton ein, daß sie es verstand.
»Hau endlich ab, Pola, und laß den verdammten Idioten in Ruhe weiterschlafen.«
Trotz Kissen über dem Kopf konnte er nicht umhin wahrzunehmen, wie sie die Befriedigung stöhnend an sich selbst praktizierte. Es erregte ihn sehr, aber er

dachte an sein Gespräch mit Admiral Dominici. Er wollte keine Komplikationen. Bloß das nicht.

Noch bevor der Morgen graute, verließ Pola Barowa sein Bett, zweifellos schwer beleidigt.

18

Im NATO-Hauptquartier Brüssel fand eine Sitzung zur strategischen Lage in Europa und angrenzenden Bereichen statt. Normalerweise gab es Zusammenkünfte der politischen und militärischen NATO-Spitze routinemäßig jeden Donnerstag. Die heutige Konferenz war jedoch außergewöhnlich. Man hatte dafür die wichtigsten Leute aus allen Ecken Europas zusammengetrommelt.

Das geheime Sondertreffen fand im Sitzungssaal 9/S statt. Er befand sich im Hochsicherheitsbereich, von dem es hieß, er sei gebaut wie ein Bunker in einem Faradayschen Käfig tief drinnen im Mount Everest. Weder Bombenanschläge noch Erdbeben konnten ihm etwas anhaben. Elektronische Maßnahmen sorgten dafür, daß er auch mit modernsten Richtmikrofonen – egal auf welcher Basis ihre Wirkungsweise beruhte – nicht abgehört werden konnte. Man ging sogar so weit, daß die Konferenzteilnehmer, ob es sich nun um Minister, Admirale oder Generäle handelte, vorher durchsucht wurden. Auf diese Prozedur hatten sich nach langem Hin und Her alle geeinigt. An diesem Spätwintertag im März sah die Tagesordnung den Bericht eines besonderen Experten vor, er war Mitglied der NATO-Strategiekommission.

Dieser Mann, vom Aussehen her ein typischer Engländer, rosahäutig und hager, wußte, daß seine Zuhörer über wenig Zeit verfügten. Außerdem war er kein Schwätzer überflüssiger Worte.

Die Kernsätze seines Vortrages lauteten: »Die Lage in Europa und Ländern, welche die NATO-Gebiete tangieren, spitzt sich allgemein zu. Ich spreche jetzt nicht vom Kurden- oder Schiitenproblem oder den Unruhen, die von islamischen Fundamentalisten in Ägypten und Algerien herrühren. Was ich meine, ist die Krise der Trinkwasserversorgung. Die Türken füllen ihre Stauseen im Atatürk-System ständig auf und halten, trotz der bekannt starken Verdunstungen, den Stand auf hohem Niveau. Das dafür nötige Wasser beziehen sie aus den Quellen des Tigris, der den Irak danach nur noch als lächerliches Rinnsal erreicht. Saddam Hussein in Bagdad erhob schärfste Proteste sowohl in Ankara wie auch bei der UNO in New York. Aber sie scheinen ungehört zu verhallen. Nun rasselt der Iraker mit dem Säbel, droht sogar, die türkischen Staudämme in Anatolien zu bombardieren.

Bei Drohungen wird es zunächst wohl bleiben. Hussein kann sich schlecht wehren. Die USA halten den Daumen drauf. Als er 1990 den Golfkrieg verlor, hat er zu viele Einheiten seiner Streitkräfte eingebüßt. Die Türken hingegen und sein Erzfeind, die Perser, sind schwer bewaffnet.«

Der Mann von der Strategiekommission malte düstere Zukunftsperspektiven, er nannte die Lage für den kommenden Sommer explosiv, und indem er wieder mit dem Hauptproblem, nämlich der Trinkwassernot, endete, gab er zugleich das Stichwort für den nächsten Referenten.

Der Franzose, inzwischen Professor an der Sorbonne, war Teilnehmer an der Antarktis-Exkursion auf dem sowjetischen Versorgungsfrachter *Tscherkinski* gewesen. Monsieur Lecartre hatte ein Lieblingsprojekt, nämlich die Gewinnung von Süßwasser aus Polareis. Damit war der ominöse Eisberg in der Antarktis angesprochen.

»Leider gilt er derzeit als unauffindbar«, stellte er als nächsten Punkt zur Diskussion.

Von dem italienischen General Michele Adverso wurde eingewendet, ob die Russen vielleicht ein Geschäft witterten und den Eisberg nach Norden, Richtung Arabien, in den Persischen Golf schafften.

»Sie vermuten zum Zwecke der Süßwassergewinnung?« Lecartre wurde abermals unterbrochen.

»Die verkaufen sogar antike Zarenscheiße, um an Devisen zu kommen.«

»Wasser würde, möglicherweise mehr als nur eine Goodwilltour, den Einfluß der Russen im Mittelostbereich erheblich stärken«, betonte der Franzose.

»Dann müßte der Schleppzug zu sehen sein«, meinte der amerikanische Admiral Highover. »Doch weder unsere Fotosatelliten noch die Luft- und submarine Aufklärung in der Antarktis haben bisher Derartiges gemeldet.«

»Und wenn man den Klotz gesprengt hat?« gab der Engländer zu bedenken.

»Wen bitte meinen Sie mit *man*, geschätzter Kollege?«

»Diejenigen, die sowohl die Existenz des Eisbergs wie seinen Standort verheimlichen wollen. Die Russen nämlich.«

Admiral Dominici nahm für einen Moment die Havanna aus den Zähnen. Indem er mit der Zigarre eine Kreisbewegung vollführte, sagte er in einem Ton, der an der Grenze zwischen Ernsthaftigkeit und Abfälligkeit lag: »Einen Eisberg, einen so kompakten Apparat geformter Materie von vielleicht einer Million Tonnen, zehnmal größer als die *Queen Mary*, Gentlemen, den können Sie so wenig sprengen wie den Kilimandscharo.«

»Und versenken geht auch nicht«, wurde eingeworfen.

»Wo treibt er sich also herum? Mit dem Schiff in seiner Mitte ist er als Erscheinung markant genug und kaum zu übersehen. Wohin mag der Bursche verschwunden sein?«

Obwohl das Thema noch nicht ausdiskutiert war, erhob sich ein spanischer General. »Apropos festgefrorenes Schiff im Inneren, Gentlemen, ich bitte um eine Sekunde Aufmerksamkeit.« Er holte tief Luft und erklärte mit lauter Stimme: »Hiermit melde ich im Namen der spanischen Regierung Ansprüche an!«

»Mit welcher Begründung, General?« erkundigte sich der Vorsitzende der Runde.

»Es handelt sich um altes spanisches Kulturgut. Deshalb reklamiert Spanien Besitzrechte an dem Schiff im Eis, das wir übrigens für eine der verlorenen spanischen Goldkaravellen halten.«

»Verwechseln Sie da nicht Kulturgut und Beutegut?«

Dem General wurde geraten, seine Regierung möge erst die nötigen Beweise vorlegen, dann könne über den Punkt weiter verhandelt werden.

Nach kurzer Pause stellte der deutsche Admiral Maximilian Dominici einen Chemiker vor, der über gewisse Laborergebnisse sprechen sollte.

Dominici tat dies mit einführenden Worten: »Es geht um die Untersuchung des rätselhaften Pulvers, das sowohl Marco Polo als auch Sven Hedin in Zentralasien entdeckten und das angeblich die Fähigkeit besitzt, Salzwasser trinkbar zu machen. Ich denke, das gehört zum Thema der heutigen Sitzung. Professor Brighton, ich erteile Ihnen das Wort.«

Brighton, vom Aussehen eher ein Hänfling, begann brilleputzend, aber ohne Umschweife: »Wir haben Mikrospuren des genannten Pulvers im CIA-Labor in Langley bei Washington untersucht. Trotz der unzureichend geringen Testmengen konnten wir herausfinden, daß man damit Salzwasser tatsächlich trinkbar machen kann. Die in dem Material enthaltenen Silberionen fällen das Salz im Salzwasser zu Silberchlorid aus. Die Flocken lassen sich danach abfiltern. Allerdings mit unzureichendem Ergebnis. Das gewonnene Produkt ist zwar trinkbar, aber nicht sonderlich gesund. Der Genuß führt zu Jodvergiftung, ja sogar zu Ätzungserscheinungen. Wie diesem Effekt beizukommen ist, daran arbeitet die Forschung noch. Wenn es je Tabletten in unschädlicher Form geben würde und man sie in großem Rahmen herstellen könnte, wäre das eine große Hilfe für die Menschheit.«

»Und ein Milliardengeschäft«, rief jemand vom unteren Ende des Konferenztisches.

»Vor Jahren, Gentlemen, fanden solche Tabletten noch bei der Notausrüstung von Flugzeugen, Schiffen und Expeditionen Verwendung. Wegen der Folgeerscheinungen zog man sie jedoch zwangsläufig wieder aus dem Verkehr.« Bald kam der Chemiker zum Schluß seines Vortrages.

»Silberjodid hat das chemische Zeichen AgJ. Wir kennen es entweder flüssig oder als Paste von meist schwarzgelber Färbung. Daß dieses Pulver aus Meteoriten gewonnen worden sein soll, ist zwar eine wunderbare Story, aber in der Realisierbarkeit zweifelhaft. Man müßte dazu erhebliche Mengen eines bestimmten silberhaltigen Meteoritengesteins zur Verfügung haben. Die Verbindung Jod–Silber kommt in den meisten bekannten Meteoriten jedoch selten vor.«

Admiral Dominici versprach, zum Thema Weltwasserversorgung demnächst weitere Einzelheiten vorzulegen. »Sobald es uns gelingt, Zusammenhänge zwischen den noch spärlichen Fakten herzustellen, Gentlemen«, vertröstete er die Runde.

Dann verließ er die Sitzung noch vor deren Ende. Er mußte dringend nach Venedig. Sein Dienstflugzeug wartete schon.

19

Seit Mitte des Jahres 1994 wälzte *SSN-586* seine siebentausend Tonnen Stahl und Elektronik durch die südlichen Breiten. Dabei hatte es mehrmals die antarktische Eiskappe umrundet, war in die Randmeere hineingestoßen, bis im Periskop die polaren Forschungsstationen zu erkennen waren. Das Atom-U-Boot gehörte zur Triton-Klasse, einem Typ, der so gut wie nie auftauchte, und wenn, dann höchstens im Heimathafen, in Norfolk/Virginia an der amerikanischen Atlantikküste oder für einen Werftaufenthalt. Dieses Boot, eines der größten der US Navy, konnte praktisch ein halbes Jahr unter Wasser bleiben. Die Vorräte an Proviant waren groß genug, die an Energie praktisch unerschöpflich.

Immer wieder hatten an Bord des Triton-Kampfbootes die Alarmhupen gedröhnt. Aber stets war es eine Übung gewesen. Was einen echten Alarm ausgelöst hätte, nämlich das Auftauchen des gesuchten Eisberges, blieb aus, obwohl Radargeräte, Sonar und die Magnetdetektoren Tag und Nacht besetzt waren. Sogar ein Offizier ging die elektronische Wache mit. Fregattenkapitän Ericson hatte es ausdrücklich angeordnet. Die Suchgeräte zeigten jedoch stets nur gewöhnliche Eiskolosse an, Versorgungsfrachter oder hin und wieder ein Rudel von Blauwalen.

Alle vierundzwanzig Stunden wurde vom Pentagon

das letzte Satellitenfoto zu dem Atom-U-Boot gefunkt.

»Leider ohne aufregend Neues«, meldete der Erste Offizier jedesmal, »*sorry*, Sir.«

»Um diese Zeit brechen vom Schelfeis täglich Hunderttausende von Tonnen Eis ab«, erklärte der Bordmeteorologe, »sie wandern in der Meeresströmung mal im Kreis herum, mal nach Norden.«

»Oder die Stürme packen die Trümmer. So ein Eisberg bietet die Segelfläche eines Viermasters«, fürchtete Ericson, »damit haut er locker ab.«

Der ständige Druck, den das Marineoberkommando ausübte, und die Ergebnislosigkeit ihrer schon dreizehn Wochen anhaltenden Suche schlugen sich auf die Stimmung der Besatzung nieder.

»Achttausend Seemeilen kurven wir nun durch diese eisige Ecke«, bemerkte der Erste beim Abendessen mit dem Kommandanten, »das ist wie Läusemelken.«

»Nun, wir haben Atombrennstoff für hundertzwanzigtausend Seemeilen dabei.«

»Was für ein Trost, Sir.«

»Immerhin beruhigend. Kalte Ärsche kriegen wir jedenfalls nicht.«

Als man im Pentagon schon daran dachte, das Triton-Boot zurückzurufen, meldete Ericson Kontakt mit einem fremden Unterwasserfahrzeug.

»Dranbleiben und identifizieren!« lautete die Order aus Washington.

»Um ein NATO-Boot handelt es sich nicht«, äußerte Ericson im Horchraum, Kopfhörer auf den Ohren.

»Die Geräuschfrequenz deutet auf einen Russen hin«, meinte der Leitende Ingenieur, ein Mann mit

Nordmeererfahrung. »So rattern ihre Schrauben, wenn sie in Murmansk auslaufen.«

Zwei Nächte später kam es zu einem Zwischenfall, der vieles änderte.

Plötzlich erfolgte ein ungeheurer Schlag an Backbord voraus. Das ganze Boot zitterte, bäumte sich bebend auf. Was nicht festgezurrt war, flog herum, das Licht fiel aus, die Notbeleuchtung flackerte an.

»Wassereinbruch Reaktorkühlung!« meldete der LI.

Der Schaden wurde zum Glück rasch behoben. Die Stationen meldeten Klarschiff. Kein Zweifel bestand aber darin, daß *SSN-586* mit fünfundzwanzig Knoten Unterwassergeschwindigkeit und der Kraft seiner zwei Dampfturbinen gegen irgend etwas gerammt war.

Ericson befahl sofort: »Große Fahrt zurück!«

Die 36 000 PS auf der Schraube zogen das Boot aus der Umklammerung frei. Ein Taucher wurde hinausgeschickt in die eiskalte Suppe. Er stellte starke Rammings in der Bugpartie und im Vorderteil der Brücke fest.

Sie rätselten nicht lange herum. Es mußte sich um eine der oft baseballfeldgroßen Eisschollen gehandelt haben, die kaum aus der Wasseroberfläche herausragten, aber meist so viele Meter in die Tiefe reichten wie ein schwimmender Wohnblock.

Der Kommandant, er trug die Verantwortung für seine hundertsiebzig Mann Besatzung, für das Boot und für dessen nukleare Bewaffnung, setzte einen codierten Funkspruch zum Marineoberkommando ab.

Zwölf Stunden später erreichte *SSN-586* der neue Befehl. Schon seine Wortwahl klang vorwurfsvoll: – Rückreise antreten – Zielpunkt Heimatwerft! –

Damit konnte nur Groton gemeint sein, die Electric-Boat-Division, wo das Boot erbaut worden war.

Der Navigationsoffizier studierte die Karten.

Der Kommandant formulierte den neuen Befehl: »Kurs zwo-zwo-vier Grad, Tiefe fünfhundert Fuß, Vorneigung zwei Grad, Umdrehungen für zweiundzwanzig Knoten.«

Vor Ericson lagen unangenehme Wochen. Er schlief ausgesprochen schlecht, denn er hatte sich nicht gerade mit Ruhm bekleckert. Erstens hatte die Operation keinen Erfolg gehabt, und dann war da noch die Havarie. Man würde es ihm persönlich anlasten. Mit der Beförderung zum Vizeadmiral und Direktor der U-Boot-Schule in Boston würde es wohl nichts werden. Manchmal war das Leben ein einziger Haufen Shit. –

Querab Rio fiel auch noch der Reaktor für zwei Tage aus. Sie mußten mit dem Notdiesel weiterfahren.

Das Pentagon beschloß in Absprache mit dem NATO-Hauptquartier Brüssel, die Suche nach dem Eisberg nur noch aus der Luft fortzusetzen.

»Verdammich!« Der Pentagon-Chef fluchte gern. »Das Ding muß vorhanden sein. Im Frühjahr entdeckten es doch die Bergungsgeier aus Charleston. Über Nacht taut in diesen Breiten ein Eisberg nicht völlig ab.«

»Seine Position hat sich immer wieder verändert, Sir«, wurde eingewendet.

»Die Meeresströmungen und die vorhandenen Stürme müßten ihn eigentlich um das antarktische Eis driften lassen«, meinte der Chefmeteorologe.

»Oder man hat ihn, zum Teufel, abgeschleppt.«

»Nach einhelliger Meinung unserer Experten ist das

bei einem Eisberg dieser Größe nicht möglich, Sir«, bemerkte einer der Stabskapitäne.

Der Chef der Marineaufklärung pflichtete ihm nur zu gerne bei. »Zum Abschleppen wäre allerschwerstes Gerät nötig. In keinem der von uns beobachteten Häfen Neuseelands, Australiens oder Feuerlands wurde das Auslaufen von Hochseeschleppern registriert, Sir.«

»Und die Scheißrussen?«

»Schlepper aus den sowjetischen Marinestützpunkten bei Wladiwostok lagen noch im April an der Pier. Die Nebellage läßt eine Satellitenbeobachtung zwar leider nicht zu, aber die Schlepper hätten eine wochenlange Reise vor sich und könnten den Eisberg noch gar nicht erreicht haben. Außerdem wäre das aus den alten Satellitenaufnahmen analysiert worden.«

Der Admiral, der das Projekt koordinierte, hatte eine letzte Idee: »Bevor sich das zu einer Riesensauerei auswächst, Sir, können und müssen wir noch etwas anderes versuchen.«

Beim Marineaufklärungsgeschwader IV in Leer/Ostfriesland lief ein NATO-Fax ein. Es war *top secret*.

Die Entschlüsselung setzte den Geschwader-Kommodore in Erstaunen. Ein Marine-Patrouillenflugzeug sollte für den Südpolareinsatz vorbereitet und ausgerüstet werden. Und das binnen vierundzwanzig Stunden.

In ordermäßiger Hetze ging man ans Werk, die zwanzig Jahre alte Maschine vorzubereiten. Da es sich offenbar um eine Fernpatrouille handelte, war durchaus verständlich, daß die NATO auf die bewährte Breguet-1150-Atlantic zurückgriff. Dieser Vogel war eine der erstaunlichsten Maschinen. Er hatte eine Reichweite von elftausend Kilometern, konnte bei langsamem Patrouillenflug bis zu dreißig Stunden in der Luft bleiben und verfügte über ein hochmodernes Ortungssystem.

Nach dem Briefing entließ der Oberst das Team mit den Worten: »Also Beeilung, Herrschaften! Es hat uns eine Ehre zu sein, klaro?«

Am nächsten Abend war es soweit. Pünktlich zogen die zwei Rolls-Royce-Type-R Turboprop-Triebwerke die dreiundvierzig Tonnen Flugzeug in die Luft.

Sechsundzwanzig Stunden später, im Dauerflug ohne Zwischentanken, erreichte der Patrouillenaufklärer seinen zugewiesenen Stützpunkt in Tasmanien.

Während des Fluges wechselten sich die an Bord befindlichen zwei Besatzungen ständig ab. So blieb es auch während der wochenlangen Einsätze im antarktischen Seegebiet.

Zwischen dem südlichen Polarkreis und der Küste suchte das deutsche Flugzeug alle Meere und Buchten ab, immer rund herum. Im Gegenkurs zum Uhrzeiger kam erst das Weddellmeer, die vorgelagerten Inseln bis zu den Peter-Islands, die Küste von Marie Birdland, dann das Ross-Schelfeis, Viktorialand, Wilkesland. Die endlose Öde des westlichen Schelfeises vor dem Kaiser-Wilhelm-II-Land folgte. Weiter ging es über Cap Ann, bis im Westen wieder das Weddellmeer auftauchte.

Die *Brequet-Atlantik* ortete und sichtete Hunderte von Eisbergen. Dabei machte sie Tausende von Fotos. Die Spezialisten im Arbeitsraum starrten auf die Monitore, kontrollierten ihre Sonden, bis Augen und Ohren schmerzten.

Aber das gesuchte Objekt geriet nicht in ihren Bereich.

Als es so weit war, daß ein Triebwerk der *Atlantik* ausgetauscht werden mußte, wurde vom Befehlshaber der deutschen Bundesmarine die Rückkehr befohlen.

Die an der Operation beteiligten Besatzungen erhielten keine besondere Anerkennung für die Teilnahme an dem Einsatz.

Eigentlich wäre ein Ordensband üblich gewesen. Aber es gab keins. Sie mußten sich mit einem Händedruck begnügen.

Dann rasierten sie sich die Bärte ab. Die Operation hatte die Bundesmarine vier Millionen Mark gekostet.

Im Pentagon war man ratlos. Ebenso bei der NATO in Brüssel.

Da erinnerte sich der amerikanische Verteidigungsminister an ein Gespräch, das er mit dem deutschen NATO-Admiral Dominici geführt hatte. Weil er sich gerade in Brüssel aufhielt, versuchte er Dominici zu erreichen.

Doch der Admiral hatte die letzte Sitzung vorzeitig verlassen und befand sich auf dem Flug nach Italien.

In seiner drastischen Art schimpfte der Pentagonchef: »Scheiße! Warum fällt mir das jetzt erst ein?«

»Was, Sir?« fragte sein Assistent auch noch.

»An alles muß man selbst denken. Von euch kommt nichts. Null, *zero,* gar nichts.«

Dem Amerikaner war die Sache so wichtig, daß er eine Telefonverbindung zu dem Challenger-Jet herstellen ließ.

Der Dienstjet bewegte sich gerade in 20 000 Fuß

Höhe über dem Rhône-Tal. Die Verbindung war mittelprächtig.

Der Amerikaner informierte Dominici stakkatoartig, um was es ihm ging.

»Sie haben mir da mal eine verflucht interessante Sache erzählt, Admiral. Hatten eine Lösung angedeutet, wie man Objekte auf See unsichtbar abschleppen kann. Also wohl auch einen Eisberg.«

Dominici, schnell von Begriff, erkundigte sich aber erst, ob die Funkverschlüsselung sowohl in Brüssel als auch an Bord seines Dienstflugzeuges eingeschaltet sei.

Nachdem dies bestätigt wurde, antwortete er dem Amerikaner: »Richtig, Sir. Es gab solche Versuche. Sie wurden im Kriegsjahr 1943 bei der deutschen Marine vorgenommen. Und zwar bei der U-Boot-Waffe. Dort wurde ein Verfahren entwickelt, U-Boote, die beim Einsatz im Nordatlantik havariert waren, zu bergen. Und zwar so, daß der relativ langsame Schleppzug nicht von gegnerischen Patrouillenbooten oder Aufklärungsflugzeugen gesichtet werden konnte. Man knobelte also ein Unterwasserschlepperverfahren aus, wobei das schleppende Boot das beschädigte – beide auch in getauchtem Zustand – hinter sich herzog. Immerhin wurden Geschwindigkeiten von sechs Knoten erreicht.«

»Ein *fucking* Eisberg kann, soviel ich weiß, nicht tauchen«, entgegnete der Amerikaner ironisch.

»Aber ein Untersee-Boot kann tauchen«, erwiderte der deutsche Admiral. »Und die großen sowjetischen Atom-U-Boote leisten zwanzigmal soviel PS wie die deutschen VII C-Kampfboote damals. Einen Unterwasserschlepp von zehn Knoten halte ich durchaus für realistisch.«

Der stets verärgert wirkende Amerikaner äußerte Bedenken. »Wie man mir erklärte, brechen laufend riesige Stücke vom Schelfeis ab und treiben nach Norden, in die Südsee oder in den Pazifik. Die Schwierigkeit besteht nun darin zu ermitteln, ob einer dieser beknackten Eisberge der gesuchte ist und von einem getauchten, also unsichtbaren U-Boot auf den Haken genommen wurde.«

»Wahrlich ein Job für Erbsenzähler, Sir.«

»Mit Verlaub, ein Job für einen Korinthenkacker«, ergänzte der Minister.

Man kam überein, daß sich NATO-Süd dieser Aufgabe annehmen müsse.

Der amerikanische Verteidigungsminister bedankte sich bei Dominici, wünschte ihm einen guten Weiterflug und wurde dann privat: »Aber hüten Sie sich vor diesen Italienerinnen. Alle *molto, molto* ...«

»*Molto* was, Sir ... *dolce o difficile?*«

»Na, Sie wissen schon, Dominici, *molto* Gift für alte Knaben. Diese Signorinas beherrschen die Kunst, in einer Nacht vorzuführen, wozu andere Frauen zehn Jahre brauchen. Ein bißchen wie in Dantes *Inferno* und Casanovas *Decamerone*.«

»Immerhin besser als die bescheuerten Frauengestalten bei Schiller und Goethe«, schränkte Dominici ein. »In einem Punkt mögen Sie recht haben, Sir ... *tutto molto bene* ...«

Dominicis Dienstmaschine landete gegen starke Regenböen auf dem Flughafen von Mestre bei Venedig. Trotzdem ziemlich pünktlich.

20

Im Palazzo Polo am Canal Grande in Venedig nahmen zu abendlicher Stunde zwei Männer ihren Whisky. Sie waren nahe an den Kamin herangerückt, denn in Norditalien war dieser Sommer eher ein Winter. Bei ungewohnt tiefen Temperaturen fegten heftige Hagelböen über die Lagunenstadt.

Admiral Dominici ließ sein Glas selten aus der Hand. Auch heute trug er schlichtes Tarnzivil, zur blauen Uniformhose ein Fischgrätsakko. Sei es nun aus Gründen, daß man ihn schwerer erkannte oder weil es modisch war, hatte er sich einen Dreitagebart wachsen lassen. An dem kratzte er ständig herum.

Zunächst berichtete Dominici, soweit es sich nicht um Geheimhaltung handelte, von der Sonderkonferenz im NATO-Hauptquartier Brüssel. Doch dann wechselte er überraschend schnell zu einem anderen Thema: »Wie geht es Ihrer neuen Assistentin, dieser Polin?«

»Ich weiß nicht«, wich der Venezianer aus, »wie es ihr geht.«

Ohne über die Antwort zu staunen, er hob nicht einmal die Augenbraue, sprach Dominici weiter. Dabei widmeten sich seine Augen mehr dem Whisky im Glas und dem Züngeln des Kaminfeuers als seinem Gegenüber. »Es gibt gewisse Zweifel.«

»Was verstehen Sie unter Zweifel, Max?«

»Verdachtsmomente ...«

»Etwa neue Erkenntnisse?«

»Wahrscheinlich«, der Admiral dehnte die Pause, »wurde die Barowa vom russischen Exgeheimdienst KGB eingeschleust.«

Polo fand das lächerlich: »Ausgerechnet zur spionagemäßig unergiebigsten Fakultät der Universität Verona und von dort weiter zu einem langweiligen Historiker, der sich mit Geschichten befaßt, die Jahrhunderte zurückliegen. Das halte ich für unwahrscheinlich.«

»Die Russen arbeiten mit langer Perspektive, mein Junge. Alles deutet darauf hin, daß die Barowa von Moskau über Warschau auf Sie angesetzt wurde. Ein raffiniertes Verfahren. Outfit, Aussehen, Fingerabdrücke, Legende et cetera weisen jedenfalls darauf hin. Wir müssen den italienischen Geheimdienst SISMI informieren. Die werden sie dann entweder hochnehmen oder ausweisen. Wo ist die Dame?«

Dr. Polo leerte erst sein Glas, genoß den feinen Scotch, lehnte sich dann zurück, ließ die Arme über die Sesselbacken hängen und gab die Neuigkeit wie beiläufig von sich. »Pola Barowa weilt nicht mehr in Venedig.«

Der Admiral wirkte nicht sonderlich erschüttert, oder er beherrschte sich.

»Die Dame hat sich also auf Französisch empfohlen.«

»Nein, auf Polnisch. Unter Mitnahme ihrer Klamotten.«

»Hat sie auch geklaut? Gab es Ärger?«

Polo glaubte, den Grund zu kennen. Er nannte ihn aber nicht, weil es wohl zur Taktik der Barowa gehört hatte, mit ihm zu schlafen, und zu seiner Taktik, daß er sie aus dem Bett wies.

Wider Erwarten schnell wechselte Dominici erneut das Thema. »Unsere feine polnische Dame hat offenbar gerochen, daß wir hinter ihr her sind, und rasch das Weite gesucht. Nun gut, kehren wir zum Nächstliegenden zurück. Wie geht es der schönen Dottoressa Francesca Laurentis auf ihrem öden Eiland in der Lagune?«

Polo berichtete in allen Einzelheiten. Doch wie es schien, hörte der Admiral auch diesmal nur halb hin. So, als sei das Problem längst abgehakt. Deshalb beendete Polo rasch seine Schilderung.

»Ich werde ihr weiter auf den Zahn fühlen. Übrigens treffe ich die Signorina heute abend zum Essen.«

Daß Polo ostentativ auf die Uhr schaute, nützte Dominici aus.

«Wann?«

»Die besseren Herrschaften speisen hierzulande gewöhnlich nicht vor neun Uhr.«

»Laden Sie mich ein?« fragte der Admiral forsch.

Es klang weniger wie eine Bitte, eher wie eine Aufforderung.

»Sie sind selbstverständlich mein Gast, Admiral«, sagte Polo nicht eben entzückt.

Sie begaben sich in eines der feinsten Fischrestaurants Venedigs, ins *Martini*. Es lag nur wenige hundert Meter vom Hause Polos in Richtung San Marco.

Bei Martini, einem Meister in der Küche, roch es nie nach Fisch. In den vornehm ausgestatteten Räumen – unter der dunklen Gewölbedecke hingen Kristallüster und verteilten ihr Licht auf rosa Damast – duftete es eher nach dem edlen Holz einer Windjammerkajüte.

Tisch und Menü waren bestellt.

»Als Vorspeise gibt es *risotto con vongole*«, zählte Polo auf, »zum Hauptgang *coda di rospo*, als Nachspeise *zuppa di roma*. Sie können das aber noch ändern, Admiral.«

»Warum sollte ich? Ich mag Reis mit Muscheln, Seeteufel, und Schlagrahmtorte mag ich erst recht.«

Es ging auf 21 Uhr 15. Die Herren brauchten nicht lange zu warten. Für eine Italienerin ziemlich pünktlich erschien Francesca Laurentis. Diesmal nicht in Jeans und T-Shirt. Beinahe mondän im kleinen Schwarzen schwebte sie herein.

Kaum hatte sie die Herren an dem Nischentisch entdeckt, winkte sie und ging strahlend auf sie zu. Es wunderte sie überhaupt nicht, einen zweiten Dinnerpartner anzutreffen. Ganz im Gegenteil.

Francesca und der Admiral begrüßten sich wie uralte Freunde. Sie küßten sich italienisch ab, links, rechts an die Wange und noch mal links, als würden sie sich eine Ewigkeit kennen.

Hier *amico Maximiliano,* dort *bella* Francesca *mia*.

»Du siehst blendend aus.«

»*Grazie tante.*«

Bald kam sich Polo vor, als spiele er nur eine Nebenrolle. Wie sich Francesca und Dominici zueinander verhielten, das mußte er erst allmählich einordnen.

Was lief da? Stammte doch sein Auftrag, mit Francesca Kontakt aufzunehmen, vom Admiral, einem der obersten Chefs des NATO-Geheimdienstes, persönlich. Wenn Max die Laurentis so gut kannte, warum hatte er sie nicht selbst über Libyen und Gaddafis Saharaprojekt ausgefragt?

Polo unterdrückte seinen Ärger, spülte ihn mit einem Rosso-antico-Aperitivo und mit einem zweiten hinunter.

Das Essen war vorzüglich wie immer, der Service perfekt und lautlos. Ein Geiger im Frack spielte leise neapolitanische Melodien. Dabei wanderte er von Tisch zu Tisch.

Die Unterhaltung blieb locker bis flockig. Zwischen Hauptgang und Nachspeise empfahl sich die Wissenschaftlerin kurz, um sich frisch zu machen.

Kaum war sie verschwunden, war es aus mit Polos Beherrschung. Spontan gab er seiner Verärgerung Ausdruck und stellte Dominici zur Rede.

»Ich dachte, Sie seien der Laurentis niemals begegnet. Offenbar besteht zwischen ihr und Ihnen eine Art ... wie heißt das im Deutschen ... kumpelhaftes Verhältnis, Bruderschaft.«

Der Admiral grinste bübisch. »Natürlich kenne ich die Lady seit langem«, gestand er.

»Sie steht ebenfalls im Dienste der NATO. Stimmt's?«

»Richtig.«

»Warum haben Sie mich dann zu ihr geschickt, Admiralissimo?«

Dominici tupfte die Mundwinkel mit der Serviette ab, legte sie marinemäßig ordentlich auf Kante zusammen. Nun doch ein wenig verlegen, erklärte er: »Vielleicht war es nicht die ganz feine Art. Aber ich habe Sie dahin delegiert, weil ich Francescas Loyalität prüfen wollte. Oder anders herum: Ich wollte wissen, ob sie eventuell bereit wäre, auf ein verlockendes finanzielles Angebot von anderer Seite einzugehen.«

Das befriedigte Polo keineswegs. »Sind diese Testspielchen in Ihrem Gewerbe gang und gäbe?« wollte er wissen.

»Ab und zu erweisen sie sich als notwendig«, betonte der Admiral. »Kontrolle ist nicht nur wichtig, mitunter ist sie sogar lebenswichtig.«

»Max, machen Sie diese Tests auch mit mir?« erkundigte sich Polo verstimmt.

»Nur aus väterlicher Besorgnis, mein Junge.«

»Besorgnis, daß ich nicht lache. Ein Begriff, in den sich offenbar alles hineinmogeln läßt.«

»Übrigens«, eröffnete ihm Dominici, »war es ebenfalls ein Akt väterlicher Besorgnis, daß ich Sie seinerzeit in der Lagune, als ein Zweihundertfünfzig-PS-Motorboot ihren Schlickrutscher jagte und man auf Sie schoß, vor dem Schlimmsten bewahrte.«

»Sagen Sie ruhig rettete. Meinen allerbesten Dank auch dafür, Herr Admiral.«

Dominici gab sich flapsig. »Wir wissen doch immer alles, oft auch im voraus.«

»Ja, wie Gottvater.«

»Schon damals bestand ein gewisser Verdacht gegen die Polin. Sie hatte offenbar ihre Hunde auf Sie gehetzt.«

»Wer waren diese Leute?« bohrte Polo weiter.

»Meinen Sie nun das graue Patrouillenboot oder den Mann, der auf Sie schoß? In bezug auf letzteren habe ich keine Ahnung. Er entkam. Aber das graue Boot gehörte zur Küstenschutzabteilung des italienischen Marinekommandos Adria.«

Diese Erklärung hörte sich zwar befriedigend an, trotzdem beschloß Polo, sich in Zukunft vorzusehen.

Nun genoß er wieder voll und ganz den Abend. Immerhin hatte er sich für heute, in bezug auf die Kollegin aus der Lagune, einiges vorgenommen. Die Kusine sah wirklich fantastisch aus, wie ein Portrait von Tizian. Vorausgesetzt, der Maler hatte einen guten Tag gehabt.

Francesca widmete sich jedoch mehr dem Admiral als ihm. Sie scherzten und alberten miteinander und tanzten sogar einen Swingfox. Gegen Mitternacht, so schien es, wurde der Flirt zwischen beiden immer heißer.

Spät brachen sie auf. Draußen war es naßkalt. Eisiger Wind pfiff den Canal herunter. Francesca fröstelte. Sie hatte keine Lust, mit dem Motorboot noch bis zur Insel zu fahren.

»Außerdem bin ich beschwipst«, kicherte sie.

»Im *Cipriani* kriege ich immer noch ein Zimmer«, versicherte Dominici. »Notfalls schläfst du bei mir auf dem Sofa.«

Als Kavalier alter Schule hängte er seinen Trenchcoat über ihr Samtcape und brachte sie zum Hotel.

Auf dem Nachhauseweg und allein, beschloß Polo, sich aus diesen zunehmenden Verstrickungen zu lösen und nur noch seiner Arbeit als Wissenschaftler zu leben.

21

Beim Leiter der staatlichen Forschungsanstalt für Schiffbau in Cartagena/Spanien meldete sich der Kurier aus Madrid.

»Ich bringe Ihnen die besten Fotos, die überhaupt zu bekommen waren, Señor. Bitte setzen Sie Ihre Experten sofort an die Auswertung. Dies mit einem Gruß des Außenministers.«

»Ist die Sache jetzt dermaßen akut?« wunderte sich der Direktor.

Der Mann aus Madrid, gekleidet wie die meisten Beamten, mit dunklem Anzug, weißem Hemd mit gedeckter Krawatte, setzte den Schiffbauspezialisten ins Bild: »Nachdem sich Nachrichten und Informationen über ein vermutliches Schiff in diesem antarktischen Eisberg verdichtet haben, beginnt sich unsere Regierung dafür zu interessieren. Vermutlich handelt es sich um spanisches Eigentum, um eine Goldkaravelle. Nun ist allen daran gelegen, den Beweis zu führen, daß es sich bei der Karavelle im Eisberg um die *Santa Lucia* handelt, die 1571 Peru verlassen hat und südlich von Kap Hoorn verlorenging.«

»Ja, dann wollen wir uns mal an die Arbeit machen«, entschied der Direktor, der sich der ehrenvollen Aufgabe durchaus bewußt war.

Die Ingenieure der Forschungsanstalt für Schiffbau wurden zusammengerufen. Vier von ihnen bildeten ein Expertenteam. Zunächst wertete man die vorhandenen Fotos mit Hilfe moderner Computerrastertechnik aus. Die Konturen wurden verschärft sowie Vergrößerungen hergestellt. Schon einen Tag später lag das Zwischenergebnis vor.

Der Leiter der Forschungsgruppe referierte vor dem Chef: »Es ist eine Karavelle, Señor, ohne jeden Zweifel. Der Name ›Karavelle‹ oder ›Kraweel‹ kommt von Caravel. Hier ließ man die Beplankung nicht mehr dachziegelförmig übereinandergehen, wie schon beim Klinkerbau der Wikinger, sondern aneinanderstoßen.«

Dem Direktor, selbst Schiffbauingenieur, war diese Technik durchaus geläufig. Er winkte ab.

»*Gracias,* ich kenne das Verfahren. Dreißig Meter lange Planken wurden in riesigen Dampföfen praktisch weichgekocht und mußten dann innerhalb von zehn Minuten auf dem Spantengerippe befestigt werden. Gar mancher Zimmermann hat sich dabei die Pfoten verbrüht. Trotz aller Mühe, trotz Pech und Harz, hielten diese Konstruktionen meist nicht länger als zehn Jahre.«

Der Referent führte weiter aus: »Vergleiche mit unseren damaligen Karavellen, also mit Plänen, nach denen auch die *Santa Lucia* erbaut wurde, ergeben mit an Sicherheit grenzender Wahrscheinlichkeit, daß es sich um das verlorene Schiff handelt. Es verfügt über drei Masten, einen Großmast für das Rahsegel, einen Besanmast für das Lateinsegel und den Fockmast für ein weiteres Rahsegel. Die Höhe des Achterschiffes überragt das Vorschiff nicht wesentlich. Achtern hat die Karavelle einen glatten Spiegel, der etwa fünfzehn Fuß über die Wasserlinie ragt.« Hier wurde er unterbrochen.

»Wo stehen die Kanonen?« wollte der Direktor wissen.

»Die sind bei diesem Typ noch auf Bug- und Heckaufbauten festgezurrt. Daß man die Kanonen unter Deck anordnete und zum Schießen sogenannte Geschützpforten in die Bordwand sägte, die mit Klappen verschlossen werden konnten, haben erst später die Franzosen erfunden. Auch die Takelage stimmt mit den uns vorliegenden Skizzen und Plänen überein, Señor.«

Der Amtschef nahm den Auftrag aus Madrid sehr genau. Er forschte immerzu weiter, zeigte sich noch lange nicht zufrieden.

»Wie sieht es aus mit der Abmessung?«

»Das Verhältnis zwischen Höhe und Breite entspricht dem damaligen Stand des Designs. Höhe und Breite sind einander fast gleich. Sieben und sieben Meter entsprechend einem Viertel der Kiellänge. Die Masten dürften fünfundzwanzig bis dreißig Meter hoch gewesen sein, die Länge des Schiffes über alles ebenfalls dreißig Meter. Die Tonnage betrug etwa dreihundert Tonnen.«

Der Direktor blätterte in einem alten Folianten, nahm die Lupe zu Hilfe, betrachtete mehrere Federzeichnungen, nickte und ergänzte aufblickend: »Ähnlich dem Kolumbus-Schiff *Santa Maria*. Die *Santa Maria* hatte damals neunzig Mann Besatzung. Kolumbus erwähnte in seinem Logbuch verhältnismäßig schnelles Segeln. Bei gutem Wind erreichte er mehr als elf Knoten. Die schlanke Unterwasserform und der Tiefgang von etwa drei Metern ermöglichten das.«

Der Experte bestätigte sämtliche Daten. »Dieser Karavelle-Typ war im sechzehnten Jahrhundert das vorherrschende Schiff für alle Hochseeunternehmungen, Expeditionen und Weltreisen.«

Der Direktor hob erst seine buschigen Brauen, dann die Augen zur Zimmerdecke, als sende er ein Stoßgebet himmelwärts.

»Trotzdem, heilige Madonna!, möchte ich niemals auf so einem Pott mitgefahren sein ...«, und er fügte noch hinzu: »... müssen.«

»Warum, Señor? Gab es je eine gemächlichere Art, die Meere zu überqueren?«

»Nun, Karavellen waren doch klobige Gurken. Bei starkem Seegang kullerten fünfundzwanzig Tonnen Ballaststeine im Rumpf hin und her. Diese Schiffe waren ein Unding. Lecke Kisten von haarsträubender Konstruktion. Wenn der Wind von achtern kam, trieb er die Kähne mit Karacho dahin. Bei Gegenwind konnte man nur mühsam ankreuzen. Soviel ich weiß, verhielten sich die Karavellen beim Manövrieren mehr als eigenwillig und störrisch, wie ein dreibeiniger Gaul. Schuld daran trugen die hohen Aufbauten, die Kastelle und Deckplattformen. Kleinste Böen schoben sie aus dem Kurs. Wenn in Ufernähe der Wind umschlug, mußten die Seeleute den Notanker auswerfen. Meist einen mächtigen Felsstein oder ein Stück Eisen, das eine Tonne wog. Diese Notbremse ließ sich immer nur einmal benutzen. Spills zum Einholen gab es damals ja noch nicht. Die Ankertaue wurden einfach mit dem Beil durchgehackt.«

»Zugegeben, Señor, selbst Entbehrungen galten schon als Luxus«, pflichtete ihm der Ingenieur ironisch bei, »aber es war ja schließlich im Mittelalter. Als Toiletten dienten Rundlöcher, die man in die Planken gesägt hatte, einfache Plumpsklos.«

»Mit Wasserspülung bei schwerer See«, spottete der Direktor.

»Die Karavellenfahrer durften sich bei Gott nicht um Schimmel und Feuchtigkeit scheren. Die Schiffsdecks waren undicht, Gischt und überkommende Wellen spritzten ungehindert in die Wohnräume, durchnäßten Kojen und Strohmatratzen. Das Pech und das Harz, das man damals verwendete, taugten ebenfalls nichts. Trotzdem, alle Achtung, kutschierten unsere Vorfahren auf diesen Eimern praktisch um die ganze Welt.«

»Das muß ein harter Job gewesen sein, den ich, wie gesagt, nicht freiwillig auf mich genommen hätte.«

Der Sprecher des Teams nannte noch einige Fakten.

»Was das Fassungsvermögen betraf, Señor, so konnte die *Santa Lucia* neben plus minus zweihundert Tonnen Ladung noch Lebensmittel und Wasser für wenigstens vier Monate an Bord nehmen. Erbaut worden ist die *Santa Lucia* mit Sicherheit an der kantabrischen Küste, wo man Schiffe von bekannt guter Qualität herstellte. Schon damals war für die Seetüchtigkeit eines Schiffes nicht allein seine Größe, sondern auch die solide Bauweise entscheidend.«

Per Fax übersandte der Direktor der Forschungsanstalt für Schiffbau einen Vorbericht an die Regierung in Madrid. Dort war man sich rasch im klaren, daß der endgültige Beweis damit noch nicht erbracht war. Doch schon bald ließ sich ein weiterer Stein in das Mosaik einfügen.

Dem spanischen Geheimdienst gelang es, Materialproben zu beschaffen, welche die amerikanischen Schatzsucher aus der Bordwand des Schiffes im Eisberg gebohrt hatten. Isotopische Untersuchungen ergaben, daß es sich um Pinienholz handelte, das vor fünfhundert Jahren in der Sierra de Segura gewachsen war.

Nun begann die spanische Regierung ihren Anspruch auf das Schiff nach internationalem Recht zu untermauern. Der erste Antrag wurde vom Gerichtshof in Den Haag trotzdem abgelehnt. Wegen erheblicher Zweifel an den Eigentumsverhältnissen, wie es hieß.

Während die Anwälte noch den Einspruch formulierten, erhielt Madrid überraschend zusätzliche Hilfe, welche die Beweisführung so gut wie unangreifbar machte.

22

Dr. Benito Alvarez haßte Computer. Bei den meisten Modellen wußte er nicht einmal, wie man sie einschaltete. Zu Zeiten seines Physikstudiums, vor zwanzig Jahren, hatte es diese Dinger noch nicht gegeben. Bestenfalls einen elektronischen Taschenrechner für die Lösung komplizierter mathematischer Aufgaben wie Wurzelziehen. Damals hatten die Studenten ihren Lern- und Lesestoff nicht von Disketten oder Internet bezogen, sondern aus Büchern zusammengeholt.

So ein Bücherwurm war Dr. Benito Alvarez noch immer. Zu seinem Vorteil, denn auch der unveröffentlichte Nachlaß des schwedischen Asienforschers Sven Hedin war handschriftlich niedergelegt. Er wurde erst jetzt mikroverfilmt und auf CD-Rom gespeichert.

Dr. Alvarez hatte Sven Hedin, der 1922 starb, nie kennengelernt, hatte sich aber als einer seiner posthumen Assistenten gefühlt und dementsprechend den Nachlaß ausgewertet.

Dr. Alvarez betätigte nun den Kippschalter, mit dem der Computer der Universitätsbibliothek von Madrid Strom bekam und damit Leben. Er schob die Diskette in den vorgesehenen Schlitz.

Bis das Gerät warm und funktionsbereit war, dauerte es einige Zeit. Aber zugegeben, es ging immer noch hundertmal schneller, als in den Stichwortverzeichnissen herumzublättern. Für die neunzigtausend Bände der Universitätsbibliothek wogen allein die Verzeichnisse so schwer wie Pflastersteine.

Alvarez loggte sich in *Hist-Line*, die Literatur-Datenbank, ein. Auf dem Bildschirm erschienen die ersten Zugangsdaten für den Stichwortspeicher. Dr. Alvarez klickte sich bis zum Bereich »Meteoriten/Himmelserscheinungen« durch. Angeregt dazu hatte ihn sein Kollege, der Venezianer Polo, der sich mit ähnlichen Nachforschungen befaßte.

Die aktuellen Daten von Meteoriteneinschlägen flimmerten über den hellgrünen Bildschirm. Die meisten davon waren Dr. Alvarez bekannt. Er klickte sich um fünfzig Jahre zurück, fand Hinweise auf Sven Hedin, ging weiter zurück, um hundert, um zweihundert Jahre. Aus der Napoleon-Ära lagen kaum Eintragungen vor. Leuchtspuren am nächtlichen Himmel hatte man dem damaligen Sammelbegriff »Sternschnuppen« zugeordnet.

Interessehalber klickte er sich noch weiter in die Vergangenheit bis ins siebzehnte Jahrhundert, bis ins sechzehnte. Immer wieder war der Halleysche Komet aufgetaucht. Es gab Sonnen- und Mondfinsternisse, aber von Meteoriteneinschlägen kaum Aufzeichnungen. Kein Wunder. Meist lösten Meteoriteneinschläge nur erdbebenartige Erschütterungen oder erhöhte Vulkantätigkeit aus.

Alvarez beschloß deshalb, bei dem Stichwort Erdbeben weiterzusuchen, was er jedoch auf später verschob. Erst mal einen Kaffee. Doch plötzlich, im sechzehnten Jahrhundert, faszinierte ihn eine Notiz.

»Unerklärlicher Himmelskörper« tauchte als Begriff auf, dann: *Santa Lucia*-Goldkaravelle. Darunter ein

Hinweis: Siehe: Cortés. Eroberer Mexikos. Gefangennahme Montezumas. Aztekenaufstand.

Das sechzehnte Jahrhundert war die Zeit der großen spanischen Eroberungen in Süd- und Mittelamerika gewesen, speziell also auf jenem neuen Kontinent, den Kolumbus entdeckt und für Westindien gehalten hatte. Genaues über das Stichwort »Himmelserscheinung *Santa Lucia*-Goldkaravelle« war jedoch nicht abgespeichert.

Dr. Alvarez beschaffte sich den Mikrofilm amtlicher Gouvernements-Aufzeichnungen der Nachfolger des Konquistadors Cortés. Die Protokolle interessierten ihn um so mehr, als der Fall *Santa Lucia* zur Zeit Tagesgespräch und in allen Zeitungen, Magazinen, Radio- und Fernsehsendungen davon die Rede war.

Alvarez wischte jeden Zweifel beiseite, daß es sich bei der Karavelle im Eisberg und der im Computer erwähnten Goldkaravelle *Santa Lucia* nicht um ein und dasselbe Schiff handeln könnte. So viele *Santa Lucia*-Karavellen hatte es damals nicht gegeben.

Dr. Benito Alvarez bekam den Mikrofilm gegen Quittung ausgehändigt. Die Daten darauf waren straff geordnet. In der Abteilung »Aufzeichnungen der Westindien-Flotte im sechzehnten Jahrhundert« wurde er fündig. Die Rubrik »Himmelserscheinung/Meteoriten« fußte auf den Angaben eines meuternden Matrosen, die wiederum im Zusammenhang mit der verschwundenen Goldkaravelle *Santa Lucia* standen.

Vor vierhundert Jahren hatte man den Ergebnissen peinlicher Verhöre wenig Beachtung geschenkt, heute hingegen wurden sie geradezu brisant ...

Das Protokoll begann:

»Mein Name ist Verugio Marguez, geboren wurde ich im Jahre des Herrn 1539 zu Torre Pacheco in der Provinz Murcia. Als Sohn des Schuhmachers Marguez lernte ich das Segelnäherhandwerk und schloß mich der Flotte der Konquistadoren an. Mehrere Jahre verbrachte ich in Peru, kam dort zu einigem Vermögen und wollte wieder in die Heimat zurückkehren ...« Die weitere Aussage des Decksmannes Verugio Marguez ließ sich gedrängt wie folgt zusammenfassen: Marguez heuerte auf der Dreimast-Karavelle *Santa Lucia* an. Im August 1571 flüchtete das Schiff, bis unter die Decksplanken mit Gold und Silber beladen, vor der Beulenpest. Bei Nacht und Nebel verließ es den damals noch peruanischen Hafen Valparaiso. Bei Kap Hoorn geriet die Karavelle in heftige Stürme, die sie das Ruder und einen Mast kosteten. Auch wurden die Süßwasserfässer von Bord gespült oder zerschlagen. Der Kapitän beschloß, weiter in südliche Meere zu laufen, um sich dort mit Trinkwasser von schneebedeckten Inseln zu versorgen. Sie stießen auf eine große treibende Eisscholle, die aus Süßwasser bestand. Doch kaum waren sie an die Arbeit gegangen, ereignete sich in der Nacht ein seltsamer Vorgang. Etwas Strahlendes fiel vom Himmel und auf die Eisinsel. Das Ding leuchtete bläulich und war heiß. Kapitän Doloros befahl, den Brokken, dessen Herkunft er sich nicht erklären konnte, zu bergen und mitzunehmen. Er war nur kürbisgroß, aber schwer wie ein Elefant, weshalb man ihn für wertvoll hielt.

Der Decksmann Marguez weigerte sich jedoch, den Gesteinsbrocken anzufassen. Ein Kamerad hatte sich schon Hände und Arme verbrannt und verätzt. Ein anderer war sogar qualvoll gestorben. Der Kapitän bestrafte die Befehlsverweigerung des Marguez durch Kielholen. In seiner Verzweiflung griff Marguez den Kapitän deshalb mit dem Messer an. Das hätte den Tod durch Erhängen bedeutet. Aber Sterben am Strick war besser als Kielholen, wenn sie einen an Leinen unter dem Schiff hindurch von Backbord nach Steuerbord zogen und die scharfen Muscheln des Rumpfbewuchses den Körper zerfleischten.

Inzwischen war die ganze Besatzung erkrankt und so geschwächt, daß es nicht mehr zum Strafvollzug kam. Marguez konnte nachts heimlich das Langboot aussetzen, sich verproviantieren und erreichte nach wochenlanger Fahrt Feuerland. Dadurch wurde er als einziger Überlebender der Karavelle *Santa Lucia* gerettet ...

Trotzdem erging es ihm nicht besser als seinen Kameraden. In der Nähe von Colón erkannte man ihn und ergriff ihn, als er versuchte, auf einem Kauffahrteischiff Richtung Spanien anzuheuern. Marguez wurde eingesperrt und wochenlang verhört. Immerhin ging es um die Millionenladung der *Santa Lucia*. Da Seeleute prinzipiell als Lumpenpack galten, glaubte man den Aussagen des Decksmannes Marguez wenig. Ob er die Wahrheit sprach oder log, wurde nie geklärt, denn er starb wenig später. Im Totenschein drückte der Arzt Zweifel aus, ob er an den Folgen der Foltern oder an einer rätselhaften Krankheit dahingeschieden war.

Obwohl unglaubhaft, wurden die Marguez-Protokolle zu den Akten geheftet.

Dr. Alvarez zog zunächst keine Schlußfolgerungen aus dem Verhörprotokoll des Verugio Marguez. Das überließ er anderen. Er druckte es jedoch zweimal aus und sandte eine Kopie davon an seinen Kollegen Dr. Marco Trentuno Polo nach Venedig zusammen mit einem handschriftlichen Begleitschreiben, worin er sich bei dem Italiener bedankte und offen zugab, daß er ohne dessen Stockholmer Anregung nicht auf den *Santa Lucia*-Hinweis gestoßen wäre.

Drei Tage später hatte Dr. Polo den Brief in Händen. Schon wenige Stunden danach meldete er dessen Inhalt an Admiral Dominici weiter.

So kam es, daß die NATO früher über die Querverbindung Eisberg-Karavelle *Santa Lucia* konkret Bescheid wußte als die spanische Regierung. Deshalb wunderte man sich in Brüssel auch nicht, daß Madrid seine Eigentumsrechte an der *Santa Lucia* erneut bekräftigte.

23

Der australische Walfänger *Leviathan* jagte im Pazifischen Ozean bei den Manihiki-Inseln. Der 600-Tonner schipperte schon einige hundert Meilen südlich des Äquators, doch seine Fangquote war noch nicht zur Hälfte ausgenutzt. Breitbeinig stand Kapitän Nils auf der Brücke und federte in den Knien, was er immer tat, wenn er unzufrieden oder schlecht gelaunt war. »Diese Japse haben wieder alles leergefischt. Da heißt es, sie holen nur Babywale raus, in Wirklichkeit ziehen sie die dicksten Blauwale an Bord ihrer Fabrikschiffe.«

Er befahl, verschärften Ausguck zu halten.

Mittags, als die Wache wechselte, stapfte Nils hinunter ins Mannschaftslogis, wo es wie immer nach nassen Klamotten, dem Rauch selbstgedrehter Zigaretten, billigem Fusel und Pisse stank. Seine Crew schlürfte gerade die Mittagssuppe. Grüne Bohnen mit Speckwürfeln.

»Mal herhören, Leute!« rief der Kapitän. »Fünfzig Dollar extra für jeden, der eine Walfontäne meldet. Also sperrt gefälligst die Klüsen auf.«

Aber auch an diesem Tag und am nächsten blies keiner der riesigen Meeressäuger seine Atemluft aus. Die Stimmung wurde immer mieser. Schlechte Aussichten rundum. Ohne Wale keine Rückfahrt in die Heimat, ohne Wale kein Anteil am Fang. Ohne Fang kein Wiedersehen mit Frau und Kindern. Wie sie ihren Kapitän kannten, folgte er den Walrudeln verbissen bis ins Antarktische Meer.

Als sie bereits hundertzwanzig Tage auf See waren, ereignete sich ein außergewöhnlicher Zwischenfall. Es begann damit, daß der Mastausguck von seinem Sitz zur Brücke hinuntertelefonierte: »He, Käp'ten! Da ist was.«

»Was is was? Bläst einer?«

»Kein Wal, Käp'ten. Vielleicht was Besseres. Gibt's dafür auch fünfzig Dollar?«

»Du kriegst 'nen Tritt in' Arsch, wenn du nicht gleich das Maul auftust, Mann.«

Der Ausguck machte die Zielansprache etwas umständlich. »Einen Daumensprung weiter voraus als Steuerbord querab.«

Auf der Brücke richteten sich die Gläser in etwa fünfzehn Uhr oder achtzig Grad Kompaß.

Die drei Mann auf der Brücke, Kapitän Nils, sein Steuermann und der Rudergänger, sahen aber nur etwas Hellgraues, das wie ein schmutziger Zuckerhut am Horizont stand. Keinem von ihnen war je etwas so Merkwürdiges auf hoher See begegnet. Der Mann am Radar hatte auch nichts anderes als einen kurzen Lichtblitz auf dem Bildschirm, wie er von Flugzeugen oder Schiffen reflektierte.

»Ob denen Gibraltar abhanden gekommen ist?«

»Oder ein Zahn vom Dover-Felsen?«

»Davon sind wir den halben Erdumfang entfernt«, äußerte der Kapitän und hängte sich ans Telefon zum Ausguck. »Wofür hältst du das?«

»Ich würde sagen, es ist ein Eisberg, Käp'ten.«

»Bist du besoffen, Mann! Hier oben gibt es keine Eisberge nicht mehr. Geschätzte Entfernung?«

»Acht bis zehn Meilen, Käp'ten.«

Leider dunstete sich der Horizont ein. Die Sonne zog heftig Wasser.

Der Funker meldete jetzt: »Unbekanntes Objekt gibt kein Notsignal, Käp'ten. Weder SOS noch Mayday. Aber heftiger Sprechfunkverkehr *roundabout*«

»Dann sind noch weitere Schiffe in der Nähe«, schätzte der Kapitän. »Klarer Fall von Scheiße.«

»Denkst du an andere Walfänger?« fragte der Steuermann.

»Nein, die würden ihre Position bestimmt nicht durch Rumquatschen verraten. So blöd sind die nicht.«

Kurz entschlossen befahl Kapitän Nils, direkten Kurs auf das unbekannte Objekt zu nehmen. Mit seinen maximal zwölf Knoten war der Walfänger ziemlich langsam. Das Objekt wanderte deutlich nach Norden aus. Es schien, als wolle es sich jeder Beobachtung entziehen.

»Verdammt, der haut ab«, fluchte der Steuermann und folgte dem Objekt mit dem Peildiopter.

Nun ließ Nils das stärkste Glas, das sie an Bord hatten, ein altes Nelson-Spektiv auf Dreibeingestell, heraufbringen. Es wog einen halben Zentner, hatte aber vierzigfache Vergrößerung.

Rasch war es aufgebaut. Der Kapitän machte die Feineinstellung an der Rändelschraube, schob die Mütze ins Genick und beobachtete minutenlang. Dann gab er das Okular dem Steuermann frei.

Der brummte etwas in den Bart.

»Zweifellos ein Eisberg. Er reflektiert das Licht wie Spiegelglas. Ist also nicht schneebedeckt. Die Äquatorsonne hat ihn klargeschmolzen. Aber in seinem Inneren befindet sich etwas. Wofür hältst du das, Nils?«

»Nicht für'n Nasenpopel.«

Kapitän Nils ließ eine Eintragung im Logbuch vornehmen. Datum, Uhrzeit, Standort Länge und Breite, dazu: »Möglicherweise handelt es sich um den seit langem gesuchten Eisberg. Wir versuchen näher heranzukommen.«

Mit allem, was sein alter Perkins-Diesel hergab, jagte der Walfänger *Leviathan* nun nicht mehr Wale, sondern einen Eisberg.

Auf drei Meilen Distanz war schon sehr viel mehr auszumachen.

»Da ist was drin wie schwarzer Dotter im klaren Ei, Kapitän.«

»Nur, daß es sich hier um ein Segelschiff handeln soll.«

»Ein altes Segelschiff. Eine Kogge oder etwas Ähnliches«, ergänzte der Rudergänger.

»Hansekoggen kamen nie bis hierher.«

»Eine Galeone?«

»Die waren größer«, meinte der Kapitän.

»Dann ist es vielleicht eine chinesische Dschunke.«

»Die Berichte sprechen von einer spanischen Karavelle.«

Nils begann schon, die Meldung für seine Reederei zu formulieren, als der Ausguck meldete: »Er bewegt sich. Aber nicht von selbst.«

»Seit wann haben Eisberge einen Motor?«

»Er ist von mehreren Trossen umschlungen, Kapitän. Manche sind an draggenartigen Widerhaken befestigt.«

Die schweren Trosse wirkten auf Meilenabstand

spinnwebartig dünn. Aber zweifellos waren sie armdick und aus Stahl, wie sie von Hochwasserschleppern zur Bergung von Havaristen verwendet wurden.

Der Kapitän fluchte anhaltend. »Bin ich bescheuert oder was ... Diese Scheißtrossen laufen nirgendwo hin. Sie enden nicht am Heck eines schleppenden Fahrzeugs, sondern laufen in schrägem Winkel, dreißig Grad etwa, auf die Meeresoberfläche zu und tauchen dort ab.«

»Man könnte fast von einer sanften Neigung meerwärts sprechen.«

»Das ist leider unseemännisch, Steuermann. Aber die Trossen verschwinden mir nichts, dir nichts, im Wasser, und das ist seemännisch auch undenkbar.«

»Verankert kann der Dobas nicht sein, denn er wirft Bugwellen.«

»Das ist nicht nur ein Dobas von Eisberg, das ist schon ein Dobas ahoi.« Womit Nils die Steigerung meinte.

Bis zur frühen Dämmerung blieben sie in der Nähe des Eisberges. Dies aber mit Sicherheitsabstand. Der Kapitän hatte seine Meldung an die Reederei abgesetzt und wartete auf Order. Wer den Eisberg nach Norden bewegte, blieb ihnen jedoch weiterhin unerklärlich.

»Vielleicht ein riesiger Wal«, tippte der Rudergänger.

»Diese Annahme ist noch idiotischer als etwa ein U-Boot«, höhnte der Skipper.

Selbst bei Dunkelheit trieb der Eisberg, ein Klotz von hellerem Grau in dunklerem Grau, stetig weiter. Wie zu erwarten, hatte er keine Positionslampen gesetzt. Trotzdem gelang es dem Walfänger, Kontakt zu halten.

Der nächste Morgen kündete einen klaren Tag an. Das Frühlicht ließ sogar Einzelheiten erkennen. Eine Mastspitze des im Eis festgefrorenen Schiffes ragte bereits heraus. Offensichtlich hatte man auch versucht, zu dem Schiff im Eis Zugänge zu schaffen.

»Die Schwarzfärbung deutet auf Sprengungen«, vermutete Kapitän Nils.

Der Ausguck meldete von oben: »Da krabbelt sogar was drauf herum, Kap'tän, wie Ameisen.«

»Quatsch, Ameisen! Da sind Männer in dunklen Overalls an der Arbeit.«

»Aber wo kommen die her?«

Nils suchte den Horizont wieder mit dem Spektiv ab. Was er erkannte, bestätigte wenig später auch das Radar.

»An Kapitän! Ziemlich schwere Pötte in Ost. Bergungsschiffe, Träger, Kreuzer. Entfernung vierzehn bis sechzehn Seemeilen. Möglicherweise stehen noch andere Einheiten jenseits des Horizonts.«

Wie sich zeigte, sicherte eine ganze Mahalla von Begleitschiffen den Eisberg.

»Wenn die Russen den Eisberg haben, wie es heißt, dann sind das da drüben auch Russen«, bemerkte der Steuermann lakonisch.

»Also müssen wir uns vorsehen.«

»Das ist Scheiße.«

»Aber gute Scheiße«, sagte der Kapitän, »gibt 'ne Sondermeldung.«

Sie hatten den Kurs des Eisbergs auf der Seekarte mitgekoppelt. Er führte schnurgeradewegs zum sowjetischen Flottenstützpunkt in Wladiwostok.

Das entlockte dem Kapitän nur ein trockenes Lachen. »Bis zum Japanischen Meer haben sie noch viertausend Seemeilen vor sich. Mit viel Eisberg werden sie dort nicht mehr ankommen.«

Angesichts der Wärme des Meerwassers und den herrschenden Tagestemperaturen von bis zu vierzig Grad, ließ sich ungefähr berechnen, wann der Eisberg abgeschmolzen sein würde.

»Maximal in drei Wochen«, rechnete Kapitän Nils, »ist er futsch.«

In einem ausführlichen Funkspruch meldete der *Leviathan*-Kapitän seine Beobachtungen und Rückschlüsse an die Reederei in Wollongong.

Von dort kam im Laufe des Tages eine dringende Order:

AN LEVIATHAN – DAMPFEN SIE ZURÜCK IN IHR FANGGEBIET – SIE SIND UNTERWEGS, UM WALE ZU JAGEN – gez. MASTERSON –

Mürrisch kommentierte der Trawlerkapitän den Funkspruch: »Der spinnt wohl, der Boss. Kein Wort des Dankes. Wie springt der mit mir um? Hat wohl vergessen, daß ich mit dreißig Prozent an seinem Tranladen beteiligt bin.«

Kapitän Nils konnte nicht wissen, daß sein Reeder auf Veranlassung der NATO so handelte.

Die NATO, und speziell ihr Hauptmitglied, die USA, waren alarmiert. Jagd-U-Boote der amerikanischen Pazifikflotte hatten bereits Pearl Harbor auf Hawaii verlassen und näherten sich mit Höchstfahrt der gemeldeten Position des Eisbergs.

Mit dem Befehl, ihn nicht mehr aus den Augen zu lassen.

Während bei den Manihiki-Inseln ein weltgeschichtliches Drama begann, richtete der australische Fischdampfer *Leviathan* seinen Bug in südwestliche Richtung, um wieder das zu tun, was seine Aufgabe war: Wale zu jagen, zu harpunieren und zu fangen.

24

Nie waren unter Kapitän Francis und seinen Männern die Ausdrücke *shit* und *fucking iceberg* öfter gefallen als seit ihrer Rückkehr nach Sydney. Wohl nicht zu Unrecht. Immerhin hatten sie in der Antarktis eine Totalpleite erlebt. Die Sponsoren zeigten sich unzufrieden, die Banken forderten Rückzahlung der Kredite und einer von der Besatzung, er hatte als Funker und Koch auf dem Fischdampfer *Hank Francis* gearbeitet, erkrankte.

Dieses Besatzungsmitglied, ein überaus stämmiger, von Gesundheit strotzender Bursche aus Alabama, erlitt über Nacht Schwächeanfälle, verbunden mit hohem Fieber, Blutungen und Durchfällen. Sie mußten ihn ins Krankenhaus einliefern. Dort stellten die Ärzte Symptome von Dysentrie, ja sogar von Cholera fest, was aber nicht die Ursache war. Die Untersuchungen des Blutes ergaben Schlimmeres: Der Mann hatte Leukämie in einer seltenen Form.

»Schlicht und einfach Blutkrebs«, übersetzte der Arzt. »Zu viele Leukozyten.«

»Was kann man dagegen tun, Doktor?« fragte Francis besorgt.

»Wenig bis nichts«, lautete die Auskunft, »wenn man die Ursache nicht genau kennt. Zwar gibt es die Möglichkeit der Knochenmarkübertragung zur Bildung der nötigen Blutkörper, aber woher es nehmen.

Die erforderlichen Merkmale stimmen vielleicht einmal in hunderttausend Fällen überein.«

»Meine Leute und ich stehen zur Verfügung, Doktor«, bot Francis an, »auch für Organspenden.«

Der Arzt äußerte daraufhin skeptisch: »Vorausgesetzt, es war nicht eine generelle Infektion.«

»Ist er transportfähig, Doktor?«

»Wohin?«

»Nach Florida.«

Das schloß der Arzt völlig aus: »Es wäre sein Tod.«

Der Erkrankte bestand jedoch darauf, daß Francis endlich die Heimreise antrat. Auch ohne ihn.

Der Kapitän versprach, daß sie sich um ihn kümmern, Geld und Ticket schicken würden.

Der Abschied fiel allen schwer. Tim, der Steuermann, hatte Tränen in den Augen.

»Mach's gut, Luc!« wünschten sie ihm.

»Macht's besser«, sagte er schwach.

Zurück auf dem Fischdampfer beriet sich Hank Francis mit seinen letzten drei Männern.

»Fliegen oder Seereise?« lautete die entscheidende Frage.

»Können wir uns das leisten, Kapitän?«

»Die Kosten für Flug oder Dieseltreibstoff plus Proviant sind die gleichen.«

Alle votierten für die Rückfahrt mit dem alten Fischdampfer.

»Der treue Zossen soll nicht in Australien verschrottet werden.«

Das wurde einstimmig entschieden.

Also war noch zu klären, welche Route sie nehmen wollten.

»Normalerweise durch den Indischen Ozean, um Afrika herum in den Atlantik, dann nach Norden. Aber da erwischt uns garantiert schlechtes Wetter«, fügte Francis noch hinzu.

»Das sind bis Florida achttausend Seemeilen«, berechnete Steuermann Tim die Distanz, »oder ein Törn von vierzig Tagen.«

»Kürzer wär's über den Pazifik und durch den Panamakanal. Sechstausend Meilen, fünfundzwanzig Tage.«

»Können wir die Kanalgebühren bezahlen, Kapitän?«

»Gerade noch.«

Wegen der Taifunzeit fiel die Entscheidung für die kürzere Route.

Sie schipperten noch im Korallenmeer auf die Durchfahrt von Guadalcanal zu, als sie eine Funknachricht erreichte. Ihr Kamerad Luc war im Hospital in Sydney verstorben.

»Unser Kumpel Luc ist tot. War ein feiner Junge«, kommentierte Francis den Trauerfall. »Betet gelegentlich für ihn.«

»Vielleicht war er zu dicht dran an der Karavelle«, meinte Steuermann Tim, »und hat sich da was geholt.«

»Klar, es muß was Schlimmeres gewesen sein als Tripper.«

»Luc bediente als Letzter denn Preßluft-Barco und pulte die Holz- und Gewebeproben aus dem Bohrkopf.«

»Unsinn!« Kapitän Drake zog einen Strich. »Wir leben ja auch noch.«

»Aber wie.«

»Nur halb bis dreiviertel Zoll, Kapitän.«

Dann fing es bei Tim an. Er lag fast ständig in der Koje, nahm kaum noch Nahrung zu sich.

Leibschmerzen mit Durchfällen quälten ihn, und er bekam hohes Fieber.

»Deine alte Malaria«, versuchte ihn Francis zu trösten.

Aber aus Malaria entwickelt sich selten eine Lungenentzündung.

Sie verabreichten ihm alle Antibiotika, die sie an Bord fanden. Tim dämmerte nur noch dahin, mit Fieber nahe einundvierzig.

Auch Drake, der Unverwüstliche, fühlte sich bald nicht mehr wohl.

Längst hatten sie die Hawaii-Inseln passiert. Sie schipperten am nördlichen Wendekreis entlang nach Osten auf Mittelamerika zu, als plötzlich der Diesel stillstand und die Fahrt aus dem Fischdampfer kam. Der alte Pott schlingerte stark in der querlaufenden See. Nach letzter Koppelung bei 139° West, 22° Nord.

Trotz drückender Hitze kletterte Drake nach unten in den Maschinenraum, um nach der Ursache zu forschen. Da sah er seinen Maschinisten bewußtlos auf den Flurplatten liegen, ringsum blutig Erbrochenes. Mühsam schleppte er ihn in die Koje. Mit Hilfe des letzten Besatzungsmitgliedes, das sich noch auf den Füßen hielt, brachte er in stundenlanger Würgerei den Diesel wieder in Gang.

Einen Tag später starb Tim. Bald darauf der Maschinist.

Sie gaben ihnen ein Seemannsbegräbnis. Eingehüllt

in Bettlaken, begleitet von einem Gebet, warfen sie die Kameraden über Bord.

Zu zweit sich an Ruder und Kompaß ablösend, fuhren sie weiter, immer weiter nach Osten. In der Äquatorglut kostete sie das unendliche Anstrengungen. Geplagt von Schwächeanfällen, den Vorboten der unbekannten Krankheit, steuerten sie den Fischdampfer bis Panama. In Balboa schleusten sie ein.

Kapitän Hank Francis setzte noch einen Funkspruch ab, mit dem er seinem Büro bei Francis Enterprises in Charleston/Florida seine Ankunft binnen einer Woche avisierte. Der Fischdampfer von Hank Francis aber kam nie im Heimathafen an. Er erreichte nicht einmal die Ostschleuse des Panamakanals in Cristóbal. Das einzige, was man in Florida auffing, war ein Notruf. Er lautete: FISCHDAMPFER HANK FRANCIS – SOS –

Die Suche nach dem vermeintlichen Havaristen Hank Francis begann. Da der Fischdampfer die Ostschleuse des Kanals nicht passiert hatte, fand man ihn schnell. Er steckte im Gatun-See, durch den der Panamakanal verlief. Dort war er auf Grund gekommen und saß im Schlick fest. Ärzte der amerikanischen Navy-Basis am Kanal gingen an Bord. Sicherheitshalber trugen sie Plastikschutzanzüge und Atemmasken.

Sie fanden zwei männliche Leichen, zum Teil schon in Verwesung. Der Notarzt, unsicher über die Todesursache, befahl, die Körper in luftdicht verschließbare Plastiksäcke zu hüllen.

»Es könnte eine Infektion epidemischen Charakters vorliegen«, fürchtete er.

Ein Hubschrauber wurde angefordert. Er brachte die

Toten in die Isolierstation der Pathologischen Abteilung des Navy-Hospitals der Kanalzone.

Die an der Bergungsaktion Beteiligten wurden mehrmals desinfiziert und kamen sicherheitshalber in Quarantäne. Die Untersuchung dieser Personen ergab jedoch keinen Hinweis auf Ansteckung.

Auch die Obduktion von Kapitän Drake und seinem Decksmann lieferte zunächst nichts, das auf eine bestimmte Infektionskrankheit schließen ließ. Nach den Blutuntersuchungen meinte der Bakteriologe jedoch, es könne sich um Befall mit Viren ähnlich dem HIV-Virus handeln.

»Also Aids?«

»Aber eine unbekannte, radikal extreme Form von Aids. Sie tötet, wie es aussieht, die Befallenen nicht erst nach Jahren, sondern schon nach Tagen oder Wochen.«

Den Medizinern war klar, daß sie nicht einmal über Aids profunde Erkenntnisse besaßen. Deshalb flog man die Leichen in hermetisch verschlossenen Zinksärgen zu den Navy-Medical-Labors im Stützpunkt Norfolk.

Die zwei Särge waren noch per Luftfracht unterwegs, als das Marineoberkommando und die National Security Agency NSA beschlossen, den Vorfall als *most secret* zu behandeln: *Most secret never to be removed from the office*, das hieß: Die Sache wurde verschwiegen.

25

Sie fuhren von Madrid nach Aranjuez, wo König Juan Carlos auf seinem Sommersitz zum jährlichen Gartenfest empfing. Der schwere Mercedes 500 hatte trotz des milden Abends die Fenster geschlossen. Aus Sicherheitsgründen, die Scheiben bestanden aus sechs Zentimeter dickem kugelsicheren Glas. Die ganze Limousine war gepanzert. Vorn und hinten eskortierte sie ein Begleitfahrzeug der Polizei. Im Mercedes saßen nämlich der Regierungschef und sein Verteidigungsminister.

Schon zum zweiten Mal sagte der Präsident: »Spanien kann sich das nicht gefallen lassen.« Dabei unterstrich er seine Worte mit heftigen Gesten.

Der General pflichtete ihm bei: »Nein, das kann sich Spanien wirklich nicht bieten lassen.«

»Sollten wir vielleicht doch beim Internationalen Gerichtshof in Den Haag Klage erheben. Was meinen Sie, General?«

»Diesmal müssen ihnen die Beweise genügen.«

»Ja. Die Kette ist lückenlos?«

»Absolut.« Indem er seine Finger zu Hilfe nahm, zählte der Verteidigungsminister auf: »Erstens stimmen die Baumerkmale völlig überein. Es handelt sich um einen Karavellentyp, wie er im sechzehnten Jahrhundert gebräuchlich war. Das Pinienholz, das zum Bau verwendet wurde, stammt aus einer Sierra im Süden, und als drittes haben wir die Aussage dieses meuternden Matrosen. Es ist die *Santa Lucia*!«

Der Regierungschef pflichtete ihm in allen Punkten bei. »Es ist ein spanisches Schiff. Spanischer geht es gar nicht. Wir müssen die Eigentumsrechte durchsetzen. Was sollen sonst die Wähler von uns denken?«

Der General umriß kurz die Situation: »Wie ich aus Brüssel höre, stehen die Vertragspartner voll hinter uns. Übrigens kommt in den nächsten Tagen Admiral Dominici nach Madrid. Mal sehen, ob er Vor- oder Ratschläge mitbringt, dieser gerissene Fuchs.«

»Was mir bedeutend wichtiger erscheint«, der Regierungschef schaute auf seine Cartier-Uhr, »ist das Gespräch unseres Botschafters mit dem russischen Außenminister. Wieviel Uhr ist es jetzt in Moskau?«

»Etwa zwei Stunden früher als mitteleuropäische Sommerzeit.«

»Dann sind es noch elf Stunden bis dahin. Er wurde für morgen zehn Uhr in den Kreml bestellt.«

»Na, hoffen wir das Beste.«

»Aber Vorsicht ist geboten. Je schlechter die Russen aussehen, desto unfreundlicher und arroganter verhalten sie sich.«

»Hoffen wir also das Beste«, betonte der General noch einmal.

Wie stets begann die Gartenparty beim König ein wenig steif, steigerte sich jedoch unter dem Einfluß von Freixenet-Sekt, Flamencotänzen und südamerikanischen Sambaklängen bald zu ausgelassener Fröhlichkeit. Nur einige Herren blieben betont zurückhaltend. Hauptsächlich diejenigen, die von der sich zuspitzenden Krise wußten und voll Sorge waren.

Der spanische Botschafter in Moskau, der Duque Alonso di Corviglia y Santander, erschien wenige Minuten vor dem Termin im Kreml, mußte sich dann aber eine geschlagene Stunde gedulden. Das war so üblich bei der russischen Regierung. Entweder man nahm es mit der Zeit nicht so genau, oder man ließ herbeizitierte Vertreter fremder Regierungen die Macht spüren. Auf jeden Fall mußten sie warten.

Endlich wurde der Spanier, immerhin von hohem Adel, ins Vorzimmer und dann zum Minister gebeten.

Der glatzköpfige Russe mit blassem slawischen Gesicht – gegen den Aristokraten ein Unterschied wie eine kroß gebratene Flugente zu einem nicht ganz durchgebackenen Pfannkuchen – erhob sich zur Begrüßung nur knapp. Er hatte seinen Sessel hinter dem furchterregend großen Schreibtisch noch nicht wieder eingenommen, als er schon losschnarrte: »Sie behaupten also, das Dings da im Eisberg sei die spanische Korvette *Santa Lucia* ... falls es sich überhaupt um ein Schiff handelt.«

»Eine Karavelle, Exzellenz. Es ist eine Karavelle!«

»Von mir aus ein rosarotes Gummiboot«, höhnte der Russe.

Der Botschafter hob die bordeauxfarbene Saffianmappe, die er unter dem linken Arm trug, um wenige Zentimeter an. »Hier sind die Beweise, Exzellenz.«

Der Russe steigerte die Stimme um mehrere Phon, was sie noch schneidender machte: »Bewiesen ist einzig und allein, daß der Eisberg, was immer er beinhaltet, in Gewässer des antarktischen russischen Sektors abgetrieben worden ist, Señor.«

Immer noch höflich, erhob der Spanier Einspruch.

»Exzellenz! Nach dem internationalen Südpolabkommen gibt es um die Schelfeiskappe keinerlei Hoheitsrechte. Weder zu Land noch zu Wasser oder in der Luft.«

Der Russe lüftete seinen Hintern vom Sessel, ließ ihn aber wieder zurückfallen. »Unsinn! Diesem Abkommen sind wir niemals beigetreten. Nach gültigem Seerecht gehört jedes havarierte Schiff demjenigen, der es abschleppt.«

»Zum Teil«, schränkte der Botschafter ein.

»Die Höhe unseres Anteils bestimmen wir, Señor. Das möchte ich hiermit festnieten.«

»Die westlichen Staaten und die NATO nehmen ebenfalls unseren Standpunkt ein, Herr Außenminister. Sie werden Spanien in jeder Hinsicht unterstützen.«

Speckig lachend, winkte der Russe ab. »Lächerliche Drohungen. Worte, nichts als leere Worte.«

Nun wurde der Botschafter einen Hauch massiver: »Außerdem würde uns, falls die Karavelle Gold an Bord hat, dies nur einen lächerlichen Ausgleich bieten für den spanischen Staatsschatz, der seit dem Krieg 1936 in Moskauer Banksafes liegt und den Stalin nie zurückgab.«

Der russische Außenminister erinnerte sich genau, wenn auch ungern: »Das Gold wurde als Sicherheit für Waffenhilfe und andere Unterstützungen, im Bürgerkrieg der Kommunistischen Internationale gegen Francos Falangisten, hinterlegt«, betonte er.

Dieser Einwand schien den Spanier zu erzürnen. »Der Krieg wurde voll durch internationale Spenden finanziert, Exzellenz.«

»Die Historiker sehen das anders. Hierüber ist das letzte Wort noch lange nicht gesprochen, Señor.«

»Dann ist wohl über unsere Goldkaravelle auch nicht das letzte Wort gesprochen«, entgegnete der Spanier scharf.

Der Russe fand das offenbar amüsant. »Hierüber allerdings schon, mein lieber Duque. Bilden Sie sich da bloß keine Schwachheiten ein. Sie werden schon sehen, wo Sie mit Ihrer Forderung landen.«

»Und gerade da wollen wir hin, Herr Außenminister.«

Das Hin und Her entsprach durchaus nicht diplomatischer Tonart. Aber schließlich war der Russe auch kein gelernter Außenminister, sondern gelernter Tischler. Er erhob sich, stützte sich mit den Fäusten auf die Schreibtischplatte und hustete erst einmal den Hals frei. »Danke für Ihren Besuch, Señor. Alles andere schriftlich. Grüßen Sie mir, wenn Sie nach Spanien kommen, meinen Freund Pedro Salinas.«

Salinas war Führer der kommunistischen Partei in Kastilien.

»Bitte nehmen Sie in diesem Sessel dort Platz, Señor Admiral«, ersuchte man den Gast höflich.

Der Sessel, ein mächtiges reichgeschnitztes Barockmöbel, bot Platz für zwei. Schon wenig später hielt der deutsche NATO-Admiral eine Abschrift jenes Gesprächsprotokolls in Händen, das sich auf die Unterredung des spanischen Botschafters in Moskau mit dem russischen Außenminister bezog.

Nachdem Dominici zu Ende gelesen hatte, wartete man gespannt auf seine Meinung.

»Die Russen bluffen wie immer«, äußerte er, »und wie immer bluffen sie schlecht.«

»Leider haben wir keinen Gegenbluff. Die Wahrheit und das Recht sind in Moskau offenbar keine Verhandlungsbasis mehr.«

Admiral Dominici kannte die verfahrene Situation, wie sie sich bis zu dieser Stunde darstellte, wußte aber noch einiges mehr als die Spanier. Behutsam entwickelte er sein Konzepte: »Das ganze Team der amerikanischen Bergungsfirma Francis Enterprises kam durch eine unbekannte Infektion ums Leben. Vermutlich durch einen Virus.«

»Und woher stammt der? Wo haben diese Seeräuber ihn aufgelesen?«

»Durch Berührung mit der Karavelle im Eis«, lautete Dominicis Antwort. »Der niedergegangene Meteorit hat sie wahrscheinlich verseucht.«

Einer der anwesenden hohen Ministerialbeamten bemerkte: »Unsere Experten haben mit Pinienholzresten aus dem Bohrkern gearbeitet, und sie sind nicht erkrankt. Handelt es sich vielleicht nur um eine Hypothese?«

»Der Bohrkern wurde bereits im CIA-Labor überprüft«, führte Dominici weiter aus, »Teile davon hat man so extremen Temperaturen und Strahlendosen ausgesetzt, daß es zum Tod der Viren kommen mußte. Aber leider nur in diesem einzigen Fall. Wie sagte doch der Dichter: ›Alles glaubt, sie seien perdu, aber nein, noch leben sie‹ ... Diese Teufelskeime auf der Karavelle leben in der Tat noch.«

Einige lachten, und der Minister fragte: »Perdu, perdu ... wer hat das gereimt?«

Dominici wollte höflich erscheinen: »Ich glaube, es war Cervantes.«

»Don Quichotte, das sieht ihm ähnlich. Der Windmühlenflügelritter. Er glaubte, sie seien perdus, aber nein, noch lebten sie ...«

Eigentlich stammte der Reim aus Max und Moritz von Wilhelm Busch. Aber wie soll ich ihnen klarmachen, wer Wilhelm Busch war, hatte Dominici überlegt.

»Gibt es diese Viren wirklich?« erkundigte sich der Ministerpräsident nervös. Es lag wohl an der vergeblichen Suche nach dem Silberstreifen eines Hoffnungsschimmers.

Admiral Dominici zog aus seiner Mappe ein Dokument und erklärte dazu: »Gutachten des Robert-Koch-Labors des Bundesinstituts für Infektionskrankheiten Berlin, unterzeichnet vom Leiter der Virologischen Abteilung. Der Virus im Rest des Bohrkerns hat sich wieder aktiviert und ist tödlicher als alles, was man bisher kennt. Aids und Plutoniumvergiftung eingeschlossen. Genau das, Señores, ist die Richtung, in die wir marschieren müssen, um die Russen zu beeindrucken.« Die Herren nahmen einen Kaffee, woraufhin Admiral Dominici für seinen Vorschlag, den er zunächst noch zurückhielt, das Fundament legte: »Auf dem internationalen Geheimdienstmarkt werden Informationen gehandelt, denen zufolge russische Seeleute an einer Epidemie erkrankt sind. Ein schneller Zerstörer der Roten Flotte hat aus dem pazifischen Raum Infizierte nach Wladiwostok gebracht. Aus ebendemselben Seequadrat wurde von größeren russischen Flotteneinheiten um medizinische Hilfe gefunkt. Spezialärzte des russischen Marineoberkommandos ›Ostasien‹ haben versucht, in den USA die neuesten Medikamentkombinationen gegen den Aids-Virus zu beschaffen.«

»Doch gewiß nur, um einer ausgebrochenen Massenerkrankung Herr zu werden«, schlußfolgerte der Außenminister.

Damit war die Situation im wesentlichen abgegrenzt.

Dominici rückte nun mit seinem Vorschlag heraus: »Zugegeben, das alles ist ein wenig trickreich und infam, aber die NATO rät der spanischen Regierung wie folgt vorzugehen: Señores, Sie sollten mit einer großangelegten Medienkampagne verbreiten, daß der Meteorit an Bord der Karavelle *Santa Lucia* mit unbekannten Weltraumbakterien verseucht ist. Da die Keime nach Abschmelzen des schützenden Eismantels erneut virulent wurden, kann das zu einer Menschheitskatastrophe ausarten ... falls alle Erkrankten nicht sofort streng isoliert werden. Wenn das so oder ähnlich publiziert wird, wollen wir doch mal sehen, wie Moskau reagiert.«

»Klein beigibt, meinen Sie ... einknickt.«

»Was Seuchenschutz und Organisation betrifft, sind die doch echte Hinterwäldler«, bemerkte einer der Anwesenden.

»Sie erhalten von der NATO jedwede Unterstützung, Señores«, versprach Dominici, »denn es liegt weiß Gott nicht in unserem Interesse, daß sich die Krise weiter aufschaukelt. Wie ich amerikanische Präsidenten kenne, machen sie in solchen Fällen kurzen Prozeß. Siehe Kuwait-Krise. Damals ging es um ein Feuerchen in Mittelost. Die *Santa Lucia*-Seuche aber kann zu einem Weltbrand ausarten.«

Man versicherte sich des gegenseitigen Vertrauens.

»Und die anderen NATO-Mitglieder stehen wirklich voll zu Spanien?«

»Ausnahmslos alle«, betonte Dominici. »Mein Ehrenwort.«

Die Erleichterung war spürbar.

»Dann kann uns nichts passieren. Gemeinsam sind wir stark. Der Gesang eines Chores klingt überzeugender als der eines einzelnen.«

»Übrigens«, erwähnte der Verteidigungsminister, auf den Sessel deutend, »da saß schon Canaris, der geheimnisvolle Geheimdienstadmiral Hitlers.«

»War mir trotzdem eine Ehre«, reagierte Dominici ein wenig düpiert.

»Auch Canaris war unser Freund«, vergaß man nicht zu erwähnen.

Dann nahmen die Herren im kleinen Casino des Ministeriums das Mittagessen ein. Es gab nicht Paella, denn allgemein war bekannt, daß Admiral Dominici Knoblauch wenig schätzte. Man begann mit kalter Suppe, *gazpacho andaluz*.

26

Der Wüstenaffe Liby, der sonst immer fröhlich in seinem Bambuskäfig herumturnte und dabei tarzanähnliche Laute ausstieß, saß heute in der Ecke am Boden und musterte den Besucher mit runden Augen.

»Was hat dein Liebling?« fragte Dr. Polo, »seine Migräne?«

»Es ist der Grund, warum ich dich herausgebeten habe, Marco.«

Er tat besorgt. »*Madonna mia*, was fehlt ihm?«

»Wasser.«

»Er leidet also an Durst.«

»Logischerweise.«

»Trinkt er nicht?«

»Seit drei Tagen.«

»Mag er nicht, oder ist er krank?«

»Keines von beiden«, erklärte Francesca, »aber ich gab ihm nichts.«

»Das ist sadistisch, Gnädigste.«

Sie verteidigte sich. »Tut mir leid, es gehört zu dem Test.«

Für die Verabredung mit Polo hatte sie ein Experiment vorbereitet, das ihr wichtig genug schien, auch einen Historiker als wissenschaftlichen Zeugen dabei zu haben – vorausgesetzt, das Ergebnis entsprach ihren Erwartungen.

»Außerdem hat unser Tiermediziner Urlaub.«

»Dein Söhnchen, der kleine Scheißer, zeigt ja schon Ödeme«, stellte Polo fest.

»Trotzdem ist es keine Tierquälerei«, glaubte sie sich entschuldigen zu müssen. »In der Wüste konnten sie oft wochenlang kaum Flüssigkeit aufnehmen.«

»Ein Affe ist kein bedürfnisloses Kamel«, erwiderte Polo. »Was hast du vor, Eugenia Francesca, *brutta donna*!«

Ihre Erklärung klang eher zaghaft: »Es gibt Hinweise darauf, eigentlich nur Vermutungen«, schränkte sie ein, »daß sich libysche Wüstenaffen in der trockenen Jahreszeit, wenn in der Sahara monatelang kein Regen und kaum Tau fiel, nur am Leben halten konnten, indem sie Gruben bohrten und aus Salz- und Brackwassertümpeln tranken. Wie sie das überstanden, möchten wir gerne herausfinden.«

Polo kannte Francesca inzwischen so gut, daß er ihre Gedankengänge verstand. Sie war der Meinung, daß es im Verhalten von Tieren keine Geheimnisse gab, die sich nicht enträtseln ließen – vorausgesetzt, man befaßte sich so intensiv mit ihnen wie mit einem Menschen.

Dr. Laurentis öffnete die Tür des Käfigs. Der Affe hüpfte ihr nicht entgegen wie sonst. Sie mußte ihn herausholen und in eine andere Abteilung tragen.

In dem alten, zum Labor umgebauten Kriegsbunker gab es auch Räume, die nicht an die Klimaanlage angeschlossen waren. Hier herrschte drückende Hitze von mindestens fünfundvierzig Grad. Dorthin brachte Francesca den immer wieder einschlafenden Affen. Jeder Laie hätte erkannt, daß er unter Wasserentzug litt. Seine Lippen waren trocken und rissig. Sie setzte ihn auf dem Labortisch vor eine Schüssel.

In das Blechgefäß goß sie eine eher trübe Flüssigkeit. »Salzwasser aus der Lagune«, erläuterte sie Einzelheiten ihres Versuchs.

Die Nasenflügel des Affen nahmen Witterung. Sofort, wenn auch ein wenig mühsam, näherte er sich der Schüssel, steckte den Finger hinein und versuchte von der Brühe nur eine Lippenprobe. Aber die fiel wohl nicht nach seinem Geschmack aus. Er trank nicht, sondern schnaubte wütend, obwohl er zweifellos von enormem Durst geschwächt war.

»Lassen wir ihn jetzt zwei Stunden allein«, entschied die Wissenschaftlerin. Sie mußte sich deutlich dazu zwingen.

Die Zeit verging. Im Bunker wurde die Temperatur schweißtreibend. Aber beharrlich weigerte sich der Affe, von dem brackigen Meerwasser zu trinken.

»Ich glaube, es ist soweit.« Mit diesen Worten entnahm Francesca dem Laborschrank eine Art Futternapf, in den sie geringe Mengen, etwa zwei Eßlöffel eines Pulvers geschüttet hatte.

»Das ist Silberjodid«, erklärte sie, »wie man es in der Fotografie verwendet.«

»Dachte, das sei eher gelblich.«

»Ich habe es anthrazitschwarz gefärbt.«

Diesen Napf stellte sie neben die wassergefüllte Schüssel. Es dauerte einige Zeit. Der Affe hockte nur so da. Zwei, drei Minuten, nicht länger, zögerte er. Allmählich schien es, als tauche aus dem Nebel seiner Erinnerungen oder seiner Instinkte etwas längst Verschollenes auf.

Vorsichtig nahm er eine Prise von dem Pulver zwischen die Finger, streute es in das Salzwasser, rührte es um und wartete geduldig noch eine Weile.

»Sechzig bis achtzig Sekunden braucht das Silberjodid, bis es zu wirken beginnt und sich zu Silberchlorid umsetzt«, flüsterte Dottoressa Laurentis aufgeregt. »Selbst das hat sich in Tausenden von Generationen in ihren Verhaltensnormen festgegraben und ist wohl durch Gen-Evolution vererbt worden.«

In atemloser Spannung wartete sie, wie es weiterging. Der Affe tauchte den Finger hinein, leckte ihn ab und schüttelte sich. Nach einer neuerlichen Geschmacksprobe begann er tatsächlich zu trinken. Er leerte die ganze Schüssel.

Verblüfft blicken sich die zwei Wissenschafter an.

»Es hat geklappt, es hat funktioniert!« rief Francesca euphorisch. »Damit schließt sich die Beweiskette!«

»Du meinst, daß noch andere Meteoriten, auch solche, die über Afrika niedergingen, diese Stoffe enthielten?«

Sie nickte heftig, wie ein Kind, das man fragt, ob Schokolade gut sei, und küßte Marco spontan ab.

»Den Affen muß seit Urzeiten die Wirkung des Meteormaterials bekannt sein, sonst hätten sie nicht überlebt. Sie verwenden es seit zwanzigtausend Jahren.«

»Und so ging es in ihre Instinkte ein, glaubst du?«

Polo wollte die Riesenfreude seiner Kusine nicht dämpfen, stellte aber trotzdem eine entscheidende Frage:

»Wie haben diese Affen dann den Weltraumvirus überlebt?«

Rasch fand sie eine Lösung. »Vielleicht fehlte er auch gänzlich. Der Afrika-Meteorit stammte womöglich aus einer anderen Galaxie.«

»Oder die Affen sind inzwischen dagegen immunisiert.«

»Das ließe sich nur durch eine gezielte Infektion herausfinden«, fürchtete Francesca.

»Du wirst auch das noch enträtseln. Wir sind doch beide von der verbiesterten Fakultät, oder?«

Doch zunächst fielen sie sich glücklich in die Arme.

Aus dem Kühlschrank ihres Wohnbunkers holte Francesca eine Flasche Spumante. Die leerten sie rasch.

Bei dieser einen Flasche blieb es nicht. Francesca servierte frischgebratene Sardinen dazu, Parmesano reggiano, Florentiner Weißbrot und Salami.

Aufgelockert stellte Polo seiner Kusine eine Frage: »Sind wir wirklich blutsverwandt, *cara mia*?«

»Ich glaube nein.«

»Fragen wir unsere gemeinsame Urgroßtante, Zia Pellegrini.«

»Die ist auch schon achtzig Jahre tot.«

»Gut, die Linien der Polos und der Laurentis' haben sich zweifellos irgendwo einmal gekreuzt. Aber das muß schon im Mittelalter passiert sein.«

Er wagte es nicht, ihr in die Augen zu sehen, als er alle Kühnheit zusammennahm und bemerkte: »Dann wäre es also kein Inzest ...«

»Was wäre kein Inzest? Meinst du, wenn wir miteinander bumsen?«

Ihre klare Definition machte ihm Mut. »Nicht mal eine Spur von Blutschande wäre es. Wer es besser weiß, soll seine Stimme erheben oder für immer schweigen, Kusine Francesca.«

Sie küßten sich heftiger. Ihre Lippen nagten sich blutig. Ihr Körper preßte sich an seinen, und beide, jung und ausgehungert, spürten die wachsende Erregung.

»Hier geht es nicht«, bedauerte Francesca schweratmend.

»Bunkerwände sind doch meterdick.«

»Meine Mitarbeiter haben feine Ohren, und sie halten mich doch mehr oder weniger für eine Heilige. Also muß ich mich auch entsprechend benehmen. Anders würde es hier draußen auf einer Insel – drei Männer und eine Frau – nicht gutgehen.« Sie flüsterte ihrem Cousin etwas ins Ohr. »Im Schilf. Das Schilf ist dicht.«

»Aber hart, Liebste, mit scharfen Halmen. Ich weiß etwas Feudaleres.«

Es war Abend geworden. Die Sonne stand tief. Die Konturen von Chioggia, die roten Dächer, Zinnen und Türme, zeichneten sich in der Ferne scharf ab. Die Vögel flogen tief auf der Jagd nach Insektenfutter.

Francesca begleitete Marco Polo zum Anleger. Sein Boot war ein Kajütkreuzer. Die Bezeichnung kam daher, daß es vor dem Hauptmast eine kleine Kajüte hatte.

»Mit Kojen?« fragte sie tonlos.

»Sogar mit Matratzen. Kapok ist besser als Stroh.«

Sie sprang vor ihm an Bord.

In der engen, schwankenden Kajüte fielen sie geradezu übereinander her. Im Nu hatte sie den Labormantel los, ihr T-Shirt über den Kopf gezogen und die Jeans abgestreift.

»Unterwäsche trage ich hier draußen nicht.«

»Das sieht man.«

»Ist es schlampenhaft, oder macht es dich an?«

»Finde ich gut«, gestand er. Im Moment war es ihm verdammt egal.

Schweratmend kroch sie in die Steuerbordkoje und zog ihn über sich. Ihre Beine umschlangen seine Hüften. Sie verbissen sich nahezu ineinander. Bald hörte er sie stöhnen.

»Seit meinem Studium hatte ich keinen Mann mehr ... und damals war das auch nicht die Offenbarung.«

»Dieser Zustand muß ein anderer werden, Francesca«, versprach er keuchend.

27

Die spanische Medienkampagne zeigte Wirkung. Eine erste Meldung des Senders *TV-Madrid* von einer unbekannten Infektionskrankheit durch extraterrestrische Viren versetzte die Welt in Panik. Dies um so mehr, als es kein Mittel dagegen gab und Tausende von Menschen bereits davon erfaßt sein sollten.

Eine Epidemie, hieß es, schlimmer als alle bisher bekannten, verbreite sich rasend schnell. Der geringste Kontakt mit Betroffenen führe bereits zur Übertragung. Mehr oder weniger direkt wurde die Regierung der GUS-Föderation als Verursacher beschuldigt. Trotz Warnungen habe sie verseuchte Objekte, die jahrhundertelang im Eis verkapselt lagen, herausgelöst und so den tödlichen Viren Zugang zu Wärme, zu Atmosphäre und zu menschlichen Individuen ermöglicht.

Niemand zweifelte daran, daß damit das ominöse Schiff im Eisberg gemeint war, den die Russen okkupiert hatten und nun quer über die Weltmeere schleppten. Bekräftigt wurde alles dadurch, daß die russische Regierung schwieg. Aus Moskau war keine Stellungnahme zu bekommen. Die Russen verhielten sich völlig uneinsichtig, als sei man taub gegen alle Vorwürfe.

Erst die offizielle Anfrage bei der UNO in New York zwang die Russen zu einer Erklärung. Geschickt stellten sie sich als Retter der Menschheit dar, indem sie behaupteten, daß das Schiff im Eis das Geheimnis enthalte, wie man die Trinkwasserprobleme der Welt lösen könne.

Die amtliche russische Nachrichtenagentur ließ sich darüber wie folgt aus:

»Kein Politiker, kein Wissenschaftler, kein einigermaßen gebildeter Mensch zweifelt daran, daß Trinkwasser auf der Erde bis zum Ende dieses Jahrhunderts so knapp wird wie Öl. Verheerende Auseinandersetzungen, nämlich der Kampf um Quellen, sind zu erwarten. Was gestern die Ölkriege waren, sind morgen die Wasserkriege. Es wäre ein Verbrechen an der Weltbevölkerung, nicht alles zu versuchen, um wenigstens Teillösungen herbeizuführen. Deshalb betrachtet es Rußland als seine Pflicht, alle vorhandenen Hilfsmittel zu aktivieren. Ein solches verspricht die seit vierhundert Jahren eingeschlossene Karavelle, von der die Spanier behaupten, es handle sich um ihre *Santa Lucia*. Rußland ist technologisch in der Lage, diese Aufgabe allein zu lösen. Daß es zu Infektionen epidemischen Charakters gekommen sei, ist eine der üblichen Übertreibungen von durch Interessengruppen gesteuerte Medien.«

Als Admiral Dominici diese halboffizielle Erklärung las, sagte er nur: »Das muß ihnen ihre Agentin, dieses polnische Biest Pola Barowa geflüstert haben.«

Das *Santa Lucia*-Problem ließ sich von nun an weder verheimlichen noch seine Entwicklung stoppen. Es war in den Blickpunkt der Öffentlichkeit gerückt. Viele Einzelmeldungen, besonders von Beobachtern im pazifischen Raum, ergaben ein verhältnismäßig klares Bild der weiteren Ereignisse.

Die Tokioter Tageszeitung *Nichi-Shimbun* etwa schrieb:

»Die Russen werden den Eisberg nicht auf natürliche Weise zum Abschmelzen bringen. Das dauert ihnen zu lange. Sie warten diesen sonnenbedingten Prozeß gar nicht erst ab, sondern beschleunigen ihn durch chemisch-physikalische Prozesse. Vielleicht sogar durch Einsatz magnesiumhaltiger Brandbomben.«

Philippinische Regattasegler berichteten, daß sie auf ihrem Kurs von der Insel Pitcairn nach Manila in einen Sperriegel russischer Flottenverbände geraten seien und gezwungen wurden, die Routen zu ändern. Ihre Funksprüche lauteten übereinstimmend: GROSSER FLOTTENVERBAND UM DEN EISBERG ZUSAMMENGEZOGEN – ALLE EINHEITEN FÜHREN RUSSISCHE FLAGGE – ES HANDELT SICH UM BERGUNGSDOCKS, FRACHTER, LAZARETTSCHIFFE – AUCH HUBSCHRAUBERTRÄGER GESICHTET – ZWISCHEN EISBERG UND SCHIFFEN EIN STÄNDIGES HIN UND HER MIT BOOTEN WIE AUCH MIT HELIKOPTERN.

Die auf der Insel Sachalin tätige amerikanische Ärztin Dr. Muriel Pleshman – sie hielt in einem Austauschprogramm Kurse für russische Anästhesisten ab – schrieb an ihre Heimatuniversität, daß immer mehr russische Ingenieure, Techniker, Taucher, Seeleute und auch Wissenschaftler vom pazifischen Einsatzgebiet in heimatliche Lazarette geflogen würden. Wörtlich: »Trotz aller Vorsichtsmaßnahmen haben sie sich infiziert und andere Personen angesteckt, woraufhin diese wiederum die Keime an weitere Kontaktpersonen übertrugen. In unglaublicher Geschwindigkeit beginnt sich die Virusinfektion auszubreiten. Die Russen stehen der seuchenartigen Epidemie nahezu hilflos gegenüber. Sie versuchen ihr mit überholten klinischen Mitteln zu begegnen, etwa in der Art, wie man Läusebefall bekämpft. Sie arbeiten mit DDT, Lysol und ehrwürdigen Antibiotika-Kombinationen. Die Katastrophe gerät ihnen aber völlig außer Kontrolle. Die Südspitze der Insel Sachalin ist vom Militär geräumt worden. Ein ganzer Landstrich, Tausende von Quadratkilometern, wird als Quarantänestation vorbereitet, abgeschirmt wie ein deutsches Konzentrationslager oder ein sibirischer Gulag. Selbst Tiere, die versuchen, die Grenzen zu passieren, werden von Jägern mit Maschinenpistolen abgeschossen.«

Soweit Dr. Muriel Pleshman aus Alexandrowsk am Tataren-Sund.

Nicht einmal den größten Arzneimittelfirmen der Welt war es bisher gelungen, den *Santa Lucia*-Virus zu isolieren.

»Nur soviel ist absolut klar«, äußerte sich einer der amerikanischen Wissenschaftler von Dupont, »der Virus ist hundertmal so kräftig und so schwierig zu bekämpfen wie der HIV-Erreger.«

Ein deutscher Professor der Universität Regensburg, Spezialist für Urbakterien, hielt einen richtungweisenden Vortrag, was die Möglichkeit des Vorhandenseins eines Erregers in Meteorgestein betraf.

»Diese Mikrobakterien«, erläuterte er einem Fachgremium im Club of Rome, »sind praktisch nicht zu besiegen. Wir kennen welche, die leben in kochendheißem Schlamm, in den Tiefen der Meere, in der Glut der Wüsten und im ewigen Eis. Sie können ohne weiteres die Reise von einer fremden Galaxie zur Erde, eingeschlossen in Meteorerz, überstehen. Wir nennen sie Archae-Bakterien. Kein Lebensraum ist ihnen zu extrem. Wir haben sie schon vor dreißig Jahren zum ersten Mal beschrieben. Es sind exotisch anmutende Mikrowesen. Sie durchlaufen oft blitzartige Evolutionen, produzieren Eiweißstoffe mit verblüffenden Eigenschaften, die der Biochemie sowohl hilfreich sein können, die aber auch die Entwicklung absolut tödlicher Viren hervorrufen.«

In den USA behauptete der Astronom Joe Burns bei einer Fachtagung in Tucson/Arizona: »Seit Jahrtausenden wird gerätselt, geforscht, spekuliert nach außerirdischen Lebensformen in den Weiten des Weltalls, nach Marsmenschen und dem Ursprung menschlichen Lebens. Könnte es nicht sein, daß wir selbst die ›Grünen Männchen‹ vom Mars sind? Haben vielleicht Meteoriten vom Mars das Leben auf die Erde gebracht?« Dazu lieferte er folgende Erklärung: »Der Mars besitzt keine Atmosphäre wie die Erde, darum schlagen dort wesentlich mehr Meteoriten ein. Teilweise treffen sie mit der Wucht einer Bombenexplosion auf. Unzählige Stücke der Marsoberfläche werden in alle Richtungen gesprengt und fliegen auch zur Erde. Die meisten dieser Stücke der Marsoberfläche fliegen an uns vorbei oder verglühen in der Erdatmosphäre. Doch etwa sieben Prozent der Marsgeschosse erreichen unseren blauen Planeten. Darunter befinden sich einige, auf denen Wissenschaftler der US-Weltraumbehörde NASA Überreste einfachen Lebens entdeckt haben.« Burns erklärte weiter, daß seinen Forschungen zufolge Lebensformen vom Mars durchaus die Erde erreicht haben könnten. Die Meteoriten schlügen sechs Monate nach Verlassen des Mars ein. »Studien haben gezeigt, daß mikroskopisches Leben mindestens sechs Monate, auch unter extremen Weltallbedingungen, überleben kann.« Er führte noch weitere Beispiele auf, nämlich daß Wissenschaftler auf einem Satelliten, der vierzehn Monate im Weltraum kreiste, Mikroben irdischen Ursprungs entdeckt hatten. Astronauten fanden auf einer Sonde, die Jahre vor der Mondlandung dorthin geschickt worden war, noch lebende Mikroben. Burns beendete seinen Vortrag mit folgenden Worten: »Falls es Leben auf dem Mars gibt, dann ist es durchaus möglich, daß es die Erde erreichte.«

Entgegen den üblichen Geschäftsinteressen stellten alle führenden Pharmakonzerne den Russen ihre neuesten Antiviren-Cocktails zur Verfügung. Kombinationen, die eigentlich gegen Aids eingesetzt werden sollten.

Erst lehnten die Russen die Hilfe ab. Sie hätten keine Probleme, alles seien nur Gerüchte, wurde verlautbart. Schließlich akzeptierten sie die Hilfe aber doch. Leider hörte man wenig über ihren Einsatz.

Wie sich aber herausstellte, zeigte keines der Mittel irgendeine Wirkung.

Die Regierungen der großen Staaten der Erde, vertreten durch den UNO-Generalsekretär, stellten der russischen Föderation ein Ultimatum.

Die GUS sollte das *Santa Lucia*-Projekt mit all seinen Folgen offiziell zu einem internationalen Problemfall erklären, denn man befürchtete das Schlimmste.

Zwischen Washington und Moskau fand ein Notenwechsel statt, der im Ton immer schärfer wurde. Der amerikanische Präsident drohte sogar mit dem Einsatz von Gewaltmaßnahmen, um die Weltgefahr wenigstens unter Kontrolle zu bringen.

»Ausschalten können wir die Katastrophe sowieso nicht«, meinte einer der Präsidentenberater. »Es geht nur noch um Schadensbegrenzung.«

In der UNO wurde die Exekutive des Weltsicherheitsrats, zusammengesetzt aus China, Rußland, Amerika, England und Frankreich, einberufen. Dies mehr oder weniger als Alibimaßnahme, weil die Russen, welche diesem Gremium angehörten, es natürlich durch ihr Veto sofort lahmlegen und jede Art von Beschlüssen außer Kraft setzen konnten.

Was sie dann auch prompt taten. Sie hoben die rote Karte.

28

Verärgert griff der Präsident der USA zum Hörer des roten Telefons, das ihn direkt mit dem Staatschef Rußlands in Moskau verband. Es war schon zum zweiten Mal an diesem Tag. Als Führer der größten Weltmacht fühlte sich der Präsident für das *Santa Lucia*-Problem verantwortlich.

Erst beim dritten Versuch wurde in Moskau abgehoben. Der Mann am anderen Ende der Leitung sprach nur Russisch, und ein Dolmetscher war nicht zur Stelle. Also nahm der Amerikaner seinen eigenen Interpreter zu Hilfe.

»Ich muß den Staatspräsidenten sprechen.« Und mit Betonung: »Persönlich!«

Es ging hin und her, bis sich herausstellte, daß der Generalsekretär abwesend war.

Der Präsident in Washington wurde ungeduldig: »Dann seinen Stellvertreter«, verlangte er.

Es dauerte eine Weile. Immerhin sprach der nächste, wer immer er war, einigermaßen verständliches Englisch.

Der amerikanische Präsident schilderte ihm die Lage und beendete seinen Satz mit einem Vorwurf: »Warum stellt sich Ihre Regierung taub, als wäre sie tot? Auf Proteste und UNO-Beschlüsse reagieren Sie überhaupt nicht. Wo kommen wir da hin?«

Der Mann am Ende des heißen Drahtes war zweifellos überfordert. »Der Genosse Staatspräsident«, stotterte er, »weilt derzeit in Nordsibirien und ist nicht erreichbar. Ich habe durchaus verstanden, um was es geht, Mister President, Sir, aber auf die Dinge, die Sie ansprechen, haben wir hier leider keinen Einfluß. Wladiwostok liegt im Bereich der mandschurischen USSURIJSK Republik und gehört nur noch lose zu Rußland. In bezug auf die Vorgänge dort, ebenso wie in Sachalin und Kamtschatka, sind uns die Hände gebunden.«

Der Amerikaner unterdrückte einen Arkansas-Fluch. »Wer, zum Teufel, ist der hierfür zuständige Politiker?«

»Das ist mir nicht bekannt, Mister President. Das Gebiet liegt siebentausend Kilometer von Moskau entfernt.«

Der Amerikaner geriet in Zorn, beherrschte sich aber noch: »Wann kommt der Generalsekretär nach Moskau zurück?«

»Er ist nicht Generalsekretär, Sir, denn es gibt keine KPdSU mehr, ebensowenig wie es eine Sowjetunion gibt. Ich bin sicher, daß Ihnen das bekannt ist. Ich werde den Präsidenten der GUS-Staaten über unser Gespräch schnellstens informieren, Sir. Er wird Sie dann gewiß zurückrufen.«

Wütend warf der Amerikaner den Hörer zurück auf die Gabel und machte sich Luft. »Verdammt und zum Teufel, wozu brauchen wir überhaupt noch ein rotes Telefon?«

»Seit Jahren geht im Osten alles drunter und drüber«, kommentierte sein Stabschef. »Auch das haben wir dem feinen Herrn Gorbatschow und seinen verrückten Ideen von Perestroika und Glasnost zu verdanken.«

»Das frühere Chaos war mir lieber«, gestand der US-Präsident, »da konnte man den Laden und diese roten Sturköpfe besser berechnen.«

Er hatte erhebliche Probleme. Sowohl vom Kongreß wie vom Senat wurde er bedrängt, wegen der *Santa Lucia*-Epidemie eine Entscheidung herbeizuführen. Aber wie immer ließ der sportliche Mann mit dem Babyface seine Sorgen nicht nach außen dringen.

Spät nachts trat im Weißen Haus ein Spitzengremium zusammen. Anwesend waren die Berater des Präsidenten, verstärkt durch die Chefs der Geheimdienste, die Spitzen des Pentagon sowie eine Handvoll bewährter NATO-Befehlshaber.

Um der Zusammenkunft ihren intimen Charakter zu belassen, saßen die Gentlemen im Oval-Office um den Schreibtisch des Präsidenten herum. Verschiedene Möglichkeiten der Krisenlösung wurden erwogen. Unter anderem die Stärke des Drucks, den man ausüben konnte.

Aber wo lag die Grenze?

»Man muß selbstverständlich auch eine kriegerische Reaktion Rußlands einkalkulieren«, gab der Pentagon-Chef zu bedenken.

»Aber was ist größer? Dieses Risiko einzugehen oder die Gefahr einer Weltepidemie?«

Ein Vier-Sterne-General, der Chefstratege der Armee, bedrängte den Präsidenten: »Darf ich Sie daran erinnern, Sir«, sagte er, der Falke unter allen Beratern, »wie hart und eisern Präsident Kennedy 1962 vorging, als er drohte, die sowjetischen Raketenfrachter für Kuba zu versenken? Damals gab Chruschtschow, Generalsekretär und praktisch Herrscher über die seinerzeit noch mächtige UdSSR, klein bei. Er zog den Schwanz ein und die Raketenfrachter zurück.«

Eine warnende Stimme erhob sich. »Heute ist Rußland zwar zersplittert und schwach, doch hat es noch seine Atombomben und Atomraketen.«

»Aber es wird wieder nachgeben«, bekräftigte der General seine Meinung. »Einen Krieg können die gar nicht finanzieren.«

Dessen waren sich die anderen Berater nicht so sicher.

»Unterlegenheit führt oft zu Überreaktionen«, warnte der Pentagonchef.

Die Gruppe der NATO-Offiziere, angeführt von dem deutschen Admiral Dominici, nahmen die Position der Tauben, der Schlichter ein. Dominici, der die russische Situation am besten kannte, erklärte dem Präsidenten, um was es Moskau ging.

»Den Russen kommt es gewiß nicht auf die lächerlichen paar Tonnen Gold und Silber an, die sich möglicherweise an Bord der *Santa Lucia* befinden sollen. Es geht ihnen um den Meteoriten und die Kräfte, die man ihm beimißt. Angeblich enthält er ein Mineral, das Meerwasser auf einfachem Wege entsalzt. Eine Substanz also, deren Analyse und Herstellung den Russen Milliarden einbringt.«

»Worauf ihre Wirtschaft dringend angewiesen wäre«, wurde Dominici unterstützt.

Der Präsident schien nicht gut informiert zu sein und stellte interessiert folgende Frage: »Woher haben die Russen Kenntnis darüber? Woher wissen sie offensichtlich mehr als wir?«

»Das ist eine ziemlich lange Geschichte, Mister President, und ich möchte Sie nicht langweilen«, erklärte Dominici.

»Tun Sie es lieber doch«, bat ihn der Präsident, »reine Informationen sind selten unterhaltsam.«

Also berichtete Dominici von einer polnischen Studentin namens Barowa, die man in Venedig bei seinem Mitarbeiter, einem italienischen Historiker, als Assistentin eingeschleust hatte. »Dieser Dr. Polo hat in Aufzeichnungen seines Urahns, des Ostasienreisenden Marco Polo, Hinweise auf wasserdesinfizierenden Meteoritenstaub gefunden. Die Staubprobe war plötzlich verschwunden und wenig später auch die Polin. BND-Recherchen ergaben, daß sie für den Nachfolgedienst des ehemaligen KGB tätig ist.«

Der US-Präsident, Liebhaber solcher Stories, zeigte sich angeregt. Er ließ sich darüber aus wie über einen schlechten Film, kam dann aber rasch wieder zur Sache. Es war schon weit nach Mitternacht.

»Jetzt bitte realisierbare Vorschläge, Gentlemen«, drängte er dann.

»Es gibt nur einen vernünftigen, Sir«, eröffnete ihm ein Navy-Admiral, »nämlich den Eisberg durch einen Atomschlag zu versenken.«

Das Wort Atomeinsatz rief immer den stärksten Eindruck hervor. Und meist betretenes Schweigen.

Admiral Dominici vermochte diese Idee gerade noch durch eine andere abzuwenden. »Schlage vor, daß ein U-Boot einen ähnlichen Eisberg zu Testzwecken zunächst mit normalen Torpedos beschießt«, lautete sein Kompromiß.

Dieser Rat wurde mit Erleichterung akzeptiert.

Wettersatelliten machten einen passenden Eiskoloß aus, der in den Abmessungen etwa dem *Santa Lucia*-Eisberg entsprach. Er trieb jedoch im nördlichen Eismeer.

Deshalb wurde ein Atom-U-Boot der Philadelphia-Klasse, das zwischen Spitzbergen und Grönland patrouillierte, auf diesen Klotz aus gefrorenem Wasser angesetzt. Das Boot nahm Kurs Richtung Franz-Josefs-Land und ortete bei 85° Nord, 70° Ost und Dunkelheit tatsächlich das ausgesuchte Objekt.

In der Polarnacht kam das einer Meisterleistung an Präzisionsnavigation gleich.

Das U-Boot, das tagelang mit Höchstgeschwindigkeit in Tauchfahrt Richtung Pol gelaufen war, traf so zielgenau auf das Objekt, als handle es sich um eine Verabredung am Broadway.

Zunächst fuhr der Kommandant einen schulmäßig verlaufenden Angriff mit normalen Aalen. Er ließ die Bugrohre mit Elektrotorpedos und Semtex-Sprengköpfen durchladen. Seine Stimme klang so sachlich kühl wie die eines Zugführers.

»Ansage für Schußrechner.«

»Computer auf Nullstand plus E-6 Base, Sir.«

»Entfernung vierzig hundert, Tiefe sechzig Fuß, Gegnergeschwindigkeit null.«

»Schußwerte eingespeichert, Sir. Frage: Torpedowerte?«

»Dreißig Knoten. Tiefe zehn Fuß.«

»Lage laufend geschaltet.«

Sekunden später erfolgte das Kommando: »Feuer!«

Der Torpedo wurde magnetisch ausgestoßen, schnürte wundervoll gerade auf den Eisberg zu, traf ihn etwas seitlich von der Mitte rechts und detonierte.

»Das reinste Scheibenschießen«, kommentierte der Kommandant grinsend.

Die Explosion war im Sehrohr zu erkennen und im Boot zu hören. Sie kratzte den Eisberg jedoch kaum an.

»Das war weniger als ein Mückenstich gegen einen Elefantenarsch«, bemerkte der Erste Offizier.

Kurz entschlossen befahl der Kommandant: »Dreierfächer, Entfernung bleibt. Tiefe bleibt. Torpedogeschwindigkeit bleibt.«

Wenig später erfolgte die Meldung von vorn: »Bugrohre klar!«

Als er den Eisberg wieder im Fadenkreuz hatte, erfolgte das Feuerkommando: »Und ab!«

Der zweite Angriff unterschied sich vom ersten nur geringfügig. Die Torpedos trafen präzise. Vielleicht war die im Boot spürbare Explosion diesmal etwas stärker. Doch wieder mit enttäuschendem Ergebnis.

»Er tut nicht einen Hüpfer«, kommentierte der Kommandant, »gerade daß er ein wenig taumelt.«

»Der wundert sich nicht mal«, spottete der Torpedooffizier.

Per Video wurde der Treffer über die Sehrohroptik aufgezeichnet und später der Besatzung vorgeführt. Doch mehr als eine gewaltige Fontäne, eine Mischung aus schwarzem Explosivstoff, Wasserstaub und schneeartigen Eispartikeln war nicht zu erkennen. Der Unterwassertreffer erzeugte auch keinen Detonationsblitz.

Der Erste Offizier tippte Zahlenreihen in seinen Rechner.

»Schätze, um Eisberge dieser Größe wirklich zu zerstören, bedarf es eines Atomtorpedos oder einer Polaris-Rakete.«

Das Boot setzte die Meldung nach Washington ab. Wenig später kam von dort der Befehl zur Beendigung des Manövers und Rückkehr auf alte Position.

Der Endvierziger im taubenblauen Anzug war grau im Gesicht.

»Ein Atomschlag ist, wenn Sie konsequent sein wollen, Sir, die einzige erfolgversprechende Möglichkeit.«

Dies äußerte der amerikanische Verteidigungsminister nachdrücklich. Aber der Präsident wehrte sich noch.

»Die Mehrheit des Beraterstabes rät mir von einer solchen Maßnahme ab«, betonte er. »Sie ist schon insofern zu gefährlich, als sich der Eisberg längst in vielbefahrenen Meeren mit belebten Küsten befindet. Die Festlandsbereiche von Sachalin und den Japanischen Inseln sind nahe. Dort leben Millionen Menschen. Man bedenke den Fallout. Und vielleicht ist der Eisberg am Ende sogar atomfest.«

»Aber die Zeit drängt, Mister President.«

»Haben Sie denn keinen besseren Vorschlag, General?«

Der Pentagonchef gestand seine Ratlosigkeit ungern ein: »*Sorry,* Sir.«

Zu diesem kritischen Zeitpunkt, als die Entscheidung Spitz auf Knopf stand, erreichte den NATO-Admiral Maximilian Dominici, der noch in Washington weilte, ein dringender Anruf aus Italien.

29

Spät abends bekam Dr. Polo noch Besuch. Im Schutze der Dunkelheit war seine Kusine längs der Lagune nach Venedig gefahren und im Canal Orbanello, vor den Landungsstegen von San Marco, in den Canal Grande eingebogen. Jenseits Rialto hatte sie ihr Boot an den Pfählen des Palazzo Polo festgemacht. Jetzt bewegte ihre Hand heftig den Türklopfer des Hauptportals.

Polo selbst öffnete ihr. Sein Personal war längst zur Ruhe gegangen.

»Dich treibt es zu mir, Francesca?« fragte er erstaunt. »Da muß etwas Fundamentales vorgefallen sein. Oder quält dich die Sehnsucht?«

»Nein, Wichtigeres.«

Sie umarmten sich kurz. Polo brachte sie in sein Arbeitszimmer im ersten Stock.

Kaum hatte Francesca die naßgegischtete Regenhaut abgelegt und einen Schluck Grappa zu sich genommen, begann sie mit gedämpfter Stimme: »Die Theorie ist jetzt entwickelt. Mit meinem Assistenten, dem Tiermediziner, habe ich jeden Schritt protokolliert.«

»Du meinst das Affentheater.« Es klang abfällig. Und das war Absicht.

»Spar dir den Spott«, flüsterte sie scharf.

»Du kannst ruhig laut sprechen«, bemerkte Polo, »meine Haushälterin schläft, und Lorenzo ist fast taub.«

Sie schaute sich um. »Gibt es Abhörmikrofone?«

»Wir hatten einen lebendigen Lauscher, diese Polin, aber sie ist über alle Berge.«

Ein wenig akademisch entwickelte Francesca, was sie vorhatte: »Wie schon mit dir besprochen, möchte ich den *Santa Lucia*-Virus meinem libyschen Wüstenaffen injizieren. Ob das sinnvoll ist, darüber haben wir längst diskutiert. Jetzt, angesichts der sich ausbreitenden Epidemie, ist es möglicherweise nicht nur sinnvoll, sondern sogar notwendig.«

»Und wenn dein kleiner Herzbube dabei stirbt?«

»Dann ist das die Variante Nummer eins. Die zweite Möglichkeit wäre, daß diese Rasse, oder schränken wir ein, diese Sippe, gegen den SL-Virus immunisiert ist. Eine Chance besteht immerhin, denn auch der SL-Virus stammt aus Meteorgestein, wie es die Wüstenaffen seit Hunderten von Generationen benutzen. Zumindest ergab das unser Wassertest.«

»Und worin besteht dein Problem?« fragte Polo, obwohl er es zu kennen glaubte.

Sie äußerte es geradeheraus: »Wie ist eine Viruskultur zu beschaffen?«

Beiden war klar, daß es nur einen Weg gab. Sie mußten Admiral Dominici einschalten.

Frische Weinstrünke prasselten im Kaminfeuer, Funken stoben mit dem Rauch in den Abzug. Marco öffnete eine Flasche Barolo und versuchte, seine Kusine zu verführen. Doch Francesca verhielt sich abwehrend. Sie klemmte die Knie zusammen und ließ seine Finger nicht zwischen ihre Beine vordringen.

Verunsichert erkundigte er sich: »War es so schlecht, *amore mia?*«

»Im Gegenteil, Marco.«

»Was dann?«

»Gesundheitliche Gründe, ein Damenproblem, mein Herr.«

Er glaubte ihr nicht, hielt es für einen Vorwand und rief erst einmal Dominici an.

In Brüssel saß der Admiral noch im Büro, als das Telefon summte. Der Anruf kam über die normale unverschlüsselte Amtsleitung. Was ihm seine italienischen Mitarbeiter Polo und Laurentis zu sagen hatten, war nicht geheim und bedurfte nur weniger Worte.

»Ihr braucht also einen *Santa Lucia*-Virus«, verstand Dominici.

»Möglichst astrein, Max.«

Der Admiral versprach, alles zu versuchen, schaute auf die Uhr und fragte trotzdem seinen Assistenten, einen Oberstleutnant der Bundesluftwaffe. »Wie spät ist es jetzt in Kalifornien?«

»Minus zehn Stunden, würde ich sagen.«

»Dann sind die drüben noch erreichbar«, rechnete Dominici.

»Ihr hört von mir«, versprach er den Venezianern.

Er erreichte auch seinen Kontaktmann bei den dortigen CIA-Labors. Nach kurzer Begrüßung »hallo« und »*what's the matter*« kam er zum Thema.

»Ihr arbeitet doch mit diesen *Santa Lucia*-Keimen, Jack.«

»Ja, wir stellen unter strengster Sterilität Kulturen her«, wurde dem Deutschen bestätigt.

»Wir brauchen hier dringend eine Mikromenge für Versuchszwecke, Jack.«

Die typisch amerikanische Freundlichkeit seines Gesprächspartners verlor sich binnen Sekunden. Er räusperte sich deutlich. »Tut mir leid, Max. Die Herausgabe ist verboten.«

»Für alle Abteilungen?« zweifelte Dominici. »Auch für mich, für Leute also, die euch an das Problem heranführten, oder auch für die amerikanische Heilmittelindustrie?« Das klang höhnisch und war so gemeint.

Natürlich wußte Dominici, wo dem Amerikaner der Schuh drückte. Und er glaubte, die Gründe zu kennen. Trotzdem versuchte er es mehrmals, denn es wäre der bequemste Weg gewesen.

Leider blieb der Amerikaner stur. Gewiß hatte er strikte Anweisungen von oben.

»Geht diesmal auch nichts unter dem Motto: Eine Hand wäscht die andere, Jack?«

»*Sorry,* alter Freund. Würde mich den Kopf kosten.«

Dominici probierte es ein letztes Mal: »Es dient einem karitativen Zweck für Arme und Kranke.«

Dem Amerikaner war es zweifellos unangenehm, daß er ablehnen mußte. »Wenn es von mir abhinge, dann gern, Max. Aber leider hängt es nicht von mir ab. Die ganze Angelegenheit wurde gestern mit ›Cosmic‹, also höchster Geheimhaltungsstufe, belegt.«

Dominici gab sich ein wenig eingeschnappt. »Dann muß ich es anderweitig versuchen, Jack. Danke für dein Entgegenkommen.«

Der Amerikaner lachte gequält. »Na dann, viel Glück, Max.«

Dominici legte den Hörer nicht gerade sanft auf, schimpfte anhaltend und sagte zu seinem Assistenten:

»Natürlich nehmen ihre Biochemiker zwischen Ost- und Westküste Tag und Nacht Analysen und Tests vor.«

»Die amerikanische Arzneimittelindustrie hat eine enorm starke Lobby, Herr Admiral.«

»Logo. Die möchten sich das Milliardengeschäft eines Gegenmittels nicht entgehen lassen. Hinzu kommt noch der unter Wissenschaftlern übliche Forscherneid – wer hat den längeren Penis im Reagenzglas. Auch Stolz, Animositäten und Ruhmgeilheit nicht zu vergessen.«

»Ohne Ehrgeiz keine Ergebnisse, Herr Admiral.«

»Ohne Ellbogen auch nicht. Für diese Leute gibt es im Grunde nur drei erstrebenswerte Ziele: Karriere bis zum Professor, den Nobelpreis und Kohle, am besten ein ganzes Bergwerk davon. Wenn mir einer von diesen Typen jemals noch damit kommt, er hätte ein humanes Anliegen, dann trete ich ihm höchstpersönlich in den Arsch.«

Eine Weile herrschte Stille. Dominici nahm einen späten Whisky und rauchte eine Zigarre an. Stets ein Zeichen dafür, daß er nachdachte. Dabei murmelte er mehrmals vor sich hin: »Die Frage ist nun, wie kommt man an dieses verfluchte *Santa Lucia*-Gelumpe ran.«

Geheimdienstchefs verfügen meist über weltweite Verbindungen. Maximilian Dominici jedoch hatte die weitreichendsten. Als alter Widersacher des ehemaligen sowjetischen Geheimdienstes KGB kannte er die kalten Krieger des Ostblocks persönlich. Manche waren ihm dabei zu Freunden geworden.

Unvermittelt schlug er mit der flachen Hand auf die

Schreibtischplatte und rief: »Admiral Sekopow! Auf den geht doch diese mistige Eisbergaktion zurück.«

»Der könnte helfen«, pflichtete ihm der Oberstleutnant bei, »wenn er mag.«

»Aber er wird mich fragen, was er davon hat«, bemerkte Dominici. »Inzwischen sind die doch alle mafiosisch verseucht.«

Sofort machten sie sich daran herauszufinden, wo der russische Admiral zur Zeit steckte. Dafür gab es eine Spezialabteilung im NATO-Hauptquartier Brüssel, genannt »Das Postamt«. Dort registrierte man die Position von Atom-U-Booten, von Atomraketen tragenden Fernbombern, die Standorte der Spionagesatelliten, ebenso wie die Länder, in welchen die gefährlichsten Feindagenten und Spione gerade arbeiteten. Auch wußte man jederzeit, wo sich die führenden Köpfe der Welt gerade aufhielten. Mitunter war dieses System nicht lückenlos. Aber in bezug auf Admiral Sekopow funktionierte es.

»Entweder ist er im Flottenstützpunkt Wladiwostok oder auf dem Weg dahin«, meldete die Zentrale.

»Stellen Sie mir so blitzschnell wie möglich eine Verbindung mit ihm her!« forderte Admiral Dominici. »Egal wie. Über Funk oder Telefon. Ist mir schnurzpiepe, was es kostet und ob Geheimvorschriften dadurch verletzt werden.«

»Das kann dauern, Herr Admiral.«

»Ich warte. Wer mir als erster die Verbindung herstellt, kommt eins rauf. Dafür sorge ich.«

Es dauerte nur sechzehn Stunden, dann hatte Dominici den Russen am Apparat.

Die Verbindung war schlecht. Der alte Seebär

krächzte in einem verschleimten Pidgin-Englisch, das jeden Zweifel ausschloß, daß er es war. »Wenn du dich rührst, Max, droht der Weltuntergang«, fürchtete der Russe.

»Die Welt ist schon halb kollabiert, Sekopowitsch.«

»Was willst du von mir, Max? Spuck's aus!«

»Den Gegenwert für eine Kiste feinster Havannazigarren, handgewickelt, auf der Innenseite von Jungfrauenschenkeln und eine Kiste Whisky deiner Spezialsorte. War das nicht Glenfiddich?«

»Genau der, der sich so schwierig ausspricht. Doch ob der Handel gut ist, hängt davon ab, was du von mir verlangst.«

»Nur ein Hundertstel Gramm von etwas«, deutete Dominici an.

»Das Gewicht spielt keine Rolle. Auf das Etwas kommt es an.«

Der Deutsche wußte das und fackelte nicht lange herum: »Eine Probe von dem isolierten SL-Virus.«

Dominici hatte mit derselben Ablehnung gerechnet wie bei den Amerikanern. Aber der Russe zeigte sich kooperativ. Für Sekopow schien das kein unüberwindbares Ansinnen zu sein. Auf der Ebene alter Feindseilschaften ging alles immer erstaunlich schnell. Wahrscheinlich hatte sich auch die Strategie der Russen geändert. Zweifellos sahen sie allein kein Weiterkommen bei dem *Santa Lucia*-Dilemma mehr. Zumindest nicht ohne die Hilfe anderer. Mit Sicherheit hatten sie auch den Eisbergbeschuß des amerikanischen U-Bootes nördlich ihrer Hoheitsgewässer registriert und daraus gefolgert, daß es der NATO jetzt verdammt ernst wurde mit ihren Drohungen.

Admiral Sepokow brummte erst herum und fragte dann, wohl um sich nicht billig zu verkaufen: »Und was habe ich davon, Gospodin Maximilianowitsch?«

»Die Ehre«, sagte Dominici, wie immer sich diese auch darstellen mochte.

»Davon habe ich die ganze Brust voll Blech.«

»Aber es müßte schnell gehen.«

»Mit Hundeschlittenexpreß meinst du.«

»Einem eurer Passagierflugzeuge würde ich diese gefährliche Fracht nicht anvertrauen. Die Kisten der Aeroflot fallen in letzter Zeit zu häufig herunter.«

»Wir haben ja noch unsere MiG-29-Jäger«, erwähnte Sekopow. »Du kriegst den Dreck, Gospodin.«

Von einer Luftbasis in Sachalin aus wurde die MiG mit drei Zusatztanks unter dem Rumpf versehen. Sie faßten extra 2500 Liter und erhöhten die Reichweite des einsitzigen taktischen Kampfflugzeuges auf 2600 Kilometer. Die MiG nahm einen Isolierkoffer an Bord, der aus Aluminium bestand und innen mehrere Styroporschichten hatte. Eingebettet darin lag eine winzige Glasampulle, nicht größer als ein Kinderdaumen.

Nach dem Start stieg die MiG sofort auf zwölftausend Meter, wo sie eineinhalbfache Schallgeschwindigkeit erreichte.

Über Tschila in Ostsibirien wurde sie in der Luft betankt. Dann noch einmal bei Irkutsk am Baikalsee. Auf dem Luftwaffenstützpunkt Tomak mußte sie dann aus Wartungsgründen herunter. Dort hatte Admiral Sepokow für eine Weiterführung der Stafette gesorgt. Eine zweite MiG stand bereit. Nach dem Auftanken nahe

Baku und ein letztes Mal über dem Schwarzen Meer erreichte der Düsenjet europäisches Gebiet. Auf kürzestem Weg flog er weiter Richtung Bulgarien, Jugoslawien, auf Italien zu.

Aus Adriawolken tauchten zwei Punkte am Horizont auf. Es handelte sich um italienische NATO-Düsenjäger vom Typ Tornado. Sie geleiteten die russische MiG zum Stützpunkt Piacenza.

Die Ankunft des Kurierjägers der roten Luftflotte war auf die Minute vorher angekündigt worden. Seine Pünktlichkeit überraschte niemanden, denn man hatte den ganzen Flug per Satellitenradar verfolgt. Als er weit draußen am Ende der kilometerlangen Piste das Fahrwerk ausfuhr, aufsetzte und landete, war Dr. Polo als Empfänger der Viren bereits zur Stelle.

Mit pfeifenden Turbinen rollte die MiG bis zu den Hangars. Dort stellte der Pilot die Triebwerke ab. Das Flugzeug knisterte vor Hitze, stank nach heißem Öl und Kerosin.

Zischend hob sich die gläserne Haube. Der Pilot in ockerfarbenem Overall stieg aus, kletterte die Cockpitleiter herunter und überreichte Dr. Polo den Koffer. Ohne besondere Umstände und irgendwelche bürokratische Mätzchen wie zehnfache Empfangsbescheinigung et cetera. Es schien, als würde der Pilot den Venezianer kennen.

Polo wollte sich bei ihm mit herzlichem Händedruck bedanken, weshalb der Pilot den Handschuh auszog. Seine Finger waren merkwürdig schmal, die Nägel lackiert und der Griff nicht sehr männlich. Doch erst, als der Pilot den Überschallhelm abnahm und das Haar nach hinten schüttelte, bemerkte der Venezianer, daß es sich um eine Pilotin handelte. Noch mehr überraschte ihn, daß er dieser Frau schon begegnet war.

»Pola Barowa!« stotterte er verblüfft. »Wahnsinn! So sieht man sich wieder.«

»Ich denke, ich war in Ihrer Schuld, Dottore«, erklärte die Spionin, die wie alle erstklassig ausgebildeten Agenten auch eine Pilotenlizenz besaß. Dem Dienstgradabzeichen nach zu urteilen, war sie Stabsoffizier der Luftwaffe.

»Damit wären wir also quitt, Genossin Oberst«, faßte sich der Venezianer und lächelte, wenn auch mit gebotener Zurückhaltung.

»Und keiner nimmt dem anderen noch etwas übel, Signor Polo.«

Er verhielt sich, als hätte er fast so gut wie alles vergessen.

»Ich weiß gar nicht, wovon Sie sprechen, Oberst Barowa«, sagte Polo auf seine charmante Italienerart.

30

Im Beisein ihres Vetters Marco Trentuno Polo öffnete die Biozoologin den Affenkäfig und holte das hellhaarige Kerlchen heraus. Fröhlich sprang der Affe – er war jetzt so groß wie ein vierjähriger Knabe – auf ihre Schulter, umarmte sie und begann, weichschnutig an ihrem Ohr zu knabbern.

»Deinem Liby geht es heute *benissimo*«, meinte Polo etwas abfällig.

»Hoffentlich hält das an.«

Die Injektion des *Santa Lucia*-Virus wurde vorbereitet. Der Assistent von Dr. Laurentis, ein ausgebildeter Tiermediziner, sägte den Hals der Glasampulle ab, zog den Inhalt auf eine Spritze und achtete dabei auf absolute Sterilität.

»Müssen wir nicht verdünnen?« fragte die Leiterin der Forschungsstation.

»Ist schon verdünnt, Signorina.«

»Wieviel spritzen Sie?«

»Zehn Kubik für den Anfang.«

»Eine Menge Holz«, bemerkte Polo.

Der Tiermediziner suchte eine möglichst unbepelzte Stelle am rechten Innenarm des Affen. Die sichtbare Vene reinigte er mit Alkohol. Dann stach er die feine Injektionsnadel hinein. In einem Augenblick, als Francesca den Affen ablenkte und ihm seine Lieblingssüßigkeit, Gummilutscher, zu kauen gab.

Der Affe bemerkte die Injektion gar nicht, turnte noch ein wenig herum und ließ sich dann willig in seinen Bambuskäfig zurückbringen.

»Wir müssen ihn pausenlos beobachten, Signorina Dottoressa.«

»Lösen wir uns dabei ab«, schlug Polo vor.

In der folgenden Stunde änderte sich am Verhalten des Affen wenig. Er wirkte nach wie vor munter.

»Wie rasch wirkt die Infektion?« wollte der Assistent wissen.

»Das ist unterschiedlich, habe ich mir sagen lassen«, erklärte Polo, »je nachdem, ob der Virus über Atemluft, Körperflüssigkeit oder Tröpfcheninfektion Erkrankter übernommen wird. In unserem Fall, bei einer direkten Injektion in die Blutbahn, kann es nicht lange dauern.«

Gegen Mittag traten gewisse Dämpfungserscheinungen bei dem Versuchstier auf. Liby veränderte sein Verhalten binnen weniger Minuten. Er wurde träge, in den Bewegungen zeitlupenhaft.

»Jetzt hat es ihn erwischt«, bemerkte Francesca Laurentis recht niedergeschlagen, weil sich ihre Hoffnung nicht zu bestätigen schien.

»Ja, es beginnt zu wirken«, diagnostizierte der Tiermediziner. »Lähmungssymptome, Apathie.«

»Der Junge ist deutlich nicht mehr auf der Höhe«, äußerte der Historiker Polo laienhaft, »was seine Turnkünste betrifft.«

Sie maßen dem Versuchstier anal die Temperatur. Sie war deutlich erhöht.

»Blutdruck und Puls hingegen sind stark reduziert.«

»Wir können nur weiter abwarten, Signorina.«

In Francescas Bunkerapartment nahmen sie einen schnellen Kaffee. Der Tierarzt schaute regelmäßig nach dem Probanden. Zurückkommend, winkte er ab. Immer wieder.

»Nichts! Er liegt da wie gestorben.«

Ihre Unruhe wuchs zur Besorgnis. »Die Dosis war zu hoch.«

Sie schwiegen sich an. Bald vermieden sie jeden Blickwechsel.

Plötzlich, gegen Mittag, vernahmen sie ein feines Klingeln. Die Glocke am Trapez des Affenkäfigs wurde bewegt. Alle stürzten ins Labor und schauten nach dem Versuchstier.

Liby turnte quietschvergnügt in seinem Stall umher, als sei nichts gewesen.

»Der hat sich aber verdammt schnell erholt.«

»Oder er hat nur Mittagsschlaf gehalten«, spottete Polo.

Die Biozoologin kleidete ihren Triumph in eine sachliche Bemerkung: »Wie ich vorhersagte. In Jahrtausenden müssen sich im Blut dieser Affenrasse Abwehrstoffe gebildet haben.«

»Und die Viren sind dadurch isolierbar«, ergänzte der Tiermediziner.

»Vielleicht sind sogar Heroide am Werk.«

»Was ist das?«

»Heroide sind tausendmal kleiner als Viren, aber sehr effektiv.«

Die Wissenschaftler gerieten ins Schwärmen. Besonders Francesca.

»Gewiß kann man mit dem Ergebnis etwas anfangen. Vielleicht läßt sich sogar ein Serum herstellen.«

»Mit Sicherheit, Signorina«, meinte der Tiermediziner.

»Welche Firma käme dafür in Frage?« wollte Polo wissen.

»Die Behring-Werke in Berlin sind führend darin. Die haben vor hundert Jahren als erste ein Mittel gegen Diphtherie und Tetanus entwickelt.«

»Mit Hilfe von hektoliterweise Pferdeblut«, wandte der Historiker ein. »Du solltest dich trotzdem mit ihnen in Verbindung setzen, Francesca.«

»Habe ich längst«, eröffnete sie zu aller Überraschung.

Trotzdem wurde der Tierarzt angewiesen, sogleich mit Berlin zu telefonieren. Er sprach das bessere Englisch.

»Heute macht man das nicht mehr mit Hilfe einer Herde von Serumspendern, also Versuchstieren, sondern gentechnisch im Fermenter«, zeigte sich Francesca gut unterrichtet.

Der Tiermediziner kam aus dem Büro zurück und strahlte. »Wir sollen ihm soviel Blut abnehmen, wie wir riskieren können, dann eine Blutsenkung vornehmen, damit sich das Hämoglobin, die Farbstoffe also, von Plasma absondert, und den Rest, der die Immunstoffe enthält, so steril wie möglich abziehen. Sie schicken per Flugzeug einen Kurier mit Isolierkoffer.«

»Müssen wir das Präparat so lange im Kühlschrank aufbewahren?«

»Rotweintemperatur genügt«, entschied der Tierarzt, »etwa sechs Grad plus.«

Das war ein Grund zum Feiern.

Sie fingen mit Martinis an, gingen zu Spumante über und endeten bei Grappa, dem harten Tresterschnaps.

Polo geriet in Stimmung. »Wenn ich Grappa trinke, träume ich davon, ein einfacher Steinbrucharbeiter zu sein. Das wäre ein Leben.«

»In Carrara?«

»Natürlich. Wo sonst? Carrara ist der Roll-Royce der Marmorbrüche.«

»Mir ist lieber, ich mache einmal im Leben eine brauchbare Entdeckung. So ein Serum, das wäre wirklich die Rettung für viele«, erklärte Francesca immer wieder hoffnungsvoll. »Ich glaube, heute ist der glücklichste Tag meines Lebens.«

Zu später Stunde wagte es Marco Trentuno. Aber er begann vorsichtig: »Was würdest du dazu sagen, wenn ich dir einen Heiratsantrag mache, Francesca?«

Obwohl sie schon ziemlich beschwipst war und die Welt nur noch rosarot sah, mußte sie ihn enttäuschen. »Ich habe noch einmal nachgeforscht, Vetter Polo. Wir sind eben doch ziemlich nah blutsverwandt.«

»Aber in der blauen Stunde damals auf meinem Boot waren wir doch sehr happy, oder?«

»Ein Fehltritt darf erlaubt sein«, erwiderte sie beinah mathematisch. »Einer ist keiner, den verzeiht sogar der Papst.«

Doch damit gab sich Polo nicht zufrieden. »Das Gerede von Inzest und Blutsverwandtschaft ist doch alles Kokolores. Die Geschichte lehrt, daß gerade aus der Verbindung zwischen nahen Verwandten oft Genies hervorgingen.«

»Aber auch«, schränkte sie ein, »Kinder mit zwei

Köpfen, Siamesische Zwillinge, Mongoloide oder Vollidioten.«

»Na klar, oder Kühe mit drei Beinen.«

»Oder fünf Eutern.«

Diese sarkastischen Töne kannte er gar nicht bei ihr. Vielleicht war auch der Alkoholspiegel daran schuld, daß sie so offen sprach.

»Außerdem tauge ich nicht zum Heiraten«, betonte sie noch.

»Du willst also nie eine Familie?«

»Wenn ja, dann später, oder noch später.«

»Du kriegst keinen Besseren als mich«, scherzte er, »einen von Güteklasse A. Reich, klug und gesund.«

»Bilde dir nicht soviel ein, Polo«, erwiderte sie spöttisch, »so vornehm sind unsere Urahnen auch wieder nicht. Es gibt Historiker, die behaupten, Marco Polo sei ein Hochstapler und nie in China gewesen.«

»Behaupten kann man alles. Wenn ich will, beweise ich dir locker, daß Nero Rom gar nicht angezündet hat. Aber zum Thema Heiraten: hast du schon einen anderen Kerl in petto?« fragte er. »Etwa Dominici?«

Darauf erhielt er eine Antwort, mit der er nicht gerechnet hatte. »Warum nicht den Admiral«, gestand seine Kusine. »Er ist ein äußerst ehrenhafter Gentleman.«

Es war also doch etwas dran gewesen an dem Flirt mit dem Deutschen beim Abendessen im *Martini* in Venedig. Mit Polo hatte sie geschlafen, aber der Admiral war möglicherweise ihr Favorit.

Donna è mobile, dachte Marco Trentuno Polo, wer kennt sie schon, diese Weiber ...

31

Mit anderen Mitgliedern vom NATO-Strategieausschuß befand sich Admiral Dominici auf dem Flug nach Genf.

»Die Russen gelten bei Verhandlungen als Meister des Pokerns«, wandte er sich an seinen britischen Kollegen. »Aber, mit Tatsachen konfrontiert, lassen sie oft erstaunlich schnell Vernunft walten.«

Der Flottillenadmiral sah das nicht unbedingt so, was wohl an der Selbstüberschätzung der Engländer lag. »Die hartnäckige Front des Westens, speziell Londons, war schuld am Einschwenken Moskaus«, behauptete er.

Der Engländer war älter, also gab ihm Dominici teilweise recht. »Einmal war es der Druck, den Spanien, die NATO und der amerikanische Präsident ausübten.«

»Sowie die Entschlossenheit«, ergänzte der Engländer, »mit der wir zu Testzwecken einen Eisberg torpedierten. Und das nahe Murmansk, direkt vor der russischen Haustür im Eismeer.«

Dies zu erwähnen war nicht notwendig, denn die Idee stammte von Dominici. Der Engländer gerierte sich aber, als sei es die seine und sein eigenes U-Boot gewesen.

»Auch die Rechtslage ist eindeutig«, betonte der deutsche Admiral nachdrücklich.

»Die epidemischen Massenerkrankungen machen

den Iwans zusätzlich klar, daß sie verdammt rückständig und nicht mehr Herr der Lage sind. Jetzt wollen sie die Karavelle und den Rest des Meteoriten herausrücken.«

»Nun, das hätten sie früher haben können«, beendete Admiral Dominici das Gespräch, denn das NATO-Dienstflugzeug, eine Fokker-50, drosselte die Triebwerke und setzte in Genf-Cointrin zur Landung an.

Bei der Abrüstungskonferenz im ehemaligen Gebäude der Vereinten Nationen kam es hin und wieder zu längeren Unterbrechungen, wenn die Delegationen schwierige Punkte erst mit ihren Experten erörtern mußten.

In so einer Pause näherte sich Admiral Sekopow seinem alten Freund und Widersacher Dominici und zog ihn am Ärmel in die Bar.

»Laß uns einen zischen, Max. Heute findet ja doch nichts mehr statt als die Ausstoßung von heißer Luft.«

So müde, wie sich der Russe auf den Hocker schwang, wie schnell er die ersten zwei Wodka-Martini in sich hineingoß und wie bekümmert er aussah, ließ darauf schließen, daß er sich nicht in bester Form befand. Außerdem zogen sich tiefe Magenfalten von den Nasenflügeln zu den Mundwinkeln. Zwar beklagte er nicht großartig sein Schicksal, sondern sagte nur: »*Merde!*« Er benutzte das französische Wort für Scheiße.

»Klingt gut und trifft meistens den Punkt«, meinte Dominici.

»Ich bin ja gewohnt, der Prellbock zu sein«, gestand Sekopow seine Sorgen, »aber diesmal bin ich der Hauptprellbock.«

Dominici fürchtete, daß der Russe recht haben

könnte. Sekopow nahm drüben etwa dieselbe Position ein wie er selbst im Westen und wurde für die mißlungene Großoperation *Santa Lucia* zweifellos zur Verantwortung gezogen.

Dominici zeigte dieses Wissen jedoch nicht, sondern legte seine Hand auf die Schultern des russischen Seebären.

»Ohne deine Hilfe«, versuchte er ihn zu trösten, »hätten wir das Serum nicht bekommen, Sepokowitsch. Damit werden wir alle Infizierten retten.«

»Sofern sie dann noch leben«, schränkte der Russe ein und fuhr verbittert fort: »Die Hoffnung, der Meteorit könne die Wassernot auf der Welt zu beseitigen helfen, war auch ein Fehlschluß.«

»Nicht allein deiner.«

»Zum Teil schon. Die anderen werden sich aus der Verantwortung stehlen. Der alte Sepokow hat ja das breitere Kreuz.« Deutlich bedauerte der Russe, daß er sich in der Sache zu sehr engagiert hatte. »Es ist wie überall auf der Welt. Erfolg erregt Neid, Mißerfolg Schadenfreude. Jetzt sägen sie an meinem Stuhl.«

»Das mit eurer Geheimagentin, dieser angeblichen Polin Barowa, war nicht gerade die feine Moskowiter Art«, konnte sich Dominici nicht verkneifen.

»Venezianische Historiker als CIA-Agenten auch nicht.«

»Aber das fand im Westen statt und blieb unter uns. Habe ich dir etwa einen Doktor Polo vor die Nase gesetzt? Wie geht es übrigens unserem Schätzchen, der Polin?«

»Ich glaube, sie wurde befördert. Ist jetzt Ausbilderin in der Geheimdienstakademie nahe Moskau.«

»Nun, Europaerfahrung hat sie ja. Stellt sich nur die Frage, ob ihr Europaspezialisten überhaupt noch zum Einsatz bringen werdet. Der kalte Krieg sei angeblich zu Ende, hörte ich.«

Darüber konnte der Russe nur lächeln. »Gospodin Dominiciwitsch, nach jedem kalten Krieg kommt ein heißer Krieg. Früher trugen die Damen hochgeschlossen, heute zeigen sie die Titten.«

»Und den nackten Arsch«, ergänzte Dominici. »Die Zeiten ändern sich.«

»Wie auch immer. Das alles wird mich ein paar Ärmelstreifen kosten«, fürchtete Admiral Sekopow.

Wieder lieferte ihm Dominici Aufbauhilfe. »Vom ästhetischen Standpunkt aus betrachtet, sind drei goldene Ärmelstreifen auf Blau ohnehin stilvoller als fünf. Mit fünf Ärmelstreifen, davon einem überbreiten, kommst du dir doch vor wie der Ausschreier im Zirkus Sarrasani.«

Der Barkeeper servierte die nächste Lage. Diesmal den Wodka nur eiskalt, ohne Martini.

Dominici ließ von der Ironie ab und gab sich wieder realistisch. »Der Meteorit wird in einem unserer Labors mit Laser in dünne Scheiben geschnitten werden, damit wir der Herkunft des Virus näher auf die Spur kommen ... und so vielleicht dem Ursprung des Lebens im All.«

Der Russe paffte graue Havannawolken zum Ventilator hin und winkte, die Zigarre zwischen Daumen und Zeigefinger schwenkend, ab. »Mit dieser Weisheit kannst du Durstige nicht laben, Hungernde nicht sättigen, Leidende nicht vom Schmerz befreien.«

Das klang verdammt nach Resignation.

Dominici kam sich vor wie ein Seelentröster. Er versuchte es noch einmal: »Gospodin Sepokow, du warst der erste, der versucht hat, einen Eisberg von so gigantischer Größe aus der Antarktis über zehntausend Seemeilen Entfernung in heiße Zonen zu schleppen. Das ist dein Verdienst.«

»Aber inzwischen schmilzt er uns unter den Händen weg.«

»Vergiß nicht, neun Zehntel eines Eisbergs liegen bekanntlich unter Wasser. Was davon übrigbleibt, genügt immer noch, um auf billige Weise Milliarden von Litern süßes Schmelzwasser zu gewinnen. Ist das etwa gar nichts?«

»Besser als Wanzenpisse schon.«

Admiral Sepokow räumte ein, daß er zu diesem Thema eine Idee entwickelt und ausgearbeitet hatte, die keine zusätzliche Energie erforderte. »Man müßte die Eisberge in einen Hafen bugsieren, der durch Molenschleusen gegen das Meer geschützt ist. Oder gleich in ein Spezialdock. Dort setzt man den Koloß aufs Trockene und pumpt das von selbst abtauende Süßwasser durch Filter. Gereinigt kann es dann der Trinkwasserversorgung zugeführt werden. Speziell in den heißen arabischen Nahostgebieten, in Zentralafrika oder Asien.«

Dominici zog den Teller mit gerösteten Cashewnüssen heran, nahm eine Handvoll davon, kaute aber vorsichtig wegen seiner Zahnprothese. »Du bist ein Genie, Sepokowitschki.«

»Nur ein versoffenes.«

Der Russe gab dem Barmixer Zeichen, damit der die Wodkaflasche in Griffnähe parkte.

»Wenn es vielleicht sogar gelingt, das *Santa Lucia*-Virus-Serum erfolgreich als Heilmittel gegen Aids einzusetzen«, prophezeite Dominici, »kriegst du den allerhöchsten amerikanischen Orden am Band.«

»Doch nicht etwa den Adler mit den silbernen Eiern.«

»Den mit den goldenen Eiern«, versprach Dominici.

US-amerikanische Spezialisten nahmen die Desinfizierung der Karavelle *Santa Lucia* vor. Fachleute aus dem Atomzentrum Los Alamos/Texas mit schwerem Gerät – gekleidet in strahlen- und luftdichte Schutzanzüge, waren sie anzusehen wie Kosmonauten – bargen den Meteoriten. Er war immer noch heiß und verbreitete kobaltblaues Licht.

Das kürbisgroße Ding kam in einen nahezu unzerstörbaren Spezialbehälter aus Edelstahl mit Glasmantel. Dann wurde der ein halbes Jahrtausend alte, erstaunlich stabile Rumpf der *Santa Lucia* mit breiten Bändern aus Metallgeflecht unterfangen und an Bord eines Containerschiffes gehievt.

Auf dem Achterdeck senkten sie den Dreimaster in vorbereitete Stützen. Dort zurrten sie ihn auf eine Weise, daß er möglichst von allen Seiten zugänglich war, seefest, denn man hatte noch einiges mit der alten *Santa Lucia* vor.

Mit seiner kostbaren Deckladung begab sich das Containerschiff auf die weite Reise nach Europa. Halb um die Erde herum.

32

Die Festung lag hoch an der felsigen Biskayaküste. Die Flagge knatterte im Seewind. Morgenappell bei der Königlich Spanischen Seeoffiziersakademie San Sebastián. Der Kommandeur verlas ein Schreiben des Marineoberbefehlshabers Atlantik.

So etwas kam selten vor und erhöhte schlagartig die Aufmerksamkeit der sonst eher noch verschlafenen Kadetten und Fähnriche schlagartig. Laut schallte die Stimme von Vizeadmiral Degusto über den Kasernenhof der Festung.

»Die spanische Marine sucht Freiwillige für einen zunächst noch geheimen Einsatz.«

Melden konnte sich jeder Offiziersanwärter, der bereits auf dem Segelschulschiff, der Viermastbark *Zaragoza*, eine Reise mitgemacht hatte. Die Dauer des nicht näher bestimmten Unternehmens sollte etwa vier Wochen betragen.

»Der erfolgreiche Abschluß der Operation wird dem Bestehen einer Zwischenprüfung gleichgestellt, damit den Teilnehmern keine Nachteile erwachsen«, fügte Degusto noch hinzu.

»Marschbereitschaft binnen zwölf Stunden«, erklärte der Adjutant den Ablauf. »Gepäck: Seesack, Bordschuhe, zweimal Arbeitspäckchen weiß, Sommerunterwäsche, einmal Ausgehanzug weiß. Vorher Tropenschutzimpfungen beim Standortarzt. Nähere Einzelheiten und Einweisung erfolgen während des Fluges nach Port Said.«

Geschlossen meldete sich der ganze Lehrgang. Doch nur sechzig Mann wurden benötigt.

Blitzartig verbreiteten sich unter den Offiziersanwärtern die wildesten Vermutungen, phantastische Gerüchte kursierten. Doch keines traf den Kern der Sache.

Gegen Abend brachten zwei Militärbusse die Crew zum Flugplatz nach Bilbao.

Die Rückkehr der Goldkaravelle *Santa Lucia* nach vierhundertfünfundzwanzig Jahren in die spanische Heimat wurde zu einer wahren Triumphfahrt. Noch befand sich die Karavelle auf dem Vordeck des Containerschiffes, doch in den wenigen Häfen, die der 30 000-Tonner anlief, in Osaka, Hongkong, Colombo und Tschibuti standen Menschenmassen an den Piers, um die *Santa Lucia* zu begrüßen. Überall fanden rauschende Feste und Empfänge statt.

Durch die Meerenge von Bab el Mandeb fuhr das Containerschiff das Rote Meer hinauf und in den Suez. An der Mittelmeerschleuse des Kanals in Port Said kamen spanische Fachleute an Bord sowie eine ausgewählte Segelschulschiffbesatzung, bestehend aus Seekadetten.

Die Schiffbauer machten sich über den antiken Rumpf der Goldkaravelle her. Wo die Planken aneinanderstießen, kalfaterten sie die Lücken, indem sie gefettetes Hanfzeug mit Meißeln in die Lücken trieben.

»Kunststoffschaum hält besser«, meinte einer der Schiffbauer.

»Gab's damals nicht«, erwiderte sein Kollege. »Die haben noch mit verschissenen Unterhosen abgedichtet.«

»Nicht mal der Schiffsholzwurm hat sich da rangetraut.«

Der andere drehte eine Zigarette und lachte in sich hinein: »Mit Schiffswurm meinst du den *teredo navalis*. Der ist Spanier und frißt nur feindliches Holz. Englisches.«

Morsche Teile wurden ersetzt, Lecks ausgebessert, Isolieranstriche, eine Mischung aus Leinöl, Wachs und Harzen, garantierten dafür, daß das Wrack noch einmal schwimmfähig wurde.

Indessen brachten Zimmerleute zwei neue Besanmasten an und setzten den hinteren Mast, den für das Lateinsegel, wieder lotrecht. Die Wanten wurden verspannt, die Takelage gesetzt. Wo es nötig war, verkürzte man die Segel den Umständen entsprechend durch Raffung, denn die Segelmacher in Cartagena hatten nur grob nach Skizzen gearbeitet.

Inzwischen begann die Kadettencrew mit den Trokkenmanövern. Während der sechstägigen Reise an der nordafrikanischen Küste entlang übten sie unter der Leitung erfahrener Maate des Marineschulschiffes *Zaragoza* alle in Frage kommenden Segelmanöver.

Ende der Woche querte das Containerschiff die Große Syrte, umrundete Kap Tunis und dampfte an der algerischen Küste entlang nach Westen. Dabei wurde es ständig von Einheiten der NATO-Flotte/Mittelmeer begleitet und gesichert.

Auf die Stunde genau tauchte an Steuerbord das

Festland auf. Sie hatten sich der Meerenge von Gibraltar genähert.

Nun begann die letzte Phase.

Der Containerfrachter lief Ceuta an. Mit großem Pomp wurde er in der spanischen Enklave willkommen geheißen.

Eigentlich wollte der Gouverneur ein Riesenfeuerwerk veranstalten, doch die Regierung hatte sich das für das Ende der Reise ausbedungen.

Im Hafen von Ceuta wurde die *Santa Lucia* mit Hilfe eines schweren Schwimmkrans vom Frachter gehievt und ein letztes Mal dem nassen Element anvertraut. Die Übernahme von Ballast, damit sie auch auf ebenem Kiel schwamm, und das Aufgeien nahmen zwei Tage in Anspruch. Langsam, fast feierlich, wurde sie durch die Mole auf See geschleppt.

Bedient von den spanischen Offiziersanwärtern, heißte die *Santa Lucia* alle Segel. Der Historie entsprechend waren sie mit bunten Wappen geschmückt. Sanfter Nordost trieb sie die Nacht über durch die Meerenge von Gibraltar nach Westen.

Immer mehr Schiffe und Boote formierten sich zu ihrer Begleitung, hielten aber zu dem mühsam kreuzenden alten Segler respektvoll Abstand.

Bei auflandig drehendem Wind lagen vier Stunden später Kap Trafalgar und bald die Bucht von Cádiz Steuerbord querab.

Die *Santa Lucia* drehte auf die Flußmündung des Guadalquivir zu, wo sich durch unterschiedliche Färbung des Meeres bald zeigte, daß sich Süßwasser mit Seewasser mischte.

Als hätte sich die Natur mit dem Heimkehrer verbündet, kam jetzt Südwind auf und machte die Flußfahrt gegen die sanfte Strömung zu einer wahren Vergnügungsreise.

Noch neunzig Kilometer.

Immer mehr blumengeschmückte Boote begleiteten die *Santa Lucia* durch das Tiefland von Andalusien, bis endlich in der Ferne die Hügel der Sierra Morena auftauchten. Die raume Abendbrise trieb die *Santa Lucia* an den Vororten von Sevilla vorbei, um das Triana-Viertel herum, bis sie an den Piers des Guadalquivir festmachte.

König Juan Carlos, begleitet von Königin Sophia, sowie die Spitzen der Regierung standen zum Empfang bereit. Ebenso die Bruderschaften, die Confratres und die Hernandades. Das Marinemusikkorps und ein andalusisches Orchester spielten auf. Tanzgruppen bildeten Sardanakreise, Zigeunermädchen wirbelten im Flamencorhythmus, daß die Volants flogen. Damen saßen hinter eleganten Reitern in gerüschten Kleidern zu Pferd. Eine unübersehbare Menge Menschen bildete den Rahmen des Festes.

Ansprachen wurden gehalten. *Viva! Viva!* Kirchenglocken läuteten. Dann wurde getanzt, getrunken, gefeiert. Die Gitarren hämmerten bis tief in die Nacht. Den tintenblauen Himmel illuminierte eines der prächtigsten Feuerwerke, das Spanien je erlebt hatte.

Als der Morgen graute, begannen die Kai-Arbeiter, die noch vorhandene Goldladung der Karavelle zu löschen. Jedes einzelne Stück, die Barren, die kleinste Münze, jede Perle, jeder Leuchter, jedes Besteck, jedes Geschirr wurden begutachtet und registriert. Der staatliche Kurator staunte über die Qualität und den guten Erhaltungszustand der Ladung.

»Natürlich«, sagte er zu einem Journalisten, »wird das Gold nicht mehr zum Bau einer Kriegsflotte verwendet werden, sondern wandert ins Museum.«

»In welches?«

»Es wird im Garten des Escorial errichtet. Persönlicher Erlaß des Königs.«

»Und das Schiff?«

»Es soll ein Publikumsmagnet werden wie die Pyramiden. Wir bauen ein Haus aus Panzerglas darum herum.«

So war die Karavelle *Santa Lucia* ein halbes Jahrtausend, nachdem sie Sevilla verlassen hatte, wieder in der Heimat angekommen.

Die U-Boot-Romane von Alexander Kent

»Voll unglaublicher Spannung und höchster Authentizität«

SUNDAY TIMES

Atlantikwölfe
3-548-22151-3

Aus der Tiefe kommen wir
3-548-24631-1

Duell in der Tiefe
3-548-24639-7

Ernstfall in der Tiefe
3-548-25215-X

Feuer aus der See
3-548-24400-0

Operation Monsun
3-548-24053-4

Das Netz im Meer
3-548-24482-3

Torpedo läuft!
3-548-25211-7

Die U-Boot-Jäger
3-548-24637-0

Die Zerstörer
3-548-24301-0

Econ | ULLSTEIN | List

Richard Woodman

»Action und Hochspannung vom Feinsten.«
THE OBSERVER

Die Romane um den mit allen Wassern gewaschenen Kapitän Macready und seinen alten Versorgungstender *Caryatid*:

Der Kapitän der *Caryatid*
3-548-25075-0

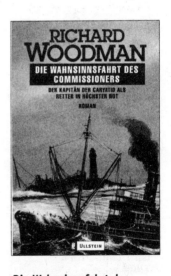

Die Wahnsinnsfahrt des Commissoners
Der Kapitän der Caryatid als Retter in höchster Not
3-548-25090-4

Econ | Ullstein | List

C. H. Guenter
Die großen maritimen Romanerfolge bei Ullstein Maritim

Atlantik-Liner
3-548-24609-5

Duell der Admirale
U-136 auf tödlicher Jagd
3-548-24398-3

Einsatz im Atlantik
Das letzte U-Boot nach Avalon (I)
3-548-24634-6

Geheimauftrag für Flugschiff DO-X
3-548-25079-3

Kriegslogger 29
Den letzten fressen die Haie
3-548-24304-5

Das Otranto-Desaster
3-548-24728-8

Der Titanic-Irrtum
3-548-24471-8

U-136 – Flucht ins Abendrot
3-548-25207-9

U-136 in geheimer Mission
Das letzte U-Boot nach Avalon (II)
3-548-24635-4

U-Kreuzer Nowgorod
3-548-24774-1

Econ | **ULLSTEIN** | List